沢中刑事の迷走と幸運

小島正樹
masaki kojima

本格M.W.S.
南雲堂

浜中刑事の迷走と幸運

登場人物一覧

浜中 康平（はまなか こうへい）群馬県警本部、刑事部捜査一課の刑事
夏木 大介（なつき だいすけ）同
美田園 恵（みたぞの めぐみ）群馬県警本部、刑事部捜査一課の係長
泊 悠三（とまり ゆうぞう）群馬県警本部、刑事部捜査一課の課長
神月 一乃（こうづき いちの）浜中の大伯母
与古谷 守雄（よこたに もりお）与古谷学園の理事長
与古谷 虹子（よこたに にじこ）与古谷学園の理事
関村 広茂（せきむら ひろしげ）与古谷学園の教師
野垣 学（のがき まなぶ）同
里 優馬（さと ゆうま）与古谷学園の生徒
泉田 東治（いずみだ とうじ）同
杜川 睦美（もりかわ むつみ）同
藤瀬 玲奈（ふじせ れな）同
池澤 俊太郎（いけざわ しゅんたろう）優馬の友人

目次

装幀　岡　孝治
カバー写真 ©artworks-photo/Shutterstock 、©Ioan Panaite/Shutterstock
表紙・本文写真 ©Gwoeii/Shutterstock

第一章 苦闘

1

空に星々が冴えて、月からこぼれ落ちた淡い月光が、地をうっすらと蒼く染める。その下で秋の虫たちが大合唱だ。

山裾の雑木林を広々と切り拓き、しかしすべては伐採せず、残した樹木や草地の中に点々と建物や畑がある。

そういう場所のただ中に、里優馬《さとゆうま》はいた。林の中だ。すぐ先には車がすれ違えるほどの林道があって、それを辿った彼方に大きな建物が建つ。

優馬は木の陰に身を隠し、本部棟と呼ばれるその建物に目を留めていた。固唾を呑み、身じろぎさえしない。

硬く締まった優馬の頬には、骨がはっきり浮き出ていた。十七歳の食べ盛りだが、ろくに食事を取れないのだ。そのくせ日々の労働はきつい。

ここへ「収容」されて、それまでに穿いていたズボンはどれも、腰まわりがぶかぶかになった。もはや空腹にも慣れている。

痩せた優馬の横顔を、ふいに冷気が打った。背後でざわざわと梢が鳴り、優馬はそっと安堵の息をつく。

秋から春先にかけて、このあたりでは時折強い北風が吹く。赤城《あかぎ》おろしと呼ばれるその風が、ようやく出てきた。

　これで計画を延期しなくて済む。あと少しで、生死を賭した闘いが始まるのだ。

　優馬は視線を落とした。目の前の木に、刈込鋏が立てかけてある。刃先から柄の終わりまで、およそ一メートル。かなり大きな刈込鋏だが、八〇〇グラムと軽量だ。

　ここに刈込鋏は何本もあり、管理は甘い。全長が長くて軽量の鋏を選び抜き、優馬は密かに持ち出した。

　鋏から目を離し、優馬は自分の体を見おろした。茶色のハーフマントを纏《まと》い、両手にはビニールの手袋だ。これで服や皮膚に、返り血はつかないだろう。

　ほかの用意もできている。支度はすっかり整って、あとは待つだけだ。

　意気込みを新たに、優馬は視線をあげた。今頃の時間になると、あの男は仕事を終えて本部棟から出てくる。

　北西からの風が吹きすさび、優馬の頬をなぶっていく。

　風よ吹け――。

　優馬は祈り、そこへ一瞬虫たちの合唱が止まった。本部棟正面の玄関扉が開き、中年男性がひとり、姿を見せる。関村広茂《せきむらひろしげ》だ。距離はあるが優馬は目がよく、関村は軒先の外灯に照らされている。見まがうことはない。

　関村は林道を歩き出した。腹の突き出た矮躯《わいく》を揺すり、せかせかとこちらへくる。

　いよいよこの時がきた。

優馬の心臓は早鐘を打ち、喉はからからだ。大地から少し浮きあがったかのように、足元は覚束なくて、かっと頭に血がのぼる。

深呼吸して、わずかばかり心気を落ち着け、優馬はそろりと刈込鋏に手を伸ばした。

暗い木の陰にいる優馬に、関村は気づいた様子もない。細く息を吸い、細く息を吐き、木々に同化するつもりで優馬は気配を消した。

心臓がひどく高鳴り、その音が関村に聞こえないか、気がかりなほどだ。

関村がくる。

近づいてくる。

本部棟の外灯はもう、関村に届かない。だが月明かりのお蔭で姿は見える。

優馬は鋏を握り締め、そこへ両親の顔が脳裏をよぎった。続いて姉や、親友である池澤《いけざわ》俊《しゅん》太郎《たろう》の顔が浮かぶ。

決行か否か。

その岐路に優馬は立ったのだ。

優馬は迷い、けれど迫りつつある関村の憎々しげな顔を見て、殺意の焔《ほむら》がめらめらと立つ。

やはり決行だ。

そう思い、ところがどうしたことだろう。魂が離脱するかのように、体から力が抜けていく。

家族の顔が脳裏を去らない。

ここで優馬が人を殺せば、両親や姉はどれほど哀しむだろう。それでなくても優馬のせいで、たいへんな思いをさせてしまったのだ。

これ以上の深手を家族に負わせる。そういう大罪を犯してはいけない。

やめよう――。

優馬は思い留まった。家族のお蔭だ。

優馬の近くに関村がくる。けれど優馬は動かない。優馬に気づくことなく、関村が去っていく。

明日からまた絶望の日々だ。

関村の背を見送りながら、優馬は思った。しかし胸中には、安堵がじわりと広がっていく。殺意という恐ろしい憑き物が、ようやく優馬から落ちたのだ。

優馬は虚脱した。刈込鋏が手から抜け落ち、サクリとかすかに音がする。

優馬はそちらに目を向けた。垂直に落ちて刃先が地面に刺さった刈込鋏が、自重で横に倒れつつある。

まずい。

優馬は慌てて手を伸ばした。だが及ばない。刈込鋏は横倒しになり、地をうねる木の根に柄が当たった。

木と木がぶつかる乾いた音。

ふっつり鳴き止む虫たち。

怖い静寂の中、優馬は幹の陰から恐る恐る関村を窺った。足を止めて振り返り、こちらを見ている。

こないでくれ。

祈りつつ、優馬は関村を凝視した。じりじりと這うように、怖い時が過ぎていく。

ほどなく虫たちが合唱を再開した。優馬は肩の力をわずかに抜く。

関村が背を向けて、去り始めたのだ。

だが――。

少し歩いてから、ふいに関村は踵を返した。まっすぐこちらへ駆けてくる。

恐怖と混乱が優馬を襲った。足が竦《すく》んで動けない。

関村がくる。けれど優馬は逃げられない。

林道の端で、ぴたりと関村は足を止めた。優馬は総毛立つ。一本の木の幹を挟んで、すぐ鼻先に関村がいる。

慎重な足取りで、関村が林に踏み込む。優馬は観念し、その瞬間に関村がこちらを向いた。

「お前だったのか。なにしてる？」

緊張と警戒を帯びた関村の声だ。優馬は応えるすべがない。

2

優馬の姿をじろじろと見て、関村が口を開いた。

「どうしてマントを纏っている？　西部劇の真似事か」

目を泳がせて優馬はうつむく。

「足元のそれはなんだ？　ガンマンは刈込鋏なんか持たねえぞ。両手に手袋まで嵌めて、お前いよいよおかしくなったか」

と、関村がせせら笑う。

「いや、これはあの……」

しどろもどろに言い、優馬は腰を折った。刈込鋏の柄を右手で摑んで立ちあがる。うしろめたさも手伝って、優馬は刈込鋏を背後に隠した。

「草刈り作業の途中で誰かが、ここに忘れたんじゃねえ。その刈込鋏は、お前が持ってきたんだ。だからうしろに隠した」

関村の言葉に優馬は青ざめた。

「はん、図星か。それにしてもマントに刈込鋏とは、珍妙な組み合わせだな。ここでいったい何してた？」

優馬はただうつむく。舌打ちをして、関村が口を開いた。

「なにかの仮装か……。そういえば『13日の金曜日』という映画には、ホッケーの面当てで鉈《なた》を持った男が出てくるな。あの手の映画を観る時、決まっておれは殺人鬼を応援する」

にたりと笑い、しかし関村はすぐに笑みを引いた。ゆっくり目を見開いて、優馬を凝視する。それから関村は、優馬の背に隠れた刈込鋏に目をやった。

「お前、まさか……」

関村はそう呟き、形相を一変させた。凄まじい憤怒を浮かべて右手を振りあげる。瞬間優馬の左頰に、衝撃がきた。関村がビンタしたのだ。

「おれを待ち伏せして、その刈込鋏で殺すつもりだったのか」

押し殺した声で関村が言う。ぐつぐつと煮え立つ怒りを、吐き出すかのようだ。

「違います」

張られた頰を左手で押さえ、右手に刈込鋏をぶらさげたまま、震え声で優馬は応えた。暴力を受け続けたせいだろう。関村の前ではどうしても萎縮してしまう。

「やってみろよ」

数瞬ののち、関村が優馬に囁いた。両腕を大きく広げて、腹と胸を無防備にする。けれど関村の顔には嘲笑《ちょうしょう》ばかりが浮かび、恐れや緊張はない。優馬を舐め切っているのだ。

ごくりと優馬は唾を飲み、刈込鋏を握り締めた。

「おい、本気か」

関村が優馬を睨み据える。気圧《けお》されて、優馬は詮無く目をそらした。

「刈込鋏をそこに置き、おれについてこい。事情を聴取してお前の罰を決める。最低でも懲罰房に二週間だ」

関村の言葉に優馬は凍りつく。

「ぼさっとするな！」

言って関村が、優馬の髪を摑もうとした。彼の手を避けるべく、優馬は反射的に右手をあげる。手に持っていた刈込鋏と、関村の右手が交差した。

「ううっ」

声をあげ、関村が自らの右腕に顔を向けた。つられて目をやり、優馬は息を呑む。手のひらから手首にかけて、すっと一筋、赤い傷が走っているのだ。

夜目にもはっきり関村は顔色を変えた。わなわなと唇を震わせて、摑みかかってくる。身を翻し、優馬は林の中へ逃げた。だが木の根につまずき、すぐに転ぶ。

仰向けになった優馬に、関村がのしかかってきた。獣じみた唸りを発し、右の拳を振りあげる。まだ優馬の右手には刈込鋏がある。それを優馬は両手で持ち、顔の前に掲げて盾にした。関村の拳が刈込鋏の柄に当たり、ガツンと鈍い音がする。

「てめえ」

嚙み締めた歯の間から、関村が言葉を絞り出す。もはや悪鬼さながらだ。

馬乗りの関村を振り落とそうと、優馬は身をよじる。けれど彼は動じない。

右手に柄を、左手に刃先を持ち、優馬は顔の前で刈込鋏を横一文字にしている。優馬はそれを前へ押した。関村が両手で刈込鋏を摑んでくる。刈込鋏を挟んで、力比べの格好だ。

優馬は必死に刈込鋏を押す。だが刈込鋏は優馬のほうへくる。関村の力が優り、押し返されているのだ。

歯を剝き出した関村が、真っ赤な顔で刈込鋏を押す。

じわり、じわりと鋏が迫る。いつしか優馬の両手は、地に着く寸前だ。

恐ろしいことに気づき、優馬は息を呑んだ。上下した喉仏のすぐ前に、刈込鋏の柄がある。

このまま力負けすれば、刈込鋏の柄は優馬の首に喰い込む。優馬の首は大地と刈込鋏に挟まれるのだ。

それでも関村は、容赦なく押し続けるだろう。凄まじい彼の形相がそう言っている。

殺される！

強い恐怖が、優馬の背を駆けのぼってきた。すると体が勝手に動く。

右足が持ちあがり、かかとで関村の背を痛撃したのだ。関村の力が一瞬緩む。すかさず優馬は刈込鋏を押し返した。その間にも足のかかとが、関村の背を攻撃する。

無我夢中だった。

必死だった。

渾身の力で優馬は鋏を押し、右足のかかとで関村の背を打ち据える。さらに腰を上下左右に振って、関村のバランスを崩す。

しかし優馬の攻撃に慣れたのだろう。苦しげに顔を歪めながらも、関村がぐいと鋏を押してきた。上に乗る関村の優位はやはり動かない。一ミリ、また一ミリと柄が喉に近づく。

駄目なのか。

観念しそうな自分を叱り、優馬は気力を振り絞った。次の瞬間、ふっと優馬の体が軽くなる。ついに関村が横ざまへ倒れたのだ。

優馬は跳ね起きた。胸を押さえて呻《うめ》く関村にのしかかり、馬乗りになる。刹那、優馬の目の前でなにかが光った。

と――。

優馬は目を瞠《みは》る。優馬の下で仰向けになった関村の胸から、こげ茶色のなにかがにょっきり生えているのだ。

それが刈込鋏の柄だと気づくまで、なぜだか少し間があった。

関村の胸に刈込鋏の刃が、深々と刺さっている。

何が起きたのだろう。

呆然と自失の中で、優馬は記憶を手繰った。

関村にのしかかった時、刈込鋏をまだ右手に持っていたのではないか。そして関村に馬乗りになりながら、無意識に左手でも柄を握った。

なぜそんなことをした。

両手でしっかり柄を持ち、無抵抗になった関村の胸めがけて、鋏を振りおろすためだ。

そのあと優馬の目の前で、なにかが鈍く光った。あれはそう、刈込鋏の刃が月光を反射したきらめきだ。

直後、ずぶりという怖い音がして、優馬は確かに手ごたえを感じた。

間違いない。自分が関村を刺した。

そう悟り、優馬は凍りつく。息を忘れ、瞬きをせず、体を流れる血までが、止まったかのようだ。

凄まじい恐怖と強い後悔が、激しく優馬を包む。

うしろ髪がはっきり逆立ち、すごい震えが膝から這いあがった。

しかし優馬はあることに気づき、わずかに息を漏らした。両手を刈込鋏の柄から放す。よほど強く握っていたのだろう。両手は半ば硬直していた。指先を動かしてこわばりを取り、優馬は左手で右の手袋を外す。右手をそろりと関村の顔に寄せ、手のひらを口元に当てた。

関村にはまだ、息があるのではないか。

優馬はそう思ったのだ。

しかし一縷《いちる》の望みは絶たれた。手のひらに、呼気をまるで感じない。

優馬は肩を落とし、けれどまなじりを決した。すっくと立ち、少し離れて関村を見おろす。

元々関村を殺すつもりだったのだ。ならばこの先、計画どおりにやるしかない。

家族と池澤の顔が、再び脳裏をよぎる。

優馬の両目から、涙が吹き零れた。

3

昭和四十三年の夏、里家の長男として優馬は生を享《う》けた。優馬の自宅は群馬県の前橋市にあり、そこで両親とふたつ上の姉に囲まれて育つ。父は春之《はるゆき》、母は静江《しずえ》、姉は佳菜子《かなこ》といった。

両親によれば幼い優馬は、とにかく活発だった。目を離せばすぐに危なっかしい遊びを始め、あるいはふっといなくなる。三輪車で大きな交差点に飛び出し、母親を真っ青にさせたこともあったという。

しかし大怪我にも見舞われず、大病を得ることもなく、優馬は元気に小学校へかよった。六年間で数えるほどしか欠席せず、中学校へ進む。

優馬は平均よりも背が高く、中学ではバスケ部に入った。けれど身長の優位など、日々の努力の前では意味を成さない。池澤という同期によって、優馬はそれを知る。

優馬はそれなりに練習をこなしたが、池澤は違った。自分を苛め抜くかのように練習に励み、打ち込む。そのひたむきさは、見ているこちらがつらくなるほどだ。

やがて池澤は正選手の座を摑み、二年生の夏には主将になった。

池澤にはさりげない優しさと、ほどのよい磊落《らいらく》さがある。少し短気なのが玉に瑕《きず》だが気持ちのよい好漢で、主将の器を備えていた。部は見る間に強くなり、黄金期を迎える。その輝きの中心に、池澤はまばゆく立っていた。

一方優馬は試合にほとんど出場できない。しかも口下手で意地っ張りだから、部の中でも浮いてしまう。

ところが池澤は、そんな優馬によく話しかけてくれた。主将としての気遣いではなく、ごく自然に声をかけてくるのだ。

「お前は不器用で正義感が強い」

のちに池澤は言う。その頃にはもう優馬たちは、互いを無二の友と認め合っていた。

姉や両親に話せないことも、池澤には打ち明けられる。池澤も優馬に色々と話してくれた。

中学三年の夏、池澤とともに優馬は部活を引退する。

試合での実績はゼロに近いが、バスケ部でよかったと優馬は心から思った。池澤という親友を得たのだ。

その池澤と話し合い、優馬たちは揃って県立の前橋城北《まえばしじようほく》高校へ進学した。迷うことなく、ふたりともバスケ部に入る。ともに体育館で汗まみれになる日々が、再び始まったのだ。

待ち合わせて朝練へ行き、夕方の部活が終われば一緒に帰る。あいにくクラスは別になったが、ほぼ毎日池澤と顔を合わせた。

だが、それも長くは続かない。

高校の部活の厳しさに慣れてきた五月のある日。優馬はいつものように、午前六時半に家を出た。自転車で学校へ向かい、少し先の十字路で停まる。

左の道に目をやれば、彼方に自転車を立ち漕ぎする池澤の姿があった。ここが池澤との合流地点なのだ。

優馬はわずかに首をひねった。優馬と池澤は、毎朝この十字路へほぼ同時にくる。どんぴしゃりで会って、互いに自転車を停めずに済む日さえ珍しくない。

だが、今日の池澤は立ち漕ぎするほど遅れ、しかも彼の表情には曇りがある。

やがて池澤がきた。彼に合わせて自転車を漕ぎ出し、並走しながら優馬は声をかける。

「どうした？」

「うん」

前を見たまま池澤が言葉を濁した。その横顔に逡巡《しゅんじゅん》を見て取り、優馬は黙って自転車を漕ぐ。

ほどなく池澤が口を開いた。

「親父が癌《がん》なんだ」

「癌？」

「余命宣告を受けた」

優馬は絶句した。足が止まり、池澤の背が遠ざかる。慌てて優馬はあとを追った。

「詳しく教えてくれ」

「会社の検診で癌が見つかり、親父は専門の病院で検査を受けた。その結果が昨日出たんだ。膵臓《すいぞう》癌。あちこちに転移しているから、外科的手術による摘出はできないらしい。持ってあと数か月と、医者は言いやがった」

池澤の語尾が震えた。優馬は唇を噛み締める。すぐ横で親友が、突然の事態に戸惑い恐怖し、苦しんでいる。けれどかける言葉が見つからない。それがとても悔しかった。

「朝練、遅れるぞ」

言って池澤が速度をあげる。その思いやりに、優馬はたまらなくなる。

「ああ」

しかしそれしか応えられない。やはり自分は口下手なのだ。

済まない——。

池澤の背に、優馬は無言で詫びる。

その日以降も池澤は、部活に精を出した。朝も放課後も練習を休まない。

日曜日は練習が休みで、試合があっても丸一日はかからない。そういう時、父の見舞いに行くという。

部活での池澤には冴えがあり、父のこともほとんど語らなくなった。

このまま変わらず日々が流れる。優馬はそんな期待を抱き、しかし二学期が始まってすぐ、池澤の父は亡くなった。

バスケ部の部員やほかの生徒とともに、優馬も葬儀に参列した。池澤の父は死ぬ間際、よほど痩せてしまったらしい。そういう父の姿を見せたくなかったのだろう。遺体との対面はなかった。

女生徒のすすり泣きが絶えない中、葬儀は終わる。池澤は終始立派に振る舞い、逆にそれが痛々しかった。

忌中《きちゅう》が明け、池澤はそれまでどおり部活に励んだ。体育館で汗みずくになる親友の姿に、優馬は少し安堵する。

だが二か月後、夕暮れの迫る秋の北公園で、優馬は池澤とともにベンチにすわっていた。

話があると、池澤に誘われたのだ。缶ジュースを池澤が奢ってくれて、それを飲みながら優馬は無言で待った。

「バスケ部を辞める」

やがて池澤がぽつりと言う。予感めくものがあり、優馬はあまり驚かなかった。池澤が話を継ぐ。

池澤の父は生命保険に入っていた。だが癌の治療費と家のローンで、保険金は消えた。しかもローンは完済していない。

母は長く専業主婦で、職歴はないに等しい。来週からパートに出るが、時給はたかが知れている。

池澤には中学生の妹がいて、これから学費がかかる。

池澤家は逼迫《ひっぱく》しており、金銭面だけでいえば前途はたいへんに暗い。

「辞めてどうする?」

池澤の話を聞き終え、長い沈黙のあとで優馬は問うた。

「夕方からバイトする」

「バイトか。でも……」

と、優馬は表情を曇らせた。

優馬たちのかよう前橋城北高校では、理由の如何《いかん》を問わずアルバイトは禁止だ。校則は厳しく、アルバイトが発覚すれば停学処分を受ける。さらに同じ停学処分を二回受ければ、退学という校則まである。

「バイトが二回ばれれば、即退学だぞ」

念のため、優馬は言った。実際に処分を受けて、学校を去った先輩もいる。

「解ってる。でもおれだけ手をこまねいていられない」

決意の滲む池澤の声だ。優馬にはもう、止められない。

「バイトのこと、お前にしか話さない」

優馬は無言でうなずいた。口外しない。そう応えなくてはならないほど、浅い友情ではない。

「接客の仕事はばれやすいし、性に合わない。倉庫で荷運びの仕事を見つけたよ。体力は自信あるしな」

言って池澤は寂しく笑った。

4

「おれ、やっちまった」

受話器の向こうで池澤が言う。今までに聞いたことのない震え声だ。

「どうした？」

自宅の廊下に立ち、受話器に耳を押しつけて優馬は問うた。

「なんてことを、おれはいったい……」

要領を得ない池澤の言葉に危急を感じ、優馬はすぐに口を開く。

「今どこにいる。とにかく会おう」

「北公園」

「待ってろ、すぐ行く」

返事を待たずに受話器を置き、優馬は玄関へ向かった。

「出かけてくる」

居間にいるはずの両親に、そう声をかけて家を出る。

優馬は自転車に飛び乗った。夜の深まった街に、真冬の冷気が降りている。真っ向からくる北風に目を細めつつ、優馬は池澤に思いを馳せた。

池澤がアルバイトを始めて三か月。学校にはまだばれていない。

バイトで疲れているはずなのに、池澤は朝、優馬に合わせて通学してくる。彼はそのあと教室で自習するのだ。

多少痩せたがこれまでと違う筋肉がつき、この三か月で池澤は精悍さを増した。バスケ部でともに汗をかくことはないが、池澤と優馬の新しい日常は、静かな川のように流れ始めている。

そこへさっきの電話だ。なにか凶事が起きたのか。夕立雲さながら、不安と心配が優馬の胸に垂れ込める。

白い息を吐き、優馬は懸命に自転車を疾駆《しっく》させた。やがて北公園に着く。ブレーキの音を軋ませて、優馬は公園の入り口に自転車を停めた。鍵をかけるのさえもどかしく、走り出す。

以前池澤はこの公園で、バスケ部を辞めると優馬に言った。

あの時と同じベンチに彼はいる。そう思い、優馬はまっすぐそちらへ向かった。

しかし池澤はいない。ベンチの手前で足を止め、優馬はあたりを見渡す。様々な樹木が植わり、ベンチがいくつか置かれ、ブランコと滑り台がある。それだけの公園だ。見る限り池澤の姿はなく、ほかに誰もいない。

「ここだ」

ふいに声がした。びくりとしながら、優馬はそちらに目を向ける。ベンチの向こうに桜の木があり、その幹の陰から池澤が顔を出す。

「どうした？」

「こっちにきてくれ」

と、池澤が手招きした。優馬はベンチの脇を抜け、桜の木の横で足を止める。すると池澤が袖を引くから、優馬は黙って従った。ふたりで幹のうしろに身を潜める。

微かに届く外灯と月明かりの下、池澤は震えていた。

「どうした？」

低い声で優馬は問う。

「人を殺した」

「なんだって!?」

「しっ」

と、池澤が人さし指を唇に当てる。言葉を呑み、優馬はまじまじと池澤を見た。嘘や冗談を言っている様子はない。池澤の顔は青ざめ、震え続けているのだ。

優馬はそれでも信じられない。人を殺したという池澤の言葉が、脳裏で木霊《こだま》する。自失と混乱が、優馬の胸中で爆発的に膨れていく。

「ああ……」

そう呻き、池澤が両手で頭を抱える。優馬はわれに返った。

「詳しく聞かせろ」

池澤を見つめて優馬は問う。苦悩に顔を歪め、池澤は口を開こうとしない。優馬は無言で待つ。

「長江《ながえ》ってやつがいた」

やがて池澤が言った。優馬はそっと先をうながし、池澤が話を継ぐ。

午後五時から午後九時まで、池澤は食品を扱う倉庫でバイトをしている。翌日の出荷分を集めるのが主な仕事だ。

さほど大きな会社ではなく、仕事はきついが時給は安い。常に人手不足なのだろう。履歴書を提出したら、即採用されたという。

その倉庫に長江という古株のバイトがいた。見るからに柄が悪く、ほかのバイトに聞けば長江は、仲間とつるんで恐喝や暴力沙汰をよく起こすという。

池澤は長江との接触を避けていた。

前橋城北高校にかよっていることを、池澤はバイト先の人たちに話していない。けれど履歴書に書いたし、自転車通学する生徒は、学校から配られる「前橋城北高校」というシールを貼る決まりだ。その自転車で池澤はバイト先へ行くのだから、隠せるはずもない。ある日長江が声をかけてきた。自分も前橋城北高校へかよっていたという。長江は池澤や優馬の、四つ上の先輩だった。

「これも何かの縁だな」

優しげに長江が言った。けれど彼の双眸《そうぼう》には、ぞっとするほどの冷えがある。

池澤は暗い予感を覚え、それは現実になった。バイトを学校にばらされたくなければ、金を寄こせと長江が言ってきたのだ。三か月前のことだという。

「どうしてその時、おれに話さなかった」

優馬の問いに、池澤は弱くかぶりを振った。心配をかけたくなかったのだろう。嘆息し、優馬は先をうながす。

「月の初めに、前月の給料を現金でくれるんだ。十二月にもらった給料から、おれは要求されるまま、長江に一万円を渡した」

優馬は唇を噛んだ。池澤が話を続ける。

「しかし一月の給料日、二万円寄こせと長江は言う。突っぱねることができず、おれは払った。そうしたら一昨日の二月の給料日に……」

「三万円取られたのか?」

苦い顔で池澤が首肯する。優馬の裡《うち》で、怒りの焔が大きく立った。恐喝自体卑劣だが、毎月一万ずつ値をあげるという狡猾さが許せない。

「だから殺したのか?」

声を潜めて優馬は問う。

長江の振る舞いは頭にくるが、それでもたかだか数万円だ。殺意まで抱くだろうか。

池澤は否定も肯定もしない。

5

「今日のバイトが終わって、おれは長江に声をかけた。おれとやつには恐喝の話題しかないからな。誰もいない倉庫の裏へ、ふたりで行った」

　やがて池澤が言った。

「毎月一万円は、この先ずっと払う。だがそれ以上要求されれば、おれは倉庫でのバイトを辞める。それでも学校にばらしたいなら、好きにすればいい。

　はっきりとおれは言った。おれの抵抗を予期してなかったのか、意外そうな表情で長江は黙る。しかしそのあと……」

「どうしたんだ？」

　優馬は訊いた。

「やつはにやりと笑って、『お前の妹、可愛いよな』と言うんだ」

　爪が手のひらに食い込むほど、優馬は両手を握り締めた。妹をひどい目に遭わせるという恫喝《どうかつ》だ。

「来月は四万よろしく。そう捨てぜりふを残して長江は去った。おれは呆然とその場に残り、そうしたら血が沸騰したみたいに、体が熱くなっていく。

　怒りが止めどなく湧いて、体の隅々にまで広がる。それがはっきり解った。わなわなと体が震え、凶暴な思いが際限なく膨らみ続けるんだ。それこそ体が内側から、爆発しそうだった。

絶対に長江は許せない。おれは覚悟した」

優馬はごくりと唾を飲んだ。池澤が話を続ける。

「長江は徒歩で倉庫にかよっている。距離を置き、おれはあとをつけた。十分ほど歩き、長江がとあるアパートに入る。慣れた様子の足どりだから、あいつの住処《すみか》だと解った。

アパートの手前で足を止め、道の反対側からおれは建物を見た。とても古い四階建てで、エレベーターはない。各階に四枚ずつ玄関扉があって、建物の左右に外階段がある。

向かって右の外階段を長江は上った。四階まで行き、右端の玄関扉を開けて中に入る。

不思議だったよ」

池澤がふいに声を和らげた。優馬は無言で首をひねる。

「体中にやつへの怒りが満ちているのに、その時は妙に冷静だった。おれは道に立ったまま、アパートの観察を始めたんだ」

「観察？」

「おれは道を渡り、まずは建物の右端へ行った。一階から四階までの三号室と四号室、合計八個の郵便受けが外階段の脇にある。

おれはまず、四〇四号室の郵便受けに目をやった。『長江』とある。やつが書いたんだろう、下手くそな字だ」

そう吐き捨てて、池澤は話を続ける。

「ほかの部屋に目をやれば、三〇三号室以外は郵便の受け口に、ガムテープが貼ってある。

続いておれは、建物左手の外階段へ行った。一〇一号室と二〇一号室の郵便受けしか、使われていない」

「空き部屋だらけか」

「なにしろ古い建物なんだ。入居者がいなくなるのを待って、取り壊すつもりかも知れない。

いずれにしても、向かって右手の外階段を使うのは、三〇三号室と四〇四号室の入居者と来訪者だけだ。それが解り、おれはアパートの裏手にまわった。三〇三号室は真っ暗で、どうやら住人は帰宅していない。

おれは右手の外階段で、三階にあがった。三〇三号室の玄関脇に、黒いカラーボックスがある。三〇三号室の人が帰ってくれば、反対の階段から逃げればいい。そう思い、おれはとりあえずカラーボックスの脇にしゃがみ込んだ。

そうしたら、すぐに上で玄関扉の開く音がする。長江の部屋だ。思わずおれは縮こまった」

自嘲めいた池澤の声だ。寂しげな笑みをちらと見せ、すぐに池澤は口を開く。

「バタンと扉が閉まる音、施錠音。外階段を降り始める足音。それらが次々聞こえてくる。おれはカラーボックスの陰で、身を硬くした。

踊り場と下の階の外廊下を、折り返しながら降りていく。階段はそういう造りだ。

間もなく三階の外廊下を踏む足音がした。一拍置いて、おれはそっと顔を出す。長江の横顔が見えた。手にヘルメットを持っている。

間近で長江を見て、凄まじい怒りが込みあげた。

叫びたい衝動をぐっと堪え、おれは足音を殺して外階段へ出る。気づいた様子もなく、長江が階段を降りていく。もう止まらない。おれは忍び寄り、やつの背を思いっきり突き飛ばした。

長江が階段を転がり落ちる。勢いのままに踊り場を過ぎ、二階の手前で止まった。

われに返り、おれは階段を駆け降りた。長江は横たわり、ぴくりとも動かない。赤黒い蛇が這い出すように、長江の頭からどろりと血が出た。階段の床は見る間に血だまりだ。怖くてたまらず、おれは慌てて逃げた。

殺すなんて思ってなかった。長江が空き部屋ばかりのアパートに住んでいなければ、あんなに早く部屋から出てこなければ……。

いや違う。悪いのはおれだ。恐喝のことを警察や学校に、いや、それよりもまずはお前に相談するべきだった。

なのにおれはかっとして、たいへんなことを仕出かした。おれは馬鹿だ」

と、池澤が頭を抱える。けれど優馬は仄かに眉を開いた。

「長江の死を、確認していないんだな」

ことさらにゆっくりと、優馬は問うた。

「でもあの様子だ。血もすごかったし」

「現地点では、長江が死んだと決まったわけじゃない。そうだろう？」

噛んで含めて、優馬は言った。

「確かにそうだけど……」

「アパートの近くに誰かいたか？」

「いや、いなかったと思う」

「アパートから逃げて、お前はまっすぐここへきたのか？」

「ああ。まずはベンチにすわったけれど、外灯の明かりに照らされるのが怖くてな。耐え切れず、近くの公衆電話からお前に電話して、それから木の陰に隠れた」

そこで池澤は、目の覚めたような面持ちを見せた。

「電話して、済まなかった。こんな時間にきてくれてありがとう」

「気にするな」

そう応えつつ、優馬は微かに安らぐ。優馬のことに気がまわるほど、池澤は落ち着いたらしい。

優馬はふっと息を吐き、同時に池澤が嘆息した。優馬たちは顔を見合わせ、微かに笑い合う。

「お前に会えてよかった。とにかくおれ、やつのアパートに戻る。まずは長江の生死を確認し、しっかり責任を取らないと」

池澤が言った。もう声に震えはない。

「いや、ちょっと待て」

笑みを消して優馬は言った。

「でも……」

「おれに考えがある」

「考え？」

「ああ。ところで金、持ってるか？」

「え？　少しならあるけど」

「五百円でいい。貸してくれ」

優馬は言った。慌てて家を出たので、財布を持っていないのだ。

「解った。なにを買うんだ？」

小銭入れを出しながら、池澤が問う。

「煙草とライター」

優馬は応え、池澤が目を見開いた。

6

「お前はこれから家に帰れ」

池澤が出した五百円玉をポケットに収めて、優馬は言った。

「帰れ？」

「あとはおれがなんとかする」

「ちょっと待て。まさかお前」

「そのとおりだ」

「ふざけるな！」

憤りの滲む池澤の声だ。

「しっ、声が大きい。とにかく聞け」

優馬を睨みつつ、池澤はうなずいた。

働きながら夜間大学へかよう。それとも就職する。いずれにしても高校を出たあと、池澤は家を支えなければならない。その池澤が今、罪を負えばどうなるか。最悪の場合、池澤の母や妹は路頭に迷う。

潜めた声で、優馬は懇々と説いた。ついに池澤も首を縦に振る。

「さっきも言ったが、死んだと決まったわけじゃない。長江ってやつ、案外けろりと起きて出かけたかも知れないぜ」

ことさらに軽い口調で言い、優馬は腰をあげた。ずっとしゃがんでいたから、足にしびれが少しある。

屈伸しながら、優馬は池澤に笑いかけた。だが池澤は、真顔で優馬にまなざしを向ける。

池澤に感謝や詫びの言葉を言わせたくない。

そう思い、優馬はくるりと背を向けた。足早に公園の入り口へ行き、自転車にまたがって漕ぎ始める。振り返れば桜の横に立ち、池澤が深々と頭をさげていた。

池澤から聞いたアパートへ向かい、途中開いている雑貨屋で、優馬は百円ライターを買った。自動販売機を見つけ、セブンスターを購入する。煙草を買うのは初めてだから、ボタンを押す時わずかばかり緊張した。

誰かの通報で警察や消防がきて、アパートが騒ぎになっていればこれらは無駄になる。だが公園で池澤と話をしている間、サイレン音は聞こえなかった。

祈りつつ、優馬は自転車を走らせる。

着いてみれば、夜の静寂の中でアパートはひっそりしていた。さりげなく優馬はとおりすぎ、彼方で旋回して自転車を停める。

外灯を頼りに眺めても、アパートの外階段に人の姿はない。

建物の陰に自転車を停め直し、優馬は歩いた。アパートへ近づくにつれ、動悸が激しくなっていく。ほどなく着き、向かって右の外階段を優馬は上った。踊り場を過ぎて二階の外廊下で折り返し、優馬は凍りつく。すぐ先の階段に人が倒れているのだ。

池澤から聞いていたが、実際に見た衝撃は大きい。膝から震えが這いあがり、手のひらがじっとり汗ばんでいく。

萎《な》えそうな気持ちを叱り、優馬は踏み出した。倒れているのは若い男性だ。うつぶせで、顔だけ横に向けている。長江だろう。頭のところに血だまりがある。

長江はぴくりとも動かない。優馬はそっと膝を折り、長江の口元に手のひらをかざした。

次の瞬間、優馬はその場に尻餅をつく。手のひらに息を感じ、あまりの安堵に全身の力が抜けたのだ。

すぐに次の行動を取れと脳が命じる。しかし体は動かない。

しばらくの間呆けたようにぼんやりし、ようやく優馬は立ちあがった。長江の脇を抜けて三階へあがる。池澤の言葉どおり、玄関扉の横に黒いカラーボックスがあった。

そこへ行き、優馬はしゃがみ込んだ。煙草を取り出して銜《くわ》える。葉の匂いを強く感じながら、優馬はライターをつけて、火を煙草の先端に当てた。しかし燃えない。

吸い込まなければ、火はつかないのだ。そのことにようやく気づき、優馬は息を吸った。途端にむせて、口から煙草を落とす。

優馬は慌てて口元に両手を当てた。咳が止まらず気管が痛み、目尻から涙が落ちる。

少し落ち着いたので、優馬は煙草を拾った。火は消えていないから、あとは吹かすだけでよい。短くなるまで吹かし、優馬は煙草を床に落とした。足で揉み消す。

同じことを繰り返し、優馬は三本の煙草を灰にした。口の中に残る苦さに顔をしかめて、外階段を降りる。

長江は変わらず倒れていた。息はあるけれど、真冬の夜更けだ。放っておけば凍死の恐れがある。

自らにうなずいて、優馬は決意を新たにした。

7

道の先に赤色灯が見え始め、思わず優馬は足を止めた。先ほどの決意が揺らぎそうになる。

友の苦境を救うのだ。

心の中でそう言って、優馬は歩き出す。だが、膝のあたりに震えがきた。その震えを無視し、優馬はまっすぐ赤色灯を目指す。

そこは交番で、近づいてみればガラスの扉越しに、中の様子が窺えた。警察官がひとりいて、机に向かってなにやら書類をしたためている。

気配を感じたのだろう。その警察官が、ふっと顔をあげた。優馬と目が合う。

もう戻れない。もう戻らない。

優馬は腹を固め、すると膝の震えが消えた。手を伸ばし、扉を開ける。その時にはもう、警察官は立ちあがっていた。

「どうしました?」

警察官が問う。

「実はあの」

「とりあえず入って」

優馬はさぞ、切羽詰まった面持ちなのだろう。声を和らげて警察官が言う。最後の逡巡を断ち切って、優馬は交番に入った。うしろ手で扉を閉める。

「さて、どうしたのかな」

「以前に街で、男たち三人に金を脅し取られたのです」

ここへくるまでに、考えておいた言葉だ。それが喉に引っかかりながら、優馬の口から出た。

「恐喝か。いつ頃のこと？」

「二か月ぐらい前です」

「だったらその時、交番にきてくれないと」

と、警察官が息を吐く。

「いや、違うんです」

「違うとは？」

「恐喝してきた男のひとりを、さっき偶然見かけたのです」

「それで？」

「そいつのあとをつけて、部屋を突き止めました」

やや硬い表情を見せ、警察官が先を促す。優馬は口を開いた。

「どうしようかと思いながら、そのアパートの三階の廊下にいたら、そいつが部屋から出てきたのです」

一旦口をつぐみ、それから優馬は一気に言った。

「そいつをやり過ごし、うしろから突き飛ばしました」

「なんだって!?」

と、警察官が声をあげる。

8

その警察官を伴って、優馬は長江のアパートへ戻った。長江は階段の途中に倒れたままで、息もある。

警察官の手配によって、すぐに救急車が到着した。所轄署から少年課の捜査員たちがきて、優馬に状況を訊く。

優馬は応え、そのうちに野次馬が出始めて、アパート付近はやや騒然とした。そんな中、優馬はパトカーで所轄署まで連れて行かれる。

所轄署でさらに事情を訊かれているうち、優馬の両親が駆けつけてきた。

担当の捜査員たちに平身低頭する父。

真っ赤に泣き腫らした目で優馬を見る母。

両親のうろたえは、優馬の想像をはるかに超えていた。しかし池澤は、家族を背負わなくてはならないのだ。

優馬さえ黙っていれば、真相は露見しない。そう思っていたし、そのための小細工もした。ここで自分が話すわけにはいかない。すさまじい葛藤の中でそう思い、優馬はほんとうのことを語らず、嘘を貫いた。

池澤は背後から忍び寄り、長江を突き飛ばしたという。姿を見られていないはずだが、池澤の仕業だと長江が思うかも知れない。

けれど恐喝のことがあるから、警察に事情を訊かれても、長江は池澤の名を口にしない。

優馬はそう踏み、しかし念のため煙草の吸い殻をアパートに残した。

「里優馬の指紋のついた煙草が、現場に落ちていた」

警察からそう聞けば、犯人は池澤ではないかという長江の疑念が消せる。それに警察も指紋つきの煙草によって、優馬を犯人と決めつける。

この優馬のささやかな小細工が、どこまで功を奏したのか解らない。だがともかくも事件のけりがつくまで、池澤の名は一切出なかった。誰かをかばっているのかと、優馬に訊いてくる警察官もいない。

里優馬は池澤の同級生。

そのことに長江が気づき、池澤に何か言ってくるかも知れない。それが気がかりだったが、時に現実は杞憂を吹き飛ばす。

いっぱしの不良を気取る長江だから、高校生に逆襲されたのを恥じたのか。それとも事件を機に、長江の平素の悪事を警察が調べ始めたのか。

いずれにしても長江は倉庫の仕事を辞め、アパートを引き払い、慌ただしく街を出た。警察官からそれを聞き、優馬は心から安堵した。

残るは優馬への処分だ。

長江は素行が悪く、優馬に補導歴は一切ない。生死に関わる犯行だが、優馬に殺意があったとは言い切れない。また犯行後、優馬は交番へ行った。

それら情状が酌量されたのだろう。喫煙の件も含めて優馬に下されたのは、保護観察だった。鑑別所や少年院に入らず、保護司などの指導を受けながら、社会の中で更生を目指すのだ。

池澤を助けたい。優馬はその一心で身代わりになった。だが鑑別所へ行くのはさすがに気が重く、保護観察はほんとうにありがたい。

寛大な処分へと動いてくれた、警察官や家裁の人たちに優馬は感謝し、嘘を突きとおしたことを胸の中で詫びた。

無論高校は退学になる。それは覚悟の前であり、他校へ行くだけだと優馬は気楽に考えていた。普通高校へ転校できなければ、夜間高校がある。それも難しければ自宅学習して、大学入学資格検定を受ければよい。

優馬を受け入れる普通高校は必ずある。保護司は断言してくれた。

その段階で、優馬はようやく池澤に会った。用心し、公園で別れて以来連絡を断っていたのだ。

想像してはいたが、久しぶりに会う池澤の面容には憔悴《しょうすい》が色濃くあり、懊悩《おうのう》の日々を物語るやつれが出ていた。

優馬はこれまでのいきさつを語っていく。

「前科はつかないし、保護司の指示でしっかり生活していけば、鑑別所へ行くこともない。つまりおれは、転校するだけで済む。

長江に怪我は負わせたが、重傷ではなかったし、そもそもあいつに非がある。突き落としたのは悪いけれど、気に病むことはないと思う」

と、優馬は話を結んだ。表情をずいぶん和らげて、池澤が大きく息をつく。

「おれは日々の行動を、保護司に報告しなければならない。しばらくの間、頻繁に会うのは避けよう」

「解った。里、おれはふたつ言いたいことがある」

「なんだ？」

「まずひとつ。もう二度と、激情に駆られて人を傷つけない。それを生涯誓う。

あとひとつ。お前という親友を得たことを、おれは誇りにする」

とても真摯な池澤の声だ。照れ臭くて、優馬はそっぽを向く。

それから他愛ない話をし、互いに笑みで池澤と別れた。だが家路に向かう優馬の心に、苦さばかりが広がっていく。

池澤には黙っていたが、事件を境に優馬の家は暗転した。陰鬱《いんうつ》という暗がりに、もはやすっかり呑み込まれている。

父、母、姉。それぞれに変わった。もちろんすべて、優馬のせいだ。

元々優馬は、姉の佳菜子とあまり話をしなかった。事件について、姉は一切訊いてこない。時々非難がましい目を優馬に向けるが、そのまなざしには憐憫《れんびん》が溶けている。

仕事に追われていた父の春之は、それまで以上に帰宅時間が遅くなった。接待だと言い、土日もほとんど出かけてしまう。

優等生とさえ呼べた優馬が、あわや殺人という罪を犯した。その息子とどう接するべきか、煩悶《はんもん》しているのだろう。父はもう、ほとんど優馬と目を合わせない。

母の静江は気力を失った。窓辺にすわり、ぼんやりと外に目をやる。日の大半をそうやって過ごし、いつも涙ぐんでいる。

家族のために食事は作ってくれるけれど、母自身はほとんど食べず、憔悴と相まって日々身が小さくなっていく。その腕など、枯れ木のようだ。

明るさを失った家の中、身を裂かれる思いに苛まれ、それでも優馬は口をつぐむ。

ここまできて真相を話せば、さらなる混乱を両親に与えてしまう。そんな気がしたし、真実を語らなければ池澤を守れると、優馬はかたくなに思っていた。

人生経験が豊富ならば、身代わり以外のよい方法を取っただろう。けれど自分は高校生なのだ。

自らにそう言い訳し、しかしたまらず、夜中に布団を頭からかぶって「ごめんなさい」と小さく何度も繰り返す。

優馬や家族はそういう状態にあった。

そこへあの女が訪ねてくる。

9

部屋の窓辺に立ち、優馬は外を見ていた。彼方に神社があり、境内に一本だけ植わる桜の枝から、しきりに花びらが離れていく。刹那の命を与えられたかのように、花びらは風に乗って舞い、それからはらりと地に落ちる。

見とれるほどの風景だ。けれど優馬は険しい面持ちで、腕を組む。

長江の事件からおよそ二か月。優馬は保護司のところへかよい、彼との約束事を守りながら日々を送っていた。

「優馬君の生活態度は良好であり、そろそろ普通高校へ転入させればどうか」

一週間ほど前、両親と優馬の前で保護司は言った。

教室で勉強して部活で汗を流し、友だちと馬鹿な話で笑い合う。それらに飢えていた優馬は、保護司の言葉が嬉しかった。一年生をやり直すことになるが、仕方がない。

父も眉を開き、けれど母は憂鬱そうにうつむいた。保護司が水を向けても、ゆるゆるとかぶりを振り続ける。

保護司は辛抱強く待ち、やがて母は口を開いた。

優馬を以前と同じ環境に、戻したくないという。

「そうなればまた、この子は事件を起こすかも知れません。それがとても怖くて……」

言って母は、悄然と肩を落とした。父が苦い面持ちで押し黙る。

優馬の高校転入の話は、そこで止まった。以来進展していない。

自分のせいで母や父が苦悩している。それがつらく、哀しかった。窓の向こうの桜のように、父や母は苦しみの欠片を、日々はらはらと落としているのだ。

優馬は窓から目をそらす。そこへ呼び鈴が鳴り、優馬は部屋を出た。

終始泣き顔の母を玄関に立たせるのは気の毒だから、父や姉が不在の時は、このところ優馬が客の対応をしている。まずは優馬が出て、必要であれば母に取り次ぐのだ。母もすっかり承知している。

しかし廊下へ出てみると、母の姿があった。優馬から目をそらして玄関へ向かう。優馬は母の背を追った。

沓脱《くつぬ》ぎにおりて母が玄関扉を開けると、女性がひとり立っていた。五十代の前半だろう。小太りの体を高そうな服に包み、洒落たハーフマントを羽織っている。

「与古谷《よこたに》虹子《にじこ》でございます」

その女性、虹子が言う。首肯して、母は虹子を招じ入れた。

「失礼します」

と、虹子は中に入り、廊下に立つ優馬を値踏みするように仰ぎ見る。その目元には、どこか驕慢《きようまん》さがあった。

虹子の顔は記憶にない。母と約束なのだろう。軽く頭をさげて、優馬は部屋へ戻ろうとした。すると母が袖を引く。

「お前のことで、きて頂いた」

母の言葉に優馬は首をひねった。

「さあどうぞ。おあがりください」

虹子に目を転じて母が言う。成り行きが見えないまま、母や虹子とともに優馬は和室へ向かった。

座卓とテレビのある八畳間で、家族の誰かが普段、なんとなく使っている部屋だ。

和室に入り、優馬は目を瞠った。すっかり片づき、掃除が行き届いている。母にとって、虹子は大切な客なのだろう。

そう思い、瞬間優馬は腑に落ちた。恐らく虹子の用件は、優馬の進路だ。

虹子に座布団を勧め、母が部屋を出て行った。手持ち無沙汰のまま、優馬は部屋の端に立つ。

座卓を挟んだ向かいの席を、虹子が目で示してきた。客なのに図々しいと思いつつ、優馬は席に着く。

ほどなく母が戻り、それぞれの前に湯飲みを置いて、優馬の隣に正座した。虹子が傍らの鞄から名刺を出す。

恐縮しながら母は受け取り、卓上に名刺を置いた。優馬は目を注ぐ。

「与古谷学園」と右にあり、中央に「理事　与古谷虹子」と記されて、左に勢多《せた》郡富士見村の住所と電話番号があった。

優馬の住む前橋市の北隣が富士見村だ。富士見村に入って北上すれば、ほどなく街並みは姿を消し、ぐんぐんと標高があがり、名峰赤城山の懐に入る。

稜線が美しく、手つかずの自然が残る村。優馬にとって富士見村は、そういう印象だ。

茶を啜り、虹子が口を開いた。優馬が退学になった高校の、とある職員の名をあげる。虹子はその人物と懇意にしており、彼に優馬のことを聞いたらしい。

「一昨日は突然お電話をさしあげまして、たいへん失礼致しました。優馬さんを助けたい。お役に立ちたい。そう思い、居てもたってもいられなかったものですから。

さて、お電話でもお話し致しましたが、優馬さんの進路について提案がございます。本日は詳しい資料を持参しました」

と、虹子は鞄に手を入れた。Ａ４の冊子を二部取り出す。

母と優馬の前に一冊ずつ、虹子は冊子を置いた。それを見て、優馬の胸中に戸惑いが広がる。

はるばると赤城山を撮影した綺麗な写真が表紙を飾り、「フリースクール・与古谷学園」と大きな文字で記してある。

普通高校へ転入できなければ、夜間高校か大学入学資格検定を受ける。

優馬はそう思っており、フリースクールについて考えたことはない。保護司もフリースクールには、一切言及しなかった。

優馬はちらと母を窺う。電話で虹子から、少し説明を受けたのだろう。母の面持ちに当惑の色はない。

フリースクールに関する知識を、優馬はほとんど持っていない。まずは知ることだと思い、戸惑いを抑えて優馬はその冊子、与古谷学園の案内書に目を落とす。虹子が口を開いた。

「ゲームセンター、ハンバーガーショップ、映画館、喫茶店。大抵の街には、それらがあります。

ゲームセンターで人を撃ち殺すゲームに興じ、油まみれのハンバーガーを炭酸飲料で流し込む。ギャングが主役の映画を観て、喫茶店で大いに盛りあがる。

繁華街の中で、そういう日々を送る若者たちがいます。どう思われますか？」

「あまりよくないと……」

小さな声で母が応える。しかし虹子は首を横に振った。

「いいえ、お母様。よくないのではなく、悪いのです。若い人は誘惑に弱く、享楽に呑まれやすい。しかしご覧ください」

虹子は案内書の、とある頁を開いた。

自然を残しつつ切り拓いた雑木林の中に、何棟かの建物や畑がある。そんな空撮写真だ。

「これが与古谷学園です。豊かな自然に囲まれており、若者を誘惑する店など、付近に一切ありません。

私の夫で理事長を務める与古谷守雄《もりお》が、若者たちのために私財をなげうち、六年前に設立したのです」

と胸を張り、虹子は頁をめくった。

左右の壁際に、二段ベッドが置かれた部屋の写真だ。高校生ぐらいの男性が四人、下のベッドにふたりずつ斜めに腰かけて、笑顔をこちらに向ける。

助け合い、競い合う生徒たち。共同生活によって、かけがえのない絆が生まれる――。

そんな文字が写真の下にあった。

「当学園で暮らす生徒たちは、伸びやかに日々過ごしています」

暮らすという虹子の言葉に、優馬は憂鬱になった。与古谷学園は全寮制らしい。

バスケ部の合宿で慣れているから、相部屋なのは構わない。消灯時間になり、ひとつひとつ寝息が増えていくのを聞きながら、眠りに落ちるのは安らかでさえある。

しかしずっと相部屋だと、さすがに息が詰まるだろう。

優馬はそっと嘆息し、それを見て母が口を開いた。

「私、免許証を持っています。軽自動車でも買って少し練習すれば、この子の送り迎えはできますけれど……」

「集団生活でしか学べないことがある。そう信じ、当学園は創立以来、全寮制を貫いています。常に誰かと一緒だと、適度な緊張感を保てますし、隠し事もしづらい。それに色々相談できる。同部屋の人に話をし、すんでで自殺を思い留まったという事例も、過去にありました。全寮制が彼の命を救ったのです」

「なるほど」

と、母がうなずく。しかし優馬は内心で首をひねった。流暢《りゅうちょう》な虹子の口ぶりに、営業的な匂いを感じたのだ。

それに与古谷学園の生徒たちが、伸びやかに日々過ごしているのであれば、そもそも自殺を図らないのではないか。そう思って写真に目を落とせば、四人の高校生たちの笑みはどこかぎこちない。

「全寮制の当学園に入学すれば、優馬さんはもう街をふらつくことはない。男性たちに恐喝されることもないのです」

まっすぐ母を見て、声を強めて虹子が言う。降りてきた沈黙の中、優馬は母に目を向けた。こちらを見ずに、母が決意の首肯をする。

「入学金や月謝について、ご説明します」

いそいそと虹子が言う。苦い思いが優馬の胸に広がった。

10

家族会議で父は猛反対した。

与古谷学園の入学金は二百万円で、食費や寮費を含めて月謝は十五万円。高額だがなんとか払える範囲であり、優馬のためになるのであれば金は惜しまない。

だが問題は、与古谷学園がフリースクールであることだ。

フリースクールといえば聞こえはよいが、要するに私設の学校であり、県や国から認可を得ていない。つまり与古谷学園に入っても、高校へかようことにならない。

与古谷学園を卒業したのち、大学入学資格検定を受ける。検定に及第し、受験を経て大学へ進学する。

与古谷学園へ行けば、そういう手順を踏まざるを得ず、優馬には高校中退という履歴が残る。就職には明らかに不利だ。

理路整然とそう述べる父の姿に優馬は感動し、心から感謝した。優馬を避けているが、父は将来のことを考えてくれている。

けれど母は、かたくなだった。事件の再発をひたすら恐れ、説得を続ける父の言葉に耳を貸さない。姉は嘆息ばかりで無言を守り、父もやがて口をつぐんだ。

しばらくこの家から離れたほうがいい。

ふっと優馬は思った。

家族がこうなったのは、すべて自分のせいなのだ。優馬が数年居なければ、きっと三人は元に戻る。

「おれ、与古谷学園へ行く」

優馬は言った。母が安堵の息をつき、父はため息を漏らす。

11

風が重い。

垂れ込めた雲からぽつりと、今にも雨粒が落ちそうだ。梅雨の走りなのだろう。

優馬は自宅の前に立っていた。少しひんやりとした早朝だ。間近に白いワゴン車が停まり、助手席に与古谷虹子の姿がある。運転席と後部座席には、見知らぬ男性が収まっていた。もうひとり、車の横に男性がいる。

当座の着替えや日用品を入れた鞄はすでに積み込まれ、あとは優馬が乗るだけだ。

ワゴン車へ踏み出そうとして、その前に優馬は振り返った。両親と、姉が立っている。

「お前が選んだ道だ。充実した日々を送れ」

珍しく優馬をまっすぐに見て、父が言った。

「元気で」

素っ気ないが、優しさの滲む姉の声だ。

「ごめんね」

と、母が涙を見せる。

深く頭をさげ、優馬は家族に背を向けた。ワゴン車に乗り込む。車の横にいた男性が、優馬の隣にすわった。後部座席の中央で、優馬は左右から男性に挟まれる格好だ。

「お預かりします」

助手席から顔を伸ばして虹子が言う。両親が頭をさげた。後部座席の扉を男性が閉めて、運転手がエンジンをかける。

車が発進した。うしろ髪を引かれる思いを断ち切るべく、優馬は前だけを見つめる。見慣れた街並みが、ぐんぐんうしろへ消えていく。

「おい」

左隣から、やがて声をかけられた。優馬はそちらに目を向ける。腹の突き出た五十前後の小男だ。

「お前、逃げようなんて思うなよ」

言って男性が怖い笑みを浮かべた。優馬は思わず息を呑む。

「あの、ちょっと済みません」

優馬は助手席の虹子に声をかけた。けれど彼女は聞こえぬふりで、煙草を取り出す。

「おいこら」

と、左隣の男性が手を伸ばし、優馬の髪を鷲摑みにした。

「やめてください。車、停めて！」

悲鳴のように優馬は叫ぶ。

とにかく車を降りろ、このままではたいへんなことになる！

頭の中で警鐘が鳴っている。

しかし車は停まらない。

「おい！」

左の男性がそう言って、優馬の髪を引っ張った。痛さに優馬は顔をしかめ、けれど男性はさらに引く。すると今度は右の男性が、優馬の両手首を強く摑んだ。

「ちょっと！」

優馬は言って、わずかに右を向く。

「話しているのはおれだろうが」

と、左の男性が強い力で優馬の髪を引っ張りあげた。痛みが走り、ぶちぶちと耳の近くで音がする。髪の毛が何本も、抜けているのだ。

「おれは関村広茂。今日からお前の担任だ。よろしくな」

優馬の髪を摑んだまま、その男性、関村が言ってにやりと笑う。優馬はなにも応えられない。とにかく逃げる。頭の中にはそれしかない。

「挨拶ぐらいできねえのか！」

関村が声を荒らげた。しかし優馬は返事ができない。そうしたら、目の前が白くはじけて破裂音がした。右の頬がじんじん痛む。

関村が左手で、優馬にビンタをしたのだ。優馬は目を見開く。

「名前は？」

煙草臭い息で関村が言う。優馬はようやく悟った。

与古谷学園へ行くと優馬が宣言し、あの日の家族会議は終わった。そのあと与古谷虹子が何度か家にきて、両親や優馬に学園の説明をした。

その時虹子はおくびにも出さなかったが、どうやら与古谷学園では、体罰が日常なのだ。

虹子に騙された格好だが、こうなった以上仕方ない。優馬は家族を傷つけた。今度は与古谷学園で、優馬が傷つく番だ。そうやって家族への償いを積み重ね、いつの日か家に戻る。

優馬は腹をくくった。関村を見て口を開く。

「里優馬です」

「きちんと名前が言えるじゃないか。よし」

と、関村が手の力を抜いた。髪を引かれる痛みが和らぎ、優馬は息をつく。

思えばバスケの部活でも、顧問の教師に何度か頬を張られた。しかし優馬は顧問を恨んでなどいない。

優馬への歯がゆい思いを堪えきれずに手をあげた。それがはっきり伝わってきたからだ。

この関村も、不器用な熱血漢なのかも知れない。

もう家とは決別しろ。新しい暮らしの中に入れ。

そんな思いを込め、優馬の目を覚ますためにビンタをしたのだ。

12

優馬を乗せたワゴン車は、北上を続けた。すでに富士見村へ入り、建物はぐんと減っている。高度があがり、それにつれて木々が増え、大気が澄んでいくのがはっきり解った。

風も爽快なはずだが、車の窓は閉め切ってある。

優馬が大声で助けを呼ぶ、あるいは窓から脱出する。それを警戒しているらしい。

右の男性はすでに優馬から手を離し、左にすわる関村も、黙って前を向く。けれどふたりとも、体の力を抜いていない。優馬がなんらかの行動に出ればすぐに応じる。そういう緊張が、ひしと伝わってくるのだ。

家の自室にこもりっきりで、通学どころか外出さえしない。そういう生徒を親の依頼で引き受けて、無理に車で与古谷学園へ連れていく。

そういう場合もあるだろう。車中で泣き叫ぶ新入生もきっといる。

思えば虹子とは数回会ったきりで、車中の人々は優馬のことをまるで知らない。アパートの階段から、人を突き落とした高校生。かっとすれば、なにを仕出かすか解らない。彼らは優馬をそう見ているかも知れず、ならば警戒されても仕方ない。

優馬は小さく嘆息し、虹子の肩越しに前を見た。赤城山の稜線が、はるばると霞む。いつしか雲は薄くなり、薄日さえさしそうだ。

やがて運転手が、ウインカーを出した。ずっと県道を走ってきたワゴン車が左折する。途端に道が狭くなった。運転手は速度を落とし、それでも車はなかなか揺れる。路面の舗装が、そちこち剝がれているのだ。

道の左右から、やがて梢が張り出した。樹木のトンネルの中をワゴン車は進む。民家はおろか、建物も一切ない。

世俗から隔離されていく心細さと、自然に包まれていく安らぎ。それらが優馬の中でせめぎ合い、やがて不安がまさっていく。

ほどなく舗装が途切れた。轍《わだち》の間に雑草が列をなす。左右の樹影はいよいよ濃くなり、しかし緩やかな上り坂だから、視界は徐々に広がった。

前方の左手、樹木の向こうに背の高い鉄柵がちらちら見える。

このあたりに自衛隊や米軍の基地はない。危険物の倉庫でもあるのだろうか。

そんなことを思い、優馬が首をひねっていると、左手に隘路《あいろ》が現れた。ぐんと速度を落とし、車はそちらへ分け入る。

梢に車体を叩かれながら、ワゴン車はゆっくり進み始めた。漠然と見えていた鉄柵が、やがて前方に姿を現す。一本道の隘路の先に、とおせんぼうする格好で立っているのだ。柵の高さは三メートルを超え、しかも上部に有刺鉄線が巻かれている。

優馬はごくりと息を呑む。あの先が与古谷学園だとすれば、鉄柵は侵入を防ぐためではなく、脱出防止なのではないか。

冷たい手で撫でられたかのように、優馬の背にじわりと恐怖が広がる。やがて鉄柵が目の前にきた。運転手が車を停め、優馬の右隣の男性が降りる。左の関村が、ぐいと優馬の首根っこを摑んだ。

「ここまできて、もう逃げません」

渇いた喉に言葉を引っかけながら、優馬は言った。けれど関村は力を緩めない。

道のところだけ、柵は門状になっている。二枚の柵の合わせ目に、頑丈そうな鎖錠がかかっていた。男性がそれを開錠し、二枚の柵を両開きにする。

ワゴン車がとおり抜け、男性が柵を閉め始めた。優馬はさっとあたりを観察する。

まず間違いなく、ここが与古谷学園だ。左右に延びる柵はそれぞれ、彼方で緩やかに弧を描く。敷地をぐるりと囲んでいるらしい。

希望を見いだす思いも込めて、車中での関村の振る舞いや学園のことを、優馬は努めてよい方向に考えた。だが有刺鉄線つきの鉄柵が、それは違うと告げる。

優馬の想像のはるか上を行く苛烈な暮らしが、きっとこれから始まる。

自分の蒔いた種だ。耐えなくてはならない――。

優馬は覚悟を新たにした。

13

鉄柵を抜けたワゴン車は、まっすぐ敷地の中心へ向かった。行くにつれて樹木は減り、やがて高台に出る。伐採されずに残された木々の中、何棟かの建物が見えた。

高台の中央に、大きな木造の三階建てがある。ワゴン車はその前で停まった。関村たちに引きずり出される格好で、優馬は車を降りる。建物の玄関脇に看板がかかり、墨痕《ぼっこん》で「本部棟」と記されてあった。

「もう逃げられねえぜ」

優馬の前に立ちはだかり、関村が言った。嗜虐《しぎゃく》の笑みが頬に浮く。車中では隠していたが、これが関村の本性か。

優馬は怖気を震い、瞬間関村のビンタが飛んできた。

「まずは土下座だ」

関村の怒声がする。右頬を手で押さえ、わけの解らないまま優馬は呆然とした。

「土、下、座、だよ」

と、関村が睨む。ともかくも優馬はその場に跪《ひざまず》いた。助手席が開き、与古谷虹子が降りてくる。地に伏す優馬の前に、虹子と関村が立った。

本部棟から男性ふたりと、女性がひとり出てくる。与古谷学園の教師や職員だろう。

三人はこちらへきた。車にいたふたりの男性とともに、虹子と関村の左右に立つ。

そこへ本部棟から、ひとりの男性が姿を見せた。優馬の前にいた人たちが、左右に割れる。その間をとおり、男性は虹子の横で足を止めた。優馬を見おろし、傲然と腕を組む。

五十代後半か。がっしりと頑丈そうで背が高い。なかなか立派な体躯だが、面貌《めんぼう》に粗暴さが出て、知性の欠片もない。

「私が当学園の理事長、与古谷守雄だ」

その男性、守雄が言った。どう応えていいか解らず、優馬はわずかにうつむく。

「挨拶せんか！」

守雄の怒声が降ってきた。よほどの癇癪持ちなのか、すでに満面に朱を注ぎ、口元をわなわなと震わせている。

「里優馬です」

「それだけか？」

押し殺した、守雄の声だ。

「ええとあの……」

「礼儀知らずが」

そう吐き捨て、守雄が関村に目配せした。跪ずく優馬の横に、関村がしゃがみ込む。

「よろしくお願い致します、だろ」

関村が言った。せめてもの抵抗の証として、感情を込めない声で優馬はその言葉を口にする。

すると関村が、優馬の髪の毛を摑んできた。髪をぐいと引き、反動をつけて後頭部を押し、優馬の額を地に打ちつける。そのまま関村は、優馬の頭を強く押さえた。

屈辱がせりあがり、悔しさのあまり優馬の目から涙がこぼれる。

関村が髪の毛を引っ張り、優馬の顔をあげた。涙に気づいたのだろう。虹子がけらけらと哄笑し、男性たちも追従笑いを浮かべる。

「もうよろしいのでは？　理事長もお忙しいでしょうし」

笑いが収まるのを待って、細身の男性が口を開いた。ジャージ姿が板についた三十代だ。髪を短くし、体育教師の雰囲気がある。

尊大な様子であごを引き、守雄が踵を返した。虹子とともに人々を引き連れて、本部棟へ消える。

関村とジャージ姿の男性、ワゴン車で優馬の家まできたふたりの男性が、その場に残った。関村はまだしゃがみ込み、優馬の髪を摑んでいる。その手を離し、関村は立ちあがった。

「あと、頼むぞ。それと『入学儀式』は明日だ」

男性たちに言い、建物へ去っていく。ようやく関村から解放されて、優馬はなんだか気が抜けた。

「立てるかい？」

ジャージ姿の男性が声をかけてくる。うなずいて、優馬は腰をあげた。

「手荒い入学式だったね」

いたわりの仄めく声だ。優馬はほっと息をつく。鉄柵で囲まれたこの学園、関村のようなやつばかりではない。

「私は野垣学《のがきまなぶ》、この学園の教師です」

ジャージ姿の男性、野垣が言った。

「よろしくお願いします」

言って優馬は頭をさげる。

「うん、よろしく」

野垣が目元に微笑を湛えた。しかしすぐに笑みを消し、口を開く。

「ここでの暮らしは厳しい。耐えるしかない」

「はい」

と、優馬は首肯した。

「つらいことがあったら、私に言ってください。あんまり力になれないけど」

やや無念そうに、野垣が言う。

「ありがとうございます」

そう応える優馬の声が震えた。

ワゴン車の中で関村に髪を摑まれ、それから優馬は嵐の中にいた。ようやく風雨が収まり、人らしい会話ができて、心の底から嬉しいのだ。

安堵の涙を優馬はこぼした。その肩を野垣が優しく叩く。

「またあとで」

言って野垣が去る。

その姿を見送って、優馬は鞄を手にした。ふたりの男性に導かれて本部棟へ入り、薄暗い階段を上る。逃亡防止なのだろう、男性たちは左右から優馬を挟んだ。

三階まで行って階段室を出れば、廊下はクランク状になっていた。それを抜けると、奥までまっすぐ廊下が延びる。突き当たりの左手が男子用の、右手が女子用のトイレだ。そこからこちらに向かって、左右の壁にそれぞれ二十枚ほど扉が並ぶ。

初対面の時に虹子から貰い、以来何度も見た与古谷学園の案内書によれば、二段ベッドがふたつ置かれた四人部屋に生徒たちは住むらしい。

目の前に並ぶ扉は、間隔が異様に狭い。扉の向こうに四人部屋があるとは到底思えず、生徒たちそれぞれに与えられた学習室だろう。高額な入学金と安くない月謝なのだから、それぐらいの施設はあってもよい。

そんなことを優馬が思っていると、男性たちが足を止め、左手の扉の前に立った。体格のよい男性ならば、体を横にしないととおれない。それほどに幅の狭い扉だ。

男性が扉を開けた。部屋の幅は一メートル半ほどで、奥行きは三メートル弱。質素な板敷で、トイレや洗面所、調度の類は一切ない。突き当たりに引き違いの小窓があり、外側に鉄格子が嵌まる。

いかにも狭い部屋だが、学習室としては充分だ。鉄格子は気になるが、窓辺に机を置けば勉強もはかどるだろう。

「お前は今日からここで暮らす」

ぼそりと男性が言い、優馬は耳を疑った。

「いえ、あの」

言いながら優馬は鞄を置き、与古谷学園の案内書を引っぱり出した。四人部屋の写真が載った頁を開く。忙しく目を走らせて、優馬は言葉をなくした。

助け合い、競い合う生徒たち。共同生活によって、かけがえのない絆が生まれる――。

そうあるだけで、生徒が四人部屋で暮らすとは書かれていないのだ。

「荷物を持って部屋に入れ」

冷たい声で男性が言い、優馬の背を押した。押し込まれるように部屋へ入り、男性たちに顔を向けようとした優馬の鼻先で、扉が閉まる。施錠音が続き、慌てて優馬はノブを摑んだ。しかしまわらない。

嫌な予感を覚えつつ、優馬はノブに目を留めた。突起やボタンはない。この扉は室内側から、解錠できないのだ。

独房さながらの狭い部屋に閉じ込められて、優馬は立ち尽くす。

14

本部棟二階の食堂に、優馬はぽつんとすわっていた。貧しい昼食が優馬の前に置いてある。ほかの生徒たちはみな、食事を終えて出ていった。

与古谷学園には男子十六名、女子七名の生徒がいて、昨日の夕食時、優馬はみなに自己紹介した。今日は午前五時に大音響の軍歌で起こされ、点呼と運動のあとで朝食を取り、午前六時から授業が始まった。

生徒たちは全員十代で、年齢はまちまちだ。だが、ひとりずつに合わせた授業ではない。高校一年程度の内容を、教師たちは熱意なく教えていく。

二時限目、三時限目と過ぎ、午前十一時半、六時限目の授業の途中にそれは起きた。

教室の扉がふいに開き、あの関村が入ってきたのだ。授業中の教師を押しのけて教壇に立ち、関村は腹の突き出た矮躯をそらせた。しばし生徒を睨みつけたのち、優馬とふたりの男子生徒の名を呼ぶ。呼ばれたふたりがびくりと身を震わせて、席を立つ。事態を飲み込めないまま優馬も腰をあげた。

優馬たち三人は教室を出、関村に連れられて別の空き教室に入った。そこに男性職員がふたり待つ。

「さて、始めるか」

嬉しそうに関村が言う。そして「入学儀式」が始まったのだ。

儀式での自分の振る舞いと、そのあとの関村の言葉。それらが重く心を占めて、優馬には食欲などない。

重いため息を落として、優馬は席を立った。手つかずの昼食が載った盆を厨房手前の棚に置き、食堂を出る。

午後一時から本部棟一階の作業場で、実習作業が始まるという。

独房のような個室に行く気になれず、優馬は階段を降りて教室に入った。あちらにふたり、こちらに三人、生徒たちがいる。

優馬はうしろの自席にすわった。居心地の悪さを覚えながら、両肘をつき視線を机に置く。

『入学儀式』だったのでしょう」

ふいに声をかけられて、顔をあげれば机の脇に少女がいた。

「ええと、あの」

戸惑いつつ、優馬は問うた。在校生全員をいちどきに紹介されて、みなの名前を覚え切れていない。

「杜川睦美《もりかわむつみ》、あなたよりひとつ年上よ」

その少女、睦美は応えた。艶やかな黒髪をまっすぐ伸ばし、眉の上で切り揃えた前髪が、整った顔立ちによく似合う。しかし表情は冷たく、黒い宝石のような美しい瞳から、感情は窺えない。

「入学した時、誰もがあの『儀式』をやらされる」

「それじゃ、君も?」

「ええ。あなたの『儀式』につき合ったふたりの生徒も、儀式をやった。だから気にしなくていい」

「でも僕は彼らにひどいことを……」

「この学園にいる間、心は鍵のついた箱に仕舞っておいたほうがいい。色々考えると、傷つくのは自分だから」

と、睦美が氷の視線を優馬に向けた。

「与古谷守雄は御山の大将、関村広茂は嗜虐趣味者、学園を実際に仕切るのは与古谷虹子。虹子にうまく取り入ればいいのよ」

声を潜めて、睦美が続ける。

彼女の言葉が心に残り、以来優馬は虹子への態度に気を配った。ゴマをするつもりは毛頭ないが、楯突いたり、反抗するのを抑えたのだ。

だが半年後、十二月の茶道の時間にたいへんなことが起きる。

本部棟の少し北に平屋の武道場があり、そこで二週間に一度、虹子が茶道の授業をする。授業といっても武道場の畳に生徒たちを正座させ、茶を振る舞うだけだ。

しかし優馬を始め、生徒たちは茶道の時間を心待ちにしていた。気取った仕草で虹子が点てる茶など飲みたくないが、茶請けに菓子が出る。粗食に耐える生徒たちにとって、学園内で唯一食べられる甘いものが、この菓子なのだ。

その日は桜餅が出た。

「葉をはがさずに頂きなさい」

そんな虹子の言葉を待つまでもなく、優馬たちは葉ごとほおばる。二週間に一度きりの菓子だから、はがした葉に餅がついたらもったいない。

葉の塩味と餡の甘さ、その奥にかすかな苦みがあり、桜餅は涙が出そうなほどおいしかった。

それから茶を喫して茶道の授業は終わり、ほかの生徒とともに優馬は腰をあげた。だが次の瞬間、凄まじい目眩に襲われ転んでしまう。

優馬の左腕に痛みが走り、怪鳥のような虹子の悲鳴が耳をつんざく。慌ててそちらに目をやれば、たいへんなことが起きていた。

転んだ拍子に優馬の左腕が、茶釜にぶつかったのだ。茶釜は倒れて転がり、まだ入っていた熱い湯が虹子にかかった。

「あーーーーっ」

熱そうに、悔しそうに虹子が叫ぶ。それからすごい目で優馬を睨んだ。まだ去らない目眩の中、優馬は慄然としながら口を開く。

「済みません、ふいに目眩がして……」

「黙りなさい！」

と、虹子が優馬の言葉を遮った。目を血走らせ、口の端から泡さえ吐きそうな様子で、虹子が言う。

「わざとやったね。私をやけどさせようと、ずっと機会を狙っていた」

「違います」

「うるさい、私に逆らうな！　あんたのやった行いは、殺人未遂だ」

「そんな」

「警察を呼んでもいいけど、今回は勘弁してあげる。そのかわり懲罰房一週間」

優馬は凍りつく。まだ優馬は懲罰房に入っていない。だがその恐ろしさは、ほかの生徒たちから耳にしていた。

15

束の間の昼休み、優馬と睦美はもうひとりの女子生徒とともに、教室の隅にいた。二月の長い陽ざしが教室の奥まで入り込み、目に眩しい。

初めて睦美に声をかけられてから八か月。この頃にはもう、優馬は睦美と打ち解けていた。

睦美は両親からひどい虐待を受け、家庭から逃げ出すため、志願して与古谷学園にきたという。

だが、いつまでもいられない。睦美は来月、与古谷学園を卒業する。

「卒業したら自宅へ戻るの？　でもそうなるとまた父さんや母さんに……」

女子生徒が問うた。

「大丈夫、手は打ってある」

「手？」

「きつく口止めされているから、言えない。けれどここを出ても、私は両親に捕まらない」

瞳に冷たい光を溜めて、睦美が応えた。

「僕にできること、ないだろうか？」

優馬が言い、ふっと睦美が笑みを開く。氷の仮面の下に芽吹く、優しい花のような笑顔だ。

「前にも言ったけど、うまく虹子に取り入って、無事にこの学園を出るのよ。そしてどこかで会った時、珈琲でもごちそうして」

「解った。ところで最近痩せたね、大丈夫？」

優馬は訊いた。満足な食事を与えられず、与古谷学園の生徒たちはみな痩せている。しかし睦美は今年に入り、さらに細くなった。痛々しいほど頬がこけ、顔色も優れない。

「優馬君は去年の十二月、茶道の時間に倒れたよね」

「え？　うん、凄い目眩がして立っていられなかった。そのあとすぐ収まったけど」

「私もこのところ目眩がするの。優馬君と私のこれ、良性発作性頭位めまい症だと思う」

「良性発作性……」

「頭位めまい症。ストレスが原因で起きることがあるんだって」

「そうか」

と、優馬はうなずいた。与古谷学園にきて、ストレスは積み重なる一方だ。

「私はほかにも吐き気、腹痛、食欲不振。全部ストレスが原因だと思う」

睦美の表情が翳る。

手は打ったと睦美は言ったが、卒業が刻々迫り、両親への怖さが募るのだろう。それが凄まじいストレスとなり、様々な症状を伴って彼女を襲うのだ。

「与古谷学園を出たら、知り合いがひとりもいない街で働く」

「連絡、取れないかな？」

優馬は問うた。

「卒業して落ち着いたら、連絡方法を考えてみる。それまでのは嘘だから」

「嘘？　よく意味が解らないけど」

「ごめん。今の私の言葉、忘れて」

拝む仕草で睦美が言った。

16

与古谷学園本部棟の前に、乗用車が一台停まる。後部座席に虹子が収まり、ハンドルを握るのは野垣学だ。

車の前に睦美がいて、本部棟を背に立つ優馬たちと向かい合う。誰にともなく頭をさげ、ちらと本部棟を見あげてから、睦美は車の後部座席に乗り込んだ。

「いいかい？」

野垣の言葉に睦美がうなずく。野垣が車を発進させ、優馬たち在校生はそれを見送る。しかし車が視界から消えないうちに、背後で耳障りな声がした。

「もういいだろう、教室に入れ」

関村だ。渋々優馬は踵を返す。すると関村がこちらにきて、次の瞬間、優馬の目の前で火花が散った。つい油断して、裡の思いが動きや表情に出たのだろう。それで関村のビンタが飛んできたのだ。いちいち痛がるのが面倒なほど、関村のビンタには慣れた。表情を閉じて関村に頭をさげ、優馬は教室へ向かう。

今日は睦美の卒業の日だ。しかし朝から、卒業式らしき行事は一切ない。今、車に乗り込む睦美を見送り、それだけらしい。

ともかくも睦美は学園を出た。両親に捕まらないよう祈るしかない。そう思いながら優馬は教室へ入り、席に着いた。授業が再開される。

昼食のあとで実習作業が始まり、夕方終わった。食堂へ入ると野垣の姿がある。

夕食前のわずかな空き時間だ。優馬はもうひとりの男子生徒とともに、野垣の向かいの席に並んですわった。

「今日も一日、お疲れ様」

野垣のねぎらいが心に染みた。

与古谷学園には、八人の大人がいる。与古谷夫妻、関村と野垣、あとひとりの教師、二名の男性職員と女性職員がひとりだ。

けれど野垣以外の教職員は、生徒に威張り散らすか無関心を装っていた。優しい言葉をかけてくれる大人は、学園内に野垣しかいない。

関村と取り巻きの男性職員は、そういう野垣が面白くないらしい。よく関村は生徒の前で野垣をこきおろし、怒鳴りつける。野垣は関村に逆らわず、取り巻きに嘲笑されてもなにも言わない。

「睦美さんを車で送りましたよね」

小さな声で優馬は訊いた。普通の会話でも、誰かに聞かれて勘ぐられる恐れがある。ほかの生徒や野垣と話す時、声を潜めて会話する癖がいつしかついた。

「うん、前橋駅の近くまでね」

「彼女、どんな様子でしたか？　駅でご両親が待ち伏せしていたとか」

「それが解らないんだよ」

「え、でも？」

「前橋駅の近くでふいに、とある地下駐車場へ車を入れろと与古谷理事が指示してきた」

学園の教職員は、虹子を与古谷理事と呼ぶ。

「指示どおりに地下駐車場の奥、まわりにあまり車がない場所に停めたよ。そうしたら与古谷理事、睦美とふたりで話があるから、どこかの喫茶店で三十分ほど時間を潰してこいと言う。解りましたと応えて、私は車を降りた。喫茶店に入り、きっかり三十分後に車へ戻れば、睦美君はもういない。

睦美はひとりで駅へ向かった。用は済んだからこのまま学園に戻れ。与古谷理事がそう命じてくる。だから車を出したけど、睦美君にお別れが言えず、寂しかったよ。それに少し心配だ」

と、野垣が嘆息し、優馬は首をひねった。睦美との別れ際、なぜ虹子は野垣を追い払ったのか。

卒業後に両親と会わないよう、手は打った。

以前睦美は優馬に語った。睦美はなんらかの策を巡らせ、それに虹子が絡む。だからふたりだけで、極秘に打ち合わせた。そうなのか。

睦美はうまく虹子に取り入り、虹子も憎からず思っていたようだ。虹子が睦美を両親に引き渡すことはないと思うが、解らない。

自分と金のことしか眼中にない。虹子はそういう女なのだ。

「睦美君のこと、何か解ったら教えるよ」

野垣が言い、そこへ関村が入ってきた。野垣に目礼し、優馬たちは席を立つ。

17

三日後。優馬はほかの生徒たちとともに、本部棟まわりの木々の手入れをしていた。日曜日恒例の奉仕作業だ。

奉仕と言えば聞こえはいいが、夏場は草取り、冬は雪掻き、それに各建物内の掃除など、生徒たちは様々な雑用に終日追われる。

関村は武道場を清掃する班の監視をしており、優馬たちには野垣がつく。

これならば多少は自由が利く。休憩時間、優馬は野垣に断ってひとりで林道へ出た。

本部棟から林道を南へ行くと鉄門に至る。その手前に左へ折れる道があり、優馬は足を急がせてそちらに入った。目指す建物が木々の彼方に見えてくる。本部棟から東南の方向に立つ溶接場だ。

そこへ行き、優馬は足を止めた。プレハブの素っ気ない平屋で、プロパンガスのボンベが壁際に三本並び、本部棟から電線もきている。しかし使われなくなって久しい印象があり、優馬も入ったことはない。

与古谷学園設立当初、この溶接場で実習作業が行われていた。しかしほどなく、秋田《あきた》という男子生徒が溶接機で大やけどを負う。

事が公になれば消防の検査が入り、管理責任を問われるかも知れない。警察がくる恐れもある。それらを嫌がり、与古谷夫妻はやけどを秘した。秋田を病院へ連れて行かず、学園内で自然治癒に任せたのだ。

やけどはなんとか治ったが、秋田は生涯消えない爛《ただ》れと引きつれを顔面や腕に負う。すぐに病院へ搬送されて適切な治療を受ければ、そんなことはなかったかも知れない。

秋田はやけどによって、学園卒業後に命を落としたという説もある。

ここでの恨みを忘れず、顔面と両腕に凄まじい引きつれのある秋田の亡霊が、溶接場付近を徘徊する。

そんな尾ひれまでついた話が生徒たちに語り継がれ、以前に優馬も耳にした。

怪談話に優馬は多少、興味はある。けれどこの学園では、怪談や肝試しを楽しむ余裕などない。理不尽な暴力と抑圧された日々に耐えるのに、精一杯なのだ。

だから優馬は怪談話に惹かれて、溶接場へきたのではない。

昨夜優馬は寝つけずに、個室の小窓から外を見ていた。怖いばかりの闇が大地を覆い、けれど空には満天の星。そのまたたきが少しだけ、優馬の心に落ち着きを与えてくれる。

と——。

闇の中でチカチカと何かが光った。溶接場の方向だ。優馬は目を凝らす。小さくて弱々しいけれど、間違いなく光がある。それは点滅し、さながら光のモールス信号だ。

午後十一時を過ぎて、生徒はおろか、教職員さえ出歩くはずもない。なにゆえの光なのかと優馬は首をひねり、ただ見つめた。

しばらくして光はふっつり消えたが、その理由を確かめたくて、優馬はここへきたのだ。

優馬は溶接場のぐるりを歩く。窓はすべて閉まり、扉は施錠されていた。窓から覗く室内にも不審な様子はない。

首をひねりつつ、優馬は踵を返した。今、もしも関村や取り巻きに出くわせば、なぜ優馬をひとりにしたのかと、野垣が彼らに責められる。

本部棟と門を南北に結ぶ林道へ出て、優馬は北へ向かった。この林道はすぐ先で、東西に延びる林道と交差する。

それを東に行けば与古谷夫妻の自宅があり、少し離れて虹子専用の小さな丸太小屋が建つ。西に行くと林の中に、関村の住む家があった。ほかの教師や職員は本部棟に寝泊まりしており、家を与えられているのは関村だけだ。

その四つ辻にさしかかり、優馬はぎくりと足を止めた。林道の西のほうから誰かがくる。あちらには関村の家のほか、キョウチクトウ、コブシ、ハルニレなどが群生する林しかない。

優馬は慌てて脇の草むらに身を潜めた。土を踏む小さな足音が、少しずつ近づいてくる。

関村か。

優馬は身を固くした。けれど姿を見せたのは、虹子だった。木の枝を両手に持ち、虹子はほくそ笑む面持ちでこちらへくる。

関村の家に、なにか用でもあったのか。

優馬に気づいた様子もなく、虹子は林道を直進し、自宅の方向へ姿を消した。草むらを出て、首をひねりながら優馬は歩き出す。

18

あの夜見た光は、幻視だったのだろう。過酷な日々に疲れ果て、あるいは睦美の言うストレスにより、幻の光を見たのだ。

しかし幻視や目眩で済んでいたあの頃は、まだよかった。あれからじわじわと状況が悪化して、ついに優馬の裡に殺意が芽吹く。

睦美に続き、三月末に男子生徒がふたり卒業した。四月に入って男子と女子が、それぞれひとり入学する。男子は十五歳の泉田東治《いずみだとうじ》だ。

初めて泉田を見た時、優馬は悪い予感を覚えた。泉田はひ弱で終始おどおどと目を泳がせ、見るからに関村の嗜虐趣味を誘う。

案の定、関村は泉田に目をつけた。返事の声が小さいと言ってはビンタし、動きが遅いとなじりながら、泉田の足や腰を蹴る。

優馬にとって、泉田は守るべき後輩だ。関村や与古谷夫妻の目を盗み、優馬はともかくも泉田に声をかけた。やがて泉田が優馬に打ち明けてくれる。

中学二年の夏。些細なことから泉田は、友人たちに無視された。無視は徐々に伝染し、気がつけばクラスの中で、泉田と話す生徒はひとりもいない。

それでも泉田は、毎日学校へ行った。小学校卒業の際に皆勤賞を取り、母がとても褒めてくれたのだ。

勉強や運動での賞状はまず無理だから、せめて中学卒業時、皆勤賞で母に称えてほしい。母を喜ばせたい。

その一心で、泉田は学校へ行く。しかし友人たちはめげないように見える泉田が、癪《しゃく》に障ったのだろう。

無視は終わり、いじめが始まった。

特撮ドラマに登場する怪物の名で呼ばれ、泉田が何かに触れば、泉田菌がついたと言って、誰もそれに触らない。

トイレで服を脱がされ、わさびや辛子を陰部に塗られる。机やロッカーの中に気味の悪いものを入れられ、虫を食えと脅される。

ついに泉田は学校を休み、その日以来登校しなくなった。家族会議が開かれて、泉田は初めていじめのことを打ち明ける。

憤慨した両親が学校へ行き、実態の解明を願い出た。だが学校は長期の調査のあと、いじめがあったと判断し得る材料は集まらず、いじめの事実は摑めないという回答書を寄こす。

いじめを認めない学校が、泉田を取り巻く状況を改善してくれるはずもない。泉田は不登校を続けた。表沙汰になるのを恐れたのか、学校はそんな泉田を登校扱いにする。

やがて中学三年の冬がきて、泉田と家族は進学問題に悩む。いじめに荷担した同級生たちが行くはずの近隣の高校に、泉田は絶対に行きたくなかった。

はるばる離れた全寮制の高校がいい。そんな話になり、そこへ与古谷虹子が登場する。泉田がかよう中学校の教職員に、泉田のことを聞いたという。

優馬の時もそうだったが、どうやら虹子はあちこちの学校に情報網がある。そして与古谷学園に引っ張れそうな生徒を探すのだ。

虹子の弁舌と与古谷学園の案内書。大自然に囲まれた別世界を見た思いがして、さほど躊躇なく泉田はここへの入学を希望する。家族もこぞって賛成した。本人や両親を丸め込むなど、虹子にはお手の物なのだろう。

「こんなところだなんて、思わなかった」

打ち明け話を終えて、優馬の前で泉田は半ば呆然と呟いた。

いじめ地獄から解放されたくて、泉田はここへきた。ところが暴力と理不尽の、新しい地獄が待っていたのだ。

「なにもしてやれないけれど、一緒に耐えることはできる。とにかくなんとかやっていこう」

と、優馬は励ます。

「うん」

「嫌なことや愚痴、なんでもいいから話してくれ」

「うん」

弱々しく、泉田はうなずくばかりだ。その様子にたまらなくなり、絶対に泉田を守ってみせると優馬は誓う。

けれどそのあとで優馬は嘆息する。生徒たちは学園内であまりに無力だ。

「おれは頼りがいないけど、野垣先生がいる。ここの大人たちの中で、野垣先生だけは信頼できる。なにを話しても大丈夫だ。

去年の終わりから今年の春にかけて、おれは体調を崩した。目眩に襲われたり、目がチカチカして幻の光を見たりしたんだ。ストレスが原因なんだけど、それを野垣先生に打ち明けたら、とても心配してくれた。

それだけでおれ、少し気持ちが和らいだよ。打ち明ければ心は軽くなる。気が向いたら話しかけてくれ」

「解った。ありがとう」

初めて泉田が小さく笑った。

その日から泉田は、関村たちのいない時を見計らい、優馬や野垣に話しかけてくるようになった。日曜日の奉仕作業。優馬と泉田が同じ班になり、監視員が野垣の時など、泉田はほかの生徒とも語らい始めた。

生気を取り戻していく泉田を見るのが嬉しくて、優馬は自らの痛みや苦しみさえ忘れた。しかし相変わらず、関村は泉田につらく当たる。容赦なく怒声を浴びせ、日に五、六回はビンタと蹴りだ。野垣を始め、ほかの生徒たちとも協力し、さりげなく泉田をかばう。そういう流れを優馬は懸命に創ろうとした。

関村や与古谷守雄も、女子には手をあげない。生徒の中でもっとも攻撃を受けるのが、泉田なのだ。その泉田をみなで守る。それによってこの学園に、なにかが芽吹くのではないか。そんな淡い希望が、優馬を突き動かす。

薫風の吹く頃には、泉田を取り巻く状況は少し好転した。泉田の笑顔に達成感を覚え、優馬の裡に気力が湧く。生徒たちにも一体感が芽生えつつあり、この学園にきて優馬は初めて喜びを得た。そんな優馬に大きなご褒美がくる。

五月半ばの茶道の時間。茶菓子と茶を生徒たちに振る舞ったあと、珍しく虹子が笑みを浮かべた。懐紙を取り出し、畳の上で開く。青々と水を湛える、五色沼《ごしきぬま》の写真が現れた。福島県の絵葉書だ。

「あの子からよ」

と、虹子が絵葉書を裏返した。

学園の皆様、お元気ですか。在学中はとてもお世話になりました。今、私は東北のとある街で暮らしています。新しい生活にも少し慣れ、充実を感じる毎日です。またお便り致しますね――。

そう綴ってある。

差出人の欄を見て、優馬は泣きそうになった。

杜川睦美。

三月に卒業した彼女からの絵葉書だ。

「見る?」

と、虹子が絵葉書を手渡してきた。受け取って、優馬は再び文面を追う。美しさの中に力強さを秘めた文字。間違いない、睦美の字だ。

両親に知られるのを恐れたのだろう。住所などは記されていない。消印は福島県内だ。

福島の地で暮らす睦美を思い、心が温かくなるのを覚えながら、優馬は隣の生徒に絵葉書を渡す。

ひととおりまわったあとで、虹子が口を開いた。

「住所は書かれていないけど、ともかくも睦美さんは東北の地で、元気にやってる。あなたたちも卒業後、葉書を寄こすぐらいの礼節を持ちなさい」

19

六月に入ってすぐ、再び睦美から便りが届く。美しい蔵王連山の絵葉書で、消印は山形県南部の市だ。

前回の消印は福島県内だった。睦美が東北を転々としているのか、絵葉書が両親の手に渡った場合に備え、わざと違う場所から投函したのか。

どちらか解らないけれど、ともかくも睦美は両親に捕まらず、新しい人生を歩みつつある。それが優馬には嬉しくて、ほかの生徒とともに喜びを分かち合った。

その頃には泉田もかなり明るくなり、彼の笑みに優馬の顔は益々ほころぶ。

優馬と野垣がいれば、この学園でやっていけるとさえ、泉田は言ってくれた。優馬はさほど役に立っていないが、野垣が泉田の支えなのだ。

先行きに明るさが仄めく六月も半ばを過ぎて、今にもぽつりと落ちてきそうな梅雨空の日曜日。

生徒たちは五、六名ずつ四つの班に分けられ、朝からずっと奉仕作業という名の雑用に追われていた。

優馬たちの班は武道場まわりの草むしりだ。監視役は野垣で、関村やほかの職員はいない。あちこち蚊に刺されて腰も痛いけれど、気は楽だ。優馬の横には泉田がいて、手を動かしながら時々話す。

「疲れたかい？」

ふいに声をかけられた。途端に泉田が笑みを浮かべ、優馬も顔をほころばせる。ふたり同時に振り返れば、野垣の姿があった。

「休憩しよう」

野垣が言う。近くに置いたペットボトルを手に、優馬たちは木陰へ入った。ほかの三人の生徒もくる。

太い木の幹を背に野垣がすわり、優馬たち五人は彼のまわりに円座した。優馬はペットボトルを口に当てる。生ぬるい水が流れ込んできた。

生徒たちは学園内で、清涼飲料水を飲むことは許されていない。教職員が飲み終えたジュースのペットボトルを与えられ、それが優馬たちの水筒なのだ。

「蒸し暑いね」

手の甲で額の汗を拭きながら、藤瀬玲奈《ふじせれな》という女子生徒が言った。この四月、群馬県東端の館林市《たてばやし》から入学してきた十七歳だ。

生え際が黒くなった茶髪をひっつめにし、玲奈の双眸には鋭さがある。地元でも有名な、手のつけられない不良だったらしい。

女子生徒には手をあげない関村も、目つきが悪いと玲奈を叱る。玲奈はそっぽを向いて何も応えず、関村が怒りにぶるりと身を震わす。

そういう場面が多々あって、彼女の身を優馬は案じていた。

「水分をしっかり補給しよう」

小さな声で野垣が言った。やはり変だと優馬は思う。このところ野垣はどこか元気がない。

「先生、大丈夫？」

泉田が問う。

「暑さと梅雨寒が交互にきて、ちょっと体調崩しただけだよ」

「そうですか……。心配です」

「ありがとう。泉田君はいつも優しいね」

泉田は照れたふうにうつむいた。

「これからもその優しさを大切にするんだ」

泉田にまなざしを向け、真剣な口調で野垣が言った。玲奈が口を開く。

「どうしたの、先生。なんか変」

「私はいつもどおりだよ」

そう応えつつ、野垣は寂しげな面持ちだ。

「元気になってくださいね」

泉田の言葉に、野垣がうなずいた。玲奈が言う。

「野垣先生は元気になって、関村はもっとひどくなればいい」

このところ関村は少し痩せ、顔色も悪い。時々胸や腹に手を当て顔をしかめ、食事を残すこともある。先日など授業中に突然吐いた。梅雨時の体調不良に、関村も見舞われたらしい。

「藤瀬さん、やめなさい」

と、野垣がつらそうに顔をしかめた。

あの関村のことでさえ、野垣は心配しているのだ。優馬は改めて、畏敬の視線を野垣に向けた。けれど野垣は優馬の視線を受け止めず、わずかに目をそらす。

「先生、心広すぎだよ」

少しだけ不満そうに、玲奈が言った。

「私はそんな人間ではない」

短い沈黙のあとで、野垣が応える。ややうつむいて、彼は話を継いだ。

「君たちは私のことを、どうか反面教師にしてほしい。それほどに、私は弱くて駄目なやつなんだ。からしき意気地がなくて、卑怯で、自分のことばかり考えて……」

野垣が問わず語りを続ける。思い詰めたなにかが、彼の面持ちに募りつつあった。

「学園での暮らしは厳しく、とにかく耐えるしかない。そう君たちを励ましながら、私自身、逃げ出すことばかり考えていた。でも誰だって、死は怖いだろう」

突然の「死」という言葉に、優馬ははっとした。ほかの生徒たちも困惑の面持ちで、野垣を見つめる。

「先生、どうしたの？」

玲奈が言い、目が覚めたように野垣が顔をあげる。

「ああ、ごめん。変なことを口走ってしまったね。やはり体調が悪いのかな」

と、野垣が乾いた声で笑った。

20

翌日。一時限目の授業は自習になった。教職員たちは明らかに慌て、本部棟はざわざわと落ち着かない雰囲気だ。

ほどなく優馬たちは、野垣が姿を消したらしきことを知った。

昼食後のささやかな休憩時間、優馬は教室の隅で、泉田や玲奈と額を合わせた。

玲奈が言う。

「野垣先生は昨日、死は怖いって言ったよね。殺すぞって、関村に言われたのかも」

「どうしてそんなことを思う？」

優馬は問うた。

「私この前、虹子が関村の家の方から歩いてくるのを見た。あなたも見たことない？」

「あるけど」

優馬は応えた。二か月前、溶接場からの帰り道だ。木の枝を両手に持ち、虹子が関村宅のほうからくるのを目撃した。

それを優馬は、玲奈と泉田に話す。うなずいて、玲奈が口を開いた。

「私の時もそう。木の枝を手に、虹子はさも散策ふうだったけど、きっと関村の家に行ったのよ」

「それはつまり」

泉田が言った。

「関村と虹子には、いやらしい関係がある。野垣先生はそれを知り、口外したら殺すぞと関村に脅された」

確信めいた玲奈の口調だ。

「その野垣先生が、姿を消した……。まさか関村がほんとうに野垣先生を？」

泉田が玲奈に問う。

「関村は人をいたぶるのが好きな異常者だよ。あいつは人を殺すこと、ためらわないと思う」

「でも」

「不倫が理事長にばれたらたいへんだと思い、虹子も関村に手を貸したのかも知れない。学園は広いから、どこかに穴を掘って野垣先生の死体を埋めれば、そう簡単に見つからない。野垣先生は失踪したことになる。関村と虹子が、そんなふうに考えたとしたら」

そう話す玲奈の顔色は、いつしか青い。優馬の背にも慄然とした思いが走る。けれど優馬は首を横に振った。

「悪いほうへ考えるの、やめようよ」

「でも野垣先生、私たちを見捨てていなくなる人じゃない」

玲奈が声をあげ、その時廊下に関村が現れた。ずかずかと教室に入り、まっすぐこちらへくる。ものすごい表情だ。

ひっと泉田が喉を鳴らし、玲奈もわずかに怯みを見せる。優馬はふたりの前に出た。

「やかましいぞ」

優馬たちの前で足を止め、言いながら関村が手をあげた。耳元で炸裂音がして、優馬の右頬が熱くなる。次は左、もう一度右と関村が優馬にビンタを振るう。

「やめなよ」

玲奈が言った。

「おれが女に手をあげないからって、いい気になるなよ。てめえ、懲罰房行くか？」

と、関村が玲奈を睨みつける。

「やめてください、済みません」

言って優馬は土下座した。優馬の後頭部に、サンダルの靴底の感触がくる。関村が足を乗せ、ぐいと押したのだ。

額が床に当たり、鈍い痛みが走る。顔をしかめて優馬は耐えた。

21

それから五か月。野垣の姿を見た者はいない。

学園が嫌になって、野垣は逃げ出したのか。

それとも——。

いずれにしても野垣という拠り所をなくし、優馬たちは大いに消沈した。それが気に入らないのだろう。関村の体罰は、いよいよ激しさを増した。狙われたのは泉田だ。

梅雨時に体調を崩した関村は、そのまま暑気あたりになったらしい。時々苦しそうに顔を歪め、その痛みをぶつけるかのように、泉田に当たり散らした。

日々の暴力は、肉体以上に精神を引き裂く。泉田はいつしか気力をなくし、関村の暴力を無表情で受け止め始めた。反応しないのが癪なのか、関村はさらに体罰を加える。

ただならぬ方向へ事態は加速し、農作業中にあの事件が起きた。

もう限界だ。大げさではなく、このままではひとつの命が消えてしまう。

やるしかない。

農作業中の事件のあと、優馬はついに決心した。

関村を殺すしかないのだ――。

第二章
迷走

1

前橋市内の群馬県警本部庁舎。その四階に浜中康平《はまなかこうへい》はいた。自席にすわり、書類に目を落とす。隣の席には、夏木大介《なつきだいすけ》の姿があった。

三十代前半の夏木は背が高く、体躯《たいく》は見事に引き締まる。暗色の背広を着、ネクタイを少し緩めていた。無精ひげも目立つ。

しかしだらしなく見えない。少し崩れた感じが、逆に精悍さを醸す。夏木は腕っぷしが強く、裡に優しさを秘めた好漢だ。とても頼りになる先輩で、浜中は夏木と組むことが多い。

浜中と夏木は県警本部の、刑事部捜査一課二係に属している。捜査一課は殺人や強盗などを専門に扱う部署だ。一定以上の規模の所轄署と、県警本部に置かれる。

ほかにいくつも課はあるが、刑事ドラマの影響なのか、刑事といえば捜査一課が思い浮かぶ。実際に捜査一課は花形部署で、一課の刑事を志す警察官は多い。けれどそう易々と、希望はかなわない。人気ゆえに競争率が高いのだ。

地域課や交通課でひたすら実績をあげ、刑事たちに名や顔を覚えてもらい、捜査一課へ呼ばれるのを待つしかない。

そうして捜査一課へ行けば、激務の日々だ。死体を見て、聞き込みや証拠集めにへとへとになり、その中で捜査勘を養う。

　管轄内の事件を捜査する所轄署と違い、県警本部の捜査一課は、群馬県全域の凶悪事件を担当する。群馬県で起きた殺人事件の、ほぼすべてを扱うといってよい。

　だから本部の捜査一課には、所轄で実績をあげた刑事が多い。所轄署から吸いあげられる格好で、本部にくるのだ。

　浜中康平は二十代後半で、県警本部捜査一課の中ではもっとも若い。

　キャリアと呼ばれる警察官僚ならば、その年齢で捜査一課の管理官などを務めるが、浜中は官僚ではない。大学を出て採用試験を受けた、いわゆるノンキャリの警察官だ。

　若き捜査一課の刑事。しかも浜中は、二係の切り札と呼ばれている。それだけの実績が、浜中にはあった。

　本部へ異動になる前、浜中は高崎警察署の刑事課にいた。そこで浜中は、手柄をあげ続けたのだ。

　入れ食いというのだろうか。犯人から浜中にすり寄ってくる感さえあり、高崎署の中ではそれを「浜中マジック」と言う者もいる。

　本部へきてからは「ミスター刑事」と呼ばれるようになった。刑事になるために、生まれてきた男。

　それが浜中なのだという。

　だが――。

　浜中は刑事にだけは、なりたくなかった。

　生まれ育った群馬県を、浜中はとても愛している。特に田舎がいい。山々は懐が豊かで稜線に峻険《しゅんけん》さはなく、人々を優しく包む。川は静かに大地をうねり、その水は大いなる恵みを約束してくれる。

そういう鄙《ひな》の地の駐在さんになりたくて、浜中は警察官の採用試験を受けたのだ。

新米警官は、男性ならば地域課に、婦警であれば交通課に配属されることが多い。警察学校を卒業した浜中は、高崎署の地域課に配属された。そこで高崎市内の派出所勤務を命ぜられる。

派出所での仕事は、細々として多岐にわたっていた。派出所や交番は、「困りごと相談所」の色彩が強いことを浜中は知る。

浜中は嬉しくなった。元々が親切なたちだから、困っている人の相談に乗り、手助けするのはちっとも苦にならない。問題が解決した時に相談者が見せる、ほっとした面持ちに接するだけで、それまでの苦労が霧散するのだ。

派出所での仕事は、浜中の性に合っていた。

駐在所は派出所よりも、さらに困りごと相談所の性格が強いだろう。駐在ひとりであらゆる事態に対応せねばならない。

先輩たちに教わりながら、身を粉にして働く。持ち込まれる相談事のうまい収め方を、ひとつひとつ身につけていく。そういう日々の中、駐在員へのきざはしを、浜中は確かに見た。

しかしひとりの老婆との出会いによって、浜中の夢は木っ端微塵に砕かれてしまう。

その日、浜中が派出所にいると、老婆が入ってきた。重そうに荷物を持ち、杖をついている。

ともかくもすわってもらい、浜中は話を訊いた。初めて孫のところへきたのだが、マンションの場所がまるで解らないという。

歴史に彩られた高崎市だが、集合住宅の密集地もある。場所を教えても、老婆はなお迷うかも知れない。

荷物を抱えて杖をつき、マンションの群れを見あげて悄然《しょうぜん》とする。

老婆のそんな様子を想像し、浜中はたまらなくなった。困り果てたお年寄りを見るのはつらい。悲しくさえなってしまう。

「お孫さんのマンションまで、ご案内します」

気がつけば浜中は、涙声でそう言っていた。

幸いにして、引き継ぎの時間が近い。交代の人がくるのを待って、浜中は派出所をあとにした。浜中が荷物を持ち、老婆とふたりでマンションへ向かう。

けれど途中で浜中たちは、挙動不審の男性に出くわす。すでに勤務時間外であり、しかも道案内中だから、やり過ごそうかと浜中は思った。

だが浜中は派出所の一員だ。それにいずれ駐在員になれば、勤務時間外云々などと言っていられない。

浜中は男性に声をかけようとした。男性は慌てて逃げ出し、けれどすぐに転倒する。なんと老婆が、杖を男性の足に引っかけたのだ。

くるくると杖をまわし、老婆がVサインをしてきた。早く捕まえろという表情で、倒れた男性に目を落とす。

浜中は男性に覆いかぶさり、腕を逆手に決めようとした。男性は抵抗し、逮捕術が不得手な浜中は苦戦する。

ふいの捕り物に人だかりができ、騒ぎを聞きつけて警察官がきた。その応援を得て、ようやく浜中は、男性を取り押さえる。

見まわせば、老婆の姿はすでにない。首をひねりつつ、浜中は男性を派出所に連行した。

男性は覚せい剤を所持しており、すぐに高崎署へ引き渡された。身柄を拘束され、刑事たちの取り調べを受ける。男性は供述し、裏付け捜査が始まり、やがて県内最大の麻薬密売組織が摘発された。

浜中康平、大手柄である。

しかし浜中は、わが身の不運を嘆いた。手柄などあげたくない。目立たず地味に、駐在員への道を歩みたいのだ。

ところがここから、浜中の快進撃が始まる。

地域を巡回中、まさに家へ侵入しようという窃盗犯に、出くわしたのだ。仕方なく、浜中は現行犯逮捕した。

数日後、所用で出かけて派出所へ戻る途中、逃走中のひったくりが浜中にぶつかってきた。倒れてのびてしまう。やむを得ず、浜中は現行犯逮捕した。

さらに後日、浜中が電車に乗ったところ、誰かが尻に触ってくる。男性専門の痴漢なのかと驚きつつも、その手を押さえれば、手の主はスリだった。尻ポケットの財布を狙っていたと自供する。どうしようもなく、現行犯逮捕した。

逮捕三昧、というのだろうか。浜中はぼうっとしているだけなのに、犯人が向こうから逮捕されにくるのだ。

あの老婆は傍から見れば幸運の、けれど浜中にとっては不運の女神だった――。

いつしか浜中は、確信した。

浜中の大活躍は上層部の知るところとなり、やがて高崎署の刑事課へ転属になった。そこでも浜中は強運を発揮し、いくつかの事件で犯人を逮捕する。

しかし浜中は、なんとしても駐在所へ行きたい。だから手柄は、なるべく先輩刑事に譲った。けれどその謙虚さが認められ、逆に先輩たちから、倍の手柄を貰ってしまう。

昨夏とうとう浜中は、県警本部の刑事課へ異動になった。

2

早く鄙の地へ、赴任したい――。

県警本部四階の自席で、浜中はそっと嘆息した。

田舎の駐在はいい。

村人からは「駐在さん」と呼ばれ、なにかあればどれほど些細なことでも、しっかり相談に乗る。凶悪な事件は決して起きず、つつがなく、静かに日々が流れていく。

どうしたわけかその村では、女性が多く生まれていた。当然男性は少なくて、結婚したあとも村に残りたい女性たちは、婿探しに苦労する。

そこへ二十代後半で、しかも独身の浜中が赴任した。しばらく様子を見てみれば、浜中はとても親切で優しく、心根のまっすぐな好青年だ。

村の女性やその両親が、放っておくはずがない。次から次へと縁談の話がきて、駐在所で浜中は嬉しい悲鳴をあげ続ける。

やがて夏が近づいて、祭りの準備が始まった。

「縁談を望む女性を集め、彼女たちだけで盆踊りをさせたらどうか」

村の誰かがそう言った。

「その盆踊りを駐在さんに見せ、誰を娶るか決めてもらうのだ」

別の村人が応える。

話はすぐにまとまった。

かくして夏祭りの日を迎え、「浜中康平争奪盆踊り大会」の幕がついにあがった。櫓《ろ》から八方に提灯がずらりと渡され、妙齢の女性たちが勢ぞろいする。

浴衣《ゆかた》姿の彼女たちは、恥じらいとはにかみを浮かべていた。だが瞳の中には、浜中への熱い想いが溢れている。

「これはたまらん」

思わず浜中は呟いた。櫓の上で村長が太鼓を打ち、それを合図に音曲が鳴る。盆踊りが始まった。

このあたりで盆踊りといえば八木節だ。女性たちを眺めつつ、浜中も唄う。

「はぁー、またも出ました三角野郎がぁ、四角四面の櫓の上で」

「おい！」

夏木大介の声が飛んできた。

浴衣の女性たちや櫓が、瞬時に消え失せる。浜中はわれに返った。

「またか？」

夏木が言う。うなずいて、浜中は頭をかいた。疲れたり、現実から逃げたくなると、浜中はふっと妄想に囚われるのだ。

「県警本部で八木節を唄ったのは、浜中君がきっと初めてよ」

上座の席で、美田園恵《みたぞのめぐみ》が言った。

美田園は二係の係長だ。笑みの似合う顔立ちで、華やいだ雰囲気を纏っている。彼女がいるだけで、場が明るくなった。四十代だがよほど若く見える。

無論それだけではない。女性ながら、捜査一課の二係を仕切るのだ。美田園は高い指揮能力を有し、熟練の刑事を相手に、一歩も引かない強さもある。時に怖いけれど、浜中にとっては尊敬できる上司だ。

「八木節の前によ」

夏木が言う。

「お前『これはたまらん』って言っただろ」

「え？」

「どんな妄想だったんだ？」

と、夏木が肘で浜中を突いた。

「いや、それは……」

浜中は言い淀み、美田園が口を開く。

「お喋りはそこまで。仕事に戻る」

ほっとしながら、浜中はうなずいた。書類に目を落とす。夏木もペンを走らせ始めた。

県警本部の刑事部捜査一課は、いくつかの係にわかれている。事件が起きればひとつかふたつの係で、捜査に当たるのだ。大抵は順番にまわってくるから、事件が解決すれば、その係は束の間の休息に入る。

浜中たち二係は今、事件を抱えていない。夜の帳《とばり》はすっかり降りて、二係のシマには浜中と夏木、それに美田園だけだ。

いつものように夏木が書類を溜め込んで、夕方美田園の雷が落ちた。急ぎ提出する書類を、夏木はやっている。

捜査関連の書類には、被害者と加害者双方の人生がある。そう思うから、浜中は書類をとても丁寧に書く。夏木ほどではないが、机にはいつも書類の山がある。夏木につき合う格好で、浜中も残業しているのだ。

妄想からすっかり覚めて、浜中は書類に集中した。二係のシマが静寂に包まれる。

やがて夏木がしじまを破った。

「ふうー、やっと終わったぜ」

背もたれに身を預け、夏木が天井のあたりに視線を放つ。

「やれやれね。私が活を入れなければ、どうなってたの？」

美田園が言う。苦笑を浮かべ、夏木が無精ひげを撫でた。

「一杯おごって貰いたいけど、あなた宿直だったわね。さあ浜中君、さっさと帰りましょう」

うなずいて、浜中は腰をあげた。夏木に見送られ、美田園とともに部屋をあとにする。一階へ降り、ふたりで庁舎を出た。

「お疲れ様」

和らいだ声音で美田園が言った。仕事を終えて庁舎を出た瞬間、美田園はふっと優しくなる。

「お疲れ様です」

そう応え、浜中は美田園と別れた。

3

行きつけのラーメン屋で夕食を取り、浜中は前橋市内のアパートに帰宅した。玄関を開けると右手に台所があって、左手は風呂とトイレだ。

その間をとおり、浜中は奥の部屋に入った。八畳の和室が一間きりだが、ひとり暮らしだから狭いと感じたことはない。

八畳間には丸い卓袱台と、長火鉢が置いてある。ほかに調度といえば壁際の小さな棚とテレビ、それに電話ぐらいだ。

丸い卓袱台は最近では珍しく、長火鉢を使っている家庭も、もはや少ないだろう。時代がかった部屋という印象だが、浜中に懐古趣味はない。

浜中が中学生の時に両親は離婚し、それから浜中は母親とアパートに住んだ。しかし浜中が大学四年生の冬に母が亡くなる。

大学を卒業し、浜中は母との住処を引き払った。温かい思い出ばかりが詰まったアパートを出て、全寮制の警察学校へ入校したのだ。

警察学校はたいへん厳しい。母を亡くした哀しみに浸る間もなく、浜中は日々鍛えられた。刑法や実務のイロハを叩き込まれ、柔剣道や逮捕術で汗まみれになる。

密度が濃いほど、日々は足早に過ぎていくのだろう。瞬く間に半年が経ち、浜中は警察学校を卒業した。

かつて新人警察官は、半ば強制的に署の独身寮へ入ったという。そのしきたりはすでになく、浜中は高崎市内にアパートを借りた。

その際に大伯母の神月一乃《こうづきいちの》が、丸い卓袱台と長火鉢を送ってくれたのだ。

届いたそれらを目の当たりにして、浜中は思わず涙ぐむ。ふたつとも、一乃の部屋にあったものだ。

今は亡き浜中の母は一乃とすこぶる仲がよく、浜中も一乃にはとても可愛がられた。

尾瀬への玄関口である水上町に、一乃は住む。小さい頃の夏休み、浜中は母とともに神月家に長く滞在した。

　病気がちの母にとって、涼しい水上町は過ごしやすかったのだろう。またその頃から浜中の両親は、関係が冷えていたのだと思う。父の顔を見たくない。そんな気持ちが母の裡にあったのではないか。

　水上へ行けば、寝たり起きたりの母に代わり、一乃がよくおぶってくれた。浜中の夏の記憶は、一乃の背とともにある。

　優しく背を揺らし、少しだけ顔をこちらに向けて、童謡を唄う一乃。その頃の童謡を耳にすれば、今でも浜中の脳裏に一乃の顔が浮かぶ。

　その一乃が長い間、大切に使ってきた卓袱台と長火鉢。ひとり暮らしを始める浜中にとって、これほどありがたい贈り物はない。

　感謝を電話で伝えるのは申し訳ない。そう思い、浜中は水上町の神月家を訪ねた。珍しく、一乃が応接間にとおしてくれる。一乃と向かい合わせてソファにすわり、浜中は心から礼を述べた。

「送った卓袱台と長火鉢を、私だと思ってほしい」

　しんみりと一乃が応える。

　卓袱台には四本の脚がついており、まだ人のかたちに近い。だがどうすれば、長火鉢を一乃だと思えるのか。小引き出しのいくつかついた、ほどよい大きさの箱火鉢なのだ。

　そう思い、浜中が困惑していると、しきりに一乃がため息をつく。

「どうしたの、一乃ばあ」

　長火鉢を一乃に見立てる算段はひとまず置いて、浜中は訊いた。

「ばあちゃんの部屋に、卓袱台と火鉢がなくてな」

「え?」

浜中は目を丸くする。代わりの座卓や火鉢があるものと思っていた。

「だからだね」

と、浜中は点頭する。自分の部屋に座卓がないから、一乃は浜中を客間にとおしたのだ。

「一乃ばあ、ありがとう。でも卓袱台と長火鉢は返すよ」

「いや、いいんだ。あれは康平、お前が使え」

「でも」

「リンゴの木箱でも置いて、ばあちゃんはそれを座卓代わりにする」

「火鉢はどうするの? これからうんと寒くなるよ」

「なに、厚着をすれば平気だ」

「平気なわけないよ!」

悲鳴のように、浜中は言った。水上のあたりは冬になれば、毎日のように雪が降る。重ね着でしのげる寒さではないのだ。

「そうだ、一乃ばあ。次の給料日に、僕が卓袱台と火鉢をプレゼントする!」

声を弾ませて浜中は言った。われながらよい思いつきではないか。

しかし一乃は首を左右に振った。

「気持ちだけありがたく頂く。無駄遣いせず、給料は貯金しておけ」

「それじゃ僕の気が済まない。お願いだよ、一乃ばあ」

浜中は頭をさげた。ともかくも一乃に何かしてあげたいのだ。

「康平がそこまで言うなら……」

「ありがとう！　一乃ばあ」

「礼を言うのは私だよ。よし、ちょっと待ってろ」

と、一乃が腰をあげた。足早に居間を出て、冊子を手にほどなく戻る。

応接テーブルの上に、一乃は冊子を置いた。家具店の商品案内書だ。

「あの、一乃ばあ。これは……」

嫌な予感を覚えつつ、浜中は問うた。それを無視して一乃が冊子を開く。その頁には、すでに折り目があった。

天然けやきの無垢材を使った最高級座卓――。

そんな見出しとともに、写真が出ている。とても風格のある座卓だ。

「ばあちゃん、これがほしい」

一乃が言う。商品を決めていたらしい。

してやられたと思いつつ、浜中はいい気分だった。これで一乃に、わずかでも恩返しができる。

「うん、それじゃこれ、僕が買うよ。ええと……」

言って冊子を覗き込み、浜中は凍りついた。

特価：九十六万円。

「月賦払いでも、いいみたいだ。月賦の申し込み書類は取り寄せてあるから、私の部屋へきてほしい」

小さい声で一乃が言った。

けれどそれから一乃の部屋へ行けば、代わりの卓袱台と長火鉢がしっかり置いてある。

冊子や最高級座卓は、一乃の悪戯だったのだ。見事に騙されて、浜中は爽快でさえあった。のちに浜中は最高級座卓の代わりに、一乃へマッサージチェアを贈る。

浜中は棚から便箋と筆記具を取り、一乃との思い出まつわる卓袱台に置いた。十一月に入ったばかりで、火鉢に炭を熾すほどではない。

卓袱台の前に正座して、浜中はペンを手にした。一乃がリンゴを送ってくれたので、礼状を書き始める。

やがて書き終え、浜中は腰をあげた。痺れつつある足に顔をしかめて台所へ行き、隅の木箱の蓋を取る。

見事に生ったリンゴが一杯、眼に飛び込んでくる。神月家は水上で広く果実を栽培しており、一乃自らがもいだリンゴだ。

ありがとう——。

心の中で呟き、浜中はリンゴをひとつ手に取った。流しでざっと洗い、皮ごとかぶりつく。よい匂いがして、甘い汁と果肉が口中に満ちた。

シャリシャリと音を立て、浜中はリンゴをかじる。一乃の顔が目に浮かんだ。

小さなリンゴの実が、一乃の丹精でここまで育ち、こうしておいしく食べられる。

そのことに心から感謝して、浜中はリンゴをかじった。そこへ内ポケットが振動する。ポケベルだ。リンゴを持っていない手で、浜中は慌ててポケベルを出した。捜査一課二係からだ。リンゴを置いて素早く手を洗い、浜中は八畳間へ戻った。黒電話の受話器を取りあげ、二係にかける。呼び出し音はすぐに途切れ、受話器から夏木の声が聞こえた。

「浜中です」

「退庁したのに悪いな」

「いえ、そんな。それよりなにか、ありましたか？」

「勢多郡の富士見村で殺しだ」

「殺人……」

「与古谷学園という施設の中で、死体が見つかったらしい。一斉無線でそう流れてな、おれは美田園係長に連絡を取った。

この事件の捜査本部ができれば、まずはおれたち二係の担当になる。これから現場へ向かっていいそうだ」

「でも宿直は？」

「係長がすぐに登庁し、代わってくれる。彼女の到着を待って、おれは富士見村へ向かう。どうする、相棒？」

「行きます」

浜中は即答した。

「よし。行き違いになっても面倒だから、お前のアパートまで車で迎えに行くぜ」

「済みません。アパートの前に立ってます」

そう応えて浜中は、受話器を置いた。台所へ戻ってリンゴを食べ終え、新しいリンゴを三つ取り出し、流しで洗う。ビニール袋にそれを入れ、浜中は出かける支度を整えた。

4

「やっぱりうまいな」

レオーネの助手席で、夏木が言った。

宿直の夏木は、大した夕食を取っていないだろう。そう思い、浜中が持参したリンゴを見せると、彼は大いに喜んだ。

リンゴを食べながら、運転させるわけにはいかない。アパートの前からは、浜中がレオーネのハンドルを握った。

夏木はもう、ふたつ目のリンゴを手にしている。その間にもレオーネは北上し、すでに富士見村へ入った。

午後の十一時を過ぎて、行き交う車はほとんどない。前橋市内ではひしめくように建ち並んでいた建物も、めっきり減った。

道の左右には森が広がり、ヘッドライトの彼方に黒く稜線が霞む。赤城山の懐へ入るかのように、街道は次第に高度をあげていく。

「ごちそうさま」

言って夏木が、リンゴの芯を袋に入れた。ちらと目をやれば、ふたつともこそげ落とすように、芯ぎりぎりまでかじっている。

食べられる部分を残すのは失礼だ。リンゴを育てた一乃への、夏木なりの礼儀なのだろう。

「ありがとうございます」

と、浜中は嬉しい思いを言葉に乗せた。

「うん？　礼を言うのはこっちだぜ。お蔭で腹が落ち着いた。さてと、近いな」

途中から口調を引き締めて、夏木が応える。県警本部で美田園を待つ間、現場の場所を夏木は調べていたはずだ。

「夜だと解りづらい道らしいが……。ああ、あの先だろう」

夏木が言う。左手の先にわずかばかり、森の切れ目がある。速度を落とし、浜中はそこで左折した。

途端に道が狭くなる。

夏木の指示で浜中は、先でもう一度左へ曲がった。さらなる隘路が現れる。左右から張り出す梢をできる限り避け、歩くほどの速度で浜中はレオーネを走らせる。

「あれが与古谷学園でしょうか」

やがて浜中は言った。道の彼方に立ち入り禁止のテープが張られ、数人の警察官が立っている。

「恐らくな。それにしても、柵で囲まれた学園か」

硬い声で夏木が応える。

まだ詳細は解らないが、与古谷学園はなんらかの教育施設なのだろう。ところが警察官たちがいるあたりに、背の高い鉄柵があるのだ。それは物々しい様子で、軍事施設か収容所を思わせた。

警察官のいるところだけ、柵は門になっている。警察手帳を提示して、浜中たちは通過した。道はやや広くなり、さらに先へと伸びる。

やがて高台に出た。行く手を塞ぐようにパトカーや警察車両が何台も停まり、その先で投光器が闇を切り裂く。

暗い夜道をずっと走ってきたから、木々を透かして届く投光器の明かりが眩しい。目を細めつつ、浜中はレオーネを停めた。

車を降り、浜中と夏木は車列の脇を抜けて林道を歩いた。先の突き当たりに大きな木造の建物があって、窓に点々と明かりが見える。

投光器は建物の、かなり手前に据えてあった。浜中たちはそこへ行き、足を止める。刑事たちや鑑識員が、なにかを囲んで群がっていた。

彼らの肩越しに、浜中たちは覗き込む。林道から林へわずかに入ったあたりに、男性が倒れていた。仰向けで、カッと目を見開いて歯を食い縛る。

男性は背広を着、しかし前がはだけてワイシャツがあらわだ。白かったであろうワイシャツは、血の入った桶にぞぶりと漬け込んだかのように赤い。胸のあたりからおびただしく出血したらしい。投光器が容赦なくそれを照らす。

名も知らぬ亡骸を前に、ともかくも浜中は合掌した。目を開けて、視線を戻す。

男性がひとり、死体の傍らにしゃがんでいた。何度も会ったことのある、脇坂《わきさか》という前橋警察署の検視官だ。

検視官は現場で死体を調べ、事件性の有無を見極める。本来は検察官の仕事だが、警察大学校で法医学を学んだ警察官も代行できる。

現着が早ければ、こうして検視に立ち会える。環の外に立ち、浜中と夏木は無言で待った。

5

検視官の脇坂が、口を開いた。

「胸を刺されたことによる失血死だろう。死んだのは四、五時間前」

浜中は腕時計に目をやった。午前零時に近い。男性はおよそ午後七時から八時の間に、殺害されたことになる。

「凶器は大型の刃物。傷口に特徴がある」

「特徴とは？」

灰色の背広姿の男性が、脇坂に問うた。四十歳前後だろう。小柄だけれど、とてもがっしりして見える。

「二枚の重なり合った刃先による刺し傷だ」

「大型で刃先が二枚……」

男性が首をひねる。

「刈込鋏でしょうか」

思わず浜中は言った。水上町の神月家で、時々浜中は雑草の刈り取りを手伝う。その際によく刈込鋏を使う。

小さく呟いたつもりだったが、思ったよりも声が大きかったらしい。脇坂が浜中にさっと目を向けた。

「お、浜中か。そう、凶器はまず刈込鋏だ。さすがミスター刑事だな」

それまでの素っ気ない口調を和らげて、冷やかすように脇坂が言った。まわりの男性たちが、一斉に浜中を見る。

「済みません……」

意味なく男性たちに謝って、浜中は頭をかいた。目立ちたくないのに、なぜこうなってしまうのか。

それに自分は、断じてミスター刑事ではない。ミスター駐在を夢見る若者なのだ。

そんなことを思っていると、視線を感じた。先ほど検視官と話していた、灰色の背広の男性だ。太い眉を険しげに寄せ、挑戦的な面持ちで浜中を睨む。

彼に小さく頭をさげ、浜中は目をそらした。

「無論事件性はある。解剖にまわすよう手配しておく」

そう言って、脇坂が腰をあげた。背広姿の男性たちの環が崩れ、その間から鑑識員たちが進み出る。これからしばらく死体の周囲は、鑑識員の領域になる。

「どうします？」

浜中は夏木に訊いた。

「まずはあれだ」

と、夏木が浜中の背後を目で示す。浜中を睨んでいた、灰色の背広の男性がこちらへくる。

「あの豆タンク、なにか言いたそうなツラしてるぜ」

「失礼ですよ、先輩」

「なにだが？」

「豆タンクとか言って」

浜中はそう応え、そこへ背後から声がかかる。振り返ればあの男性だ。面容にはっきり怒りを滲ませ、男性が口を開く。

「お前今、おれのことを豆タンクと言ったろう。おれはそう呼ばれるのが嫌いでな」

「え？」

浜中は目を丸くする。

夏木の侮言を諫めるため、浜中は「豆タンク」と口にした。男性はそこだけを耳にしたらしい。

「誤解ですよ」

「今更とぼける気か」

豆タンクと言ったのは横にいる夏木であり、自分はそれを注意したのである——。

ともかくも男性に、そう伝えなくてはならない。浜中は口を開いた。

「豆タンク」

しかし浜中の口から出たのは、その言葉だけだった。目の前の男性に突然敵意を向けられ、浜中は緊張したのだ。そして言葉が、喉に引っかかった。

「面と向かって言いやがったな」

大魔神さながら、男性が表情をはっきり変えた。

誤解の上に誤解を重ね、すべなく浜中は夏木をすがり見る。やれやれという表情で、夏木は肩をすくめるばかりだ。

「いや、あの、豆タンクというは、つまりその豆タンクでして……」

しどろもどろに浜中は言う。

「連呼するのか」

押し殺した、男性の声だ。

「おれは県警本部捜査一課二係の夏木だ。こっちは同じく二係の浜中」

浜中と男性の会話を鉈で断ち切るように、夏木が言った。男性がさっと夏木に目を向ける。

「前橋警察署刑事課の村重《むらしげ》だ」

夏木に視線をぶつけながら、その男性、村重が応えた。夏木も目をそらさない。

気まずい沈黙がおりてきた。赤城おろしが吹き抜けて、梢がざわざわと鳴る。

「県警本部のあんたたちが、なぜここへきた？」

と、村重がしじまを破った。

「一斉無線で事件を聞きましてね。捜査本部ができれば、おれたち二係も事件に携わるかも知れない」

夏木が応えた。

「それでわざわざ？」

「ええ」

「そうか。だがこの山中、しかも鉄柵の中が現場だ。内部犯に決まってる。帳場が立つ前にホシはあがるさ」

「予断は禁物」

「なんだと？」

村重が声を荒らげる。

「先輩刑事に教わった言葉ですよ」

さらりと夏木がかわした。苦い顔で村重が言う。

「いずれにしても、まだ帳場は立ってない。県警本部はこの事案に、今のところ無関係だ。おれたち前橋署の刑事課に任せて、あんたたちはもう撤収しろ」

捨てぜりふを残して、村重は去った。彼の背を見送りながら、浜中は逡巡する。

誤解ではあるけれど、年下の浜中に「豆タンク」と連呼され、村重は傷ついただろう。彼に一言詫びておきたい。

「今はやめておけ、火に油を注ぐことになる」

浜中の心中を見透かして、夏木が言う。わずかに迷ったあとで、浜中はうなずいた。

「近いうち、あいつに謝る機会はあるさ」

「そうでしょうか？」

「ああ。ところであれだが」

と、夏木が話題を転じて、彼方へ視線を放つ。浜中もそちらへ目をやった。行き来する車の前照灯や投光器によって、背の高い鉄柵が見え隠れする。

「有刺鉄線つきの高い鉄柵に囲まれて、さながらここは収容所だ」

「確かに」

「柵の中の学園か。哀しい事件でなければいいが……」

珍しく、夏木の言葉が感傷を帯びた。

「どうする相棒？　村重さんの言うことを聞いて、このまま帰るか」

いつもの口調に戻って夏木が言う。浜中は首を左右に振った。

職務として浜中は、死体に向き合う。ついさっきも、亡骸を目の当たりにした。だが、死んでしまった自分の体を他人に見られるのは、とても嫌なのではないかと、浜中は時々思うのだ。

水死体や焼死体は無残なものだし、全裸で見つかる場合もある。それを警察官たちが取り囲み、言葉は悪いがじろじろと眺めまわす。

もしも死者に意識があれば、さらし者にでもなった気がして「もうやめてくれ」と言うかも知れない。

見せたくないであろう死に様を、刑事だから見せてもらえた。被害者のためになにかしなければ、失礼ではないか。

村重の言葉どおり、速攻で事件が解決すれば、これからの浜中と夏木の動きは徒労に終わる。けれど無駄にはならない。そう浜中は信じている。

「よし、ちょいと動こうぜ」

夏木が応えた。

6

「さて」

言って夏木があたりを見まわした。ひとりの男性に目を留め、浜中を促して歩き出す。

男性も浜中たちに気づき、こちらへ歩み寄ってきた。前橋署の刑事課で一班を仕切る熟練刑事、望《もち》月《づき》だ。なかなか貫禄があって、彼の班に属する捜査員以外からも「班長」と呼ばれる。

「きたのか」

挨拶抜きに望月が問うた。これまでのことを、ざっと夏木が説明する。

「村重に豆タンクを連発か」

話を聞き終え、苦笑交じりに望月が言った。浜中は頭をかく。

「村重さんが班長のところへきたのは、最近ですか？」

夏木が望月に訊いた。村重は望月班だという。

「村重は長く少年課にいてな。三か月前に刑事課へ異動になって、おれのところへきた。ちょっと癖のある男だが、癖のない刑事なんて、逆につまらないだろ。まあよろしく頼む」

浜中と夏木は首肯した。

「村重と出くわしてまた何か言われたら、おれの名を出して構わない。せっかくきたんだから、存分にうろついてくれ」

「助かります」

と、夏木が片手で拝む。苦笑で応え、望月は去った。

林道の突き当たりに大きな建物がある。浜中たちはとりあえず、そちらへ足を向けた。

行くと建物の玄関脇に、「本部棟」という看板があった。木造の三階建てで、一階の玄関部分が張り出している。どこか懐かしい小学校の校舎といった趣だ。

曇りガラスの玄関扉は閉まっており、警察官がふたり立っている。彼らに警察手帳を示し、浜中たちは玄関扉を押し開けた。下駄箱がいくつも並び、その先に廊下が左右へ走っている。廊下の向こうは教室だ。

「鄙びた田舎の分校っていう雰囲気だな」

夏木が言う。

「いいですねえ」

しみじみ応え、けれど浜中は首をひねった。

「気づいたか？」

夏木の声はすでに硬い。

「はい」

短く応え、浜中は廊下の先へ視線を注ぐ。

教室と廊下の壁は、上半分が透明ガラスだ。教室は消灯されていたが、廊下に灯る蛍光灯で教室内の様子が解る。

教室は三つあり、木製の机がそれぞれ三十ほど並ぶ。机の先には引き違いの腰高窓が何枚かあり、しかし窓の向こうは暗く、外はほとんど見えない。窓ガラスに教室の風景が、うっすら映り込んでいる。

そこまではありふれた夜の学校という風景だが、腰高窓に妙なものがある。

「どうしてあんなものが……」

浜中は思わず呟く。窓の外側に鉄格子が嵌まっているのだ。

「山の中だ。熊などの害獣が入ってくるのを、防ぐためかも知れない。しかしおれには、生徒の脱出防止用に見える」

暗い口調で夏木が言った。浜中の裡に憤りが湧く。

「とにかくあがろう」

夏木の言葉にうなずき、浜中は歩き出した。下駄箱のところで、靴にビニール袋をかぶせて廊下にあがる。人の姿はなく、教室に誰かが潜んでいる気配もない。

玄関からは見えなかったが、三つの教室の左右に部屋がひとつずつあった。一階には廊下沿いに、五つの部屋があるのだ。

向かって右の部屋から明かりが漏れる。そちらへ行き、浜中と夏木は廊下から、窓ガラス越しに室内を見た。そこは職員室で、顔見知りの前橋警察署の刑事がふたり、男性になにやら話を聞いている。

奥へ目をやれば、窓に鉄格子があった。浜中は微かに安堵の息をつく。ここは職員室だから、生徒の脱出防止用ではない。教室も含めて外窓の鉄柵は、やはり害獣よけなのだ。

刑事のひとりが、こちらに気づいた。取り込み中だと、彼の面持ちが言っている。会釈して踵を返し、浜中たちは廊下を戻った。

三つの教室をとおり越し、浜中たちは奥の部屋の前で足を止めた。窓越しに室内を覗く。

木製の大きな作業台が三つ置かれ、様々な革や布、ボタン類、各種ボンドや塗料が載っていた。ミシンも数台、据えてある。

浜中は壁際の棚に目を向けた。いかにも出来あがりの品という様子で、鞄がいくつも並ぶ。

浜中は合点した。ここは作業場だ。恐らく職業訓練を兼ねて、生徒たちが鞄を製造している。

作業場の外窓にも、鉄格子が嵌まっていた。それに目を留め、夏木が口を開く。

「職員室の窓にも鉄格子、あったよな」

「生徒だけではなく、教師や職員の脱走さえも、防ごうとしているのかも知れない」

苦い声で夏木が言った。その言葉の意味におぞましさを覚え、浜中は思わず顔をしかめる。

「一階には、あとはトイレがあるだけか」

夏木が話題を転じた。浜中は廊下を眺め渡す。玄関から見て廊下の左奥にトイレが、右奥に階段がある。トイレ、作業場、三つの教室、職員室、階段という並びだ。

「ちょっと覗いてみよう」

夏木がトイレを目で示した。男女別になっている。浜中たちは男子トイレに入った。学校によくあるタイル張りのトイレで、なかなか清潔そうだ。

「あの窓から、害獣が入ってくるとは思えない」

高所に三つある小窓に目をやり、夏木が言った。すべての小窓に鉄格子が嵌まる。

「このあたりを変質者が、徘徊してるとか」

「ひとけのない山の中だぜ」

夏木が肩をすくめる。

「そうですよね」

と、浜中は嘆息した。

「次は二階だ」

夏木が言った。

7

階段で二階へ行くと、奥までまっすぐ廊下が流れ、右に点々と扉が見えた。一階と似た造りだが、廊下と部屋を仕切る壁に、窓ガラスは嵌まっていない。各部屋の扉は閉まり、左側に窓はない。閉塞感の漂う廊下の先に、前橋警察署の刑事がふたり立っていた。どちらも知った顔だ。会釈して浜中たちは、彼らへ歩み寄る。

挨拶のあとで刑事のひとりが口を開いた。四十代の、田中《たなか》という男性だ。

「二階には理事室と会議室、それに食堂と職員の居室があってな。学校関係者はとりあえず、会議室に集めてある」

「一一〇番通報したのは？」

夏木が田中に問う。

「与古谷虹子という、ここの理事だ」

「通報時間、ご存じですか？」

「ああ。午後十時五分」

「しかしガイシャは死んでから、すでに四、五時間経っています」

「それは検視官の見解か？」

と、田中が首をひねった。

「ええ」

「ガイシャは午後七時から八時の間に殺された。だが一一〇番通報は午後十時五分。通報まで間があるな。こんな山の中だから、死体発見が遅れたのかも知れないが……。

　虹子の夫の与古谷守雄が、ここの理事長だという。与古谷夫妻は理事室にいて、これから詳しく話を聞くところだ。通報時間の件は留意しておく。知らせてくれて助かったよ」

　言って田中が、わずかに面持ちを和らげた。けれどすぐに頰を引き締めて、口を開く。

「鉄柵と鉄格子、見たよな」

「ええ」

「ちょっとここ、おかしい。そのあたりも含めて会議室に集めた学園の関係者に、じっくり話を聞くことになろう。今夜は手一杯だが、帳場が立ったらよろしくな」

　うなずいて、夏木と浜中は田中と別れた。廊下を戻って階段で上へあがる。

　三階の廊下に出ると、すぐ先に壁が立ちはだかっていた。壁に沿って廊下は直角に右へ曲がり、先でやはり直角に左へ折れる。

　一階や二階の廊下は、建物の端にあった。けれど三階では、建物の中央に廊下があるらしい。端から中央へ、クランクによって廊下の位置が変わるのだ。

　浜中と夏木はクランクを抜けた。そこから先はもう、廊下は奥までまっすぐ伸びる。

　廊下のすぐ先に警察官が四人、とおせんぼうするように立っていた。みな表情が険しくて、厳重な雰囲気がある。

「ここは？」

警察手帳を提示したあとで、夏木が問うた。

「生徒たちの部屋です」

警察官のひとりが応える。浜中は先へ目を向けた。廊下の左右の壁に、扉がびっしり並ぶ。扉と扉の間隔から推測するに、生徒たちの部屋はかなり狭い。

「廊下を先へ行っても？」

夏木が訊いた。

「誰彼なしに生徒へ接触させるなと言われています」

「解った」

そう応え、険しい面持ちで廊下の先を眺めたのち、夏木が浜中に目を向ける。うなずいて、浜中は踵を返した。ふたりで廊下を戻る。

一階まで降りて、浜中たちは本部棟を出た。夏木が足を止める。

「おれが事件に携わることになれば、たとえすぐに犯人を逮捕できても、それで終わりにしない。この学園に潜む闇をしっかり調べてやる」

決意の滲む、夏木の声だ。

「とことん捜査しましょう」

きっぱりと、浜中は応えた。

8

長机がずらりと並ぶ前橋警察署の大会議室に、浜中はいた。夏木とともに、最後方の席にすわる。

昨日の夜、富士見村の与古谷学園で死体が見つかった。その捜査本部が設置されたのだ。

県警本部からは、浜中たち捜査一課二係が派遣された。二係を仕切る美田園恵の凛とした背中が、長机の最前列にある。

捜査一課二係は、美田園を含めて十名だ。大会議室には同数の、前橋警察署捜査一課の刑事たちがいた。昨夜便宜を図ってくれた前橋警察署の望月や、浜中の失言でいたく心を害したふうの村重の姿もある。

鑑識班員も多くいて、ほかに前橋警察署の少年課から、係長を始め数名きていた。

長机と向き合うように幹部席があって、真ん中に五十代の男性がすわる。群馬県警察本部、刑事部捜査一課長の泊悠三《とまりゆうぞう》だ。

刑事畑一筋に、泊は歩んできたという。親分肌だが面貌には柔和な色があって、昼行灯のような雰囲気さえ時に漂う。

だが無論、それだけではない。

ぱっとしない鞘の中に、恐ろしいほど斬れる刀身を隠している。泊はそんな印象なのだ。

県警本部刑事部の二名の管理官、前橋警察署の署長と副署長が泊の左右に居並ぶ。泊たちの挨拶はすでに終わり、前橋警察署の刑事たちの報告が始まっていた。

被害者の名は関村広茂。与古谷学園の教師だという。

犯人を特定できる目撃談などは、出ていない。昨夜の今日だから、与古谷学園のこともまだ、さほど詳しく解っていない。けれど現場を見た捜査員たちの誰もが、その異様さを口にした。

「敷地のぐるりに有刺鉄線つきの高い鉄柵、窓には余さず鉄格子、生徒たちには狭い個室か」

報告を聞き終えて、苦い声で泊が言った。左右の幹部たちの表情も硬い。

「ともかくも生徒たちを保護するってわけには、いかねえのかい？」

少年課の係長に向かって、泊が訊いた。

「それがですねえ……」

歯切れ悪くそう応えながら、係長は村重へ視線を流した。村重が席を立って口を開く。

「関村が死に、生徒たちは一様に衝撃を受けています。しかし比較的しっかりしていると思える生徒が二名おり、とりあえず昨夜、彼らに話を聞きました」

「どうだった？」

「狭いけれど個室も与えられ、授業内容も充実している。与古谷学園に一切不満はない。ふたりともそう応えました」

「不満はない、か」

と、泊が腕を組む。村重が話を続けた。

「生徒が窮状を訴えてこない以上、すぐに保護は難しいでしょう」

「そういえばお前さん、長く少年課にいたよな」

「はい」

「よし、お前さんは与古谷学園の生徒に色々と話を聞いてくれ。生徒たちが学園に入学した理由、学園での暮らし、抱えているかも知れない悩み。そのあたりをじっくり聞き出すんだ」

「生徒の悩みですか」

不満そうな村重の声だ。

「言いたいことがあるなら、遠慮は無用だぜ」

「では、失礼ながら申しあげます。生徒のことよりも、殺人の捜査が優先なのでは？」

無礼とさえ受け取れる村重の発言に、会議室が氷の緊張に包まれた。しかし泊は顔をほころばせ、優しげにさえ見る笑みを灯した。そして言う。

「ずい分はっきり言いやがるな。ところで、村重。人殺しってのは大罪だよな」

「もちろんです」

「だからこそ殺人事件では、それを取り巻く様々なことを調べる。一見本筋から離れた捜査でも、時に解決へのきざはしになるからな。遠まわりこそ、近い道かも知れねえぜ」

「はい……」

なおも不満げに村重が応えた。嘆息して、泊が言う。

「捜査一課の水にもようやく慣れて、わき目もふらずに犯人を追いかけたい。なのに少年課にいたことを理由に、生徒たちに気を配れと言われた。そういうお前さんの不服も解るがな」

「あの」

思わず浜中は言葉を発した。

「うん、どうした浜中？」

泊が言う。浜中はさっと席を立ち、逡巡せずに口を開いた。

「その役目、私にやらせて頂けないでしょうか」

昨夜の非礼の詫び代わりに、村重の代打を買って出たのではない。与古谷学園の生徒たちが、とにかく心配なのだ。

「お前さんが？」

「はい」

「夏木と浜中には、遊撃班を命じるつもりでいたからな。生徒たちに気を配りつつ、遊撃班として捜査に当たる。おれはそれで構わねえが」

と、泊が夏木に目を向けた。後悔の念が浜中の胸に湧く。夏木に相談してから、発言すべきだった。まずは全力で犯人を逮捕し、それから学園のことを調べる。夏木はそう考えているかも知れないのだ。

席を立ち、夏木が口を開いた。

「浜中が言わなければ、私がその役目を申し出るつもりでした。生徒たちとしっかり向き合い、学園のことを徹底的に洗います」

迷いのない、夏木の言葉だ。浜中は心から嬉しくなる。

「よし、頼む」

泊が言い、浜中たちは着席した。夏木に目をやれば、その頬には頼もしい笑みがある。

「次は検視結果だ」

泊が声をかけた。現場で関村広茂の死体を見た脇坂が、席を立つ。

「死因は失血死で、死亡推定時刻は昨日の午後七時から八時。胸部傷口の特徴から、凶器は大型の刈込鋏とみていいでしょう」

「刈込鋏で胸を一突きか」

「はい」

「解剖はこれからだが、お前さんの検視結果は外れたためしがない。事件が起きたのは、昨夜の午後七時から八時で決まりだな」

「恐れ入ります」

言って脇坂が着席した。鑑識班員たちに目を向けて、泊が問う。

「凶器の刈込鋏はまだ、見つかっていないんだよな」

「まだです」

鶴岡《つるおか》という鑑識が立ちあがり、そう応えた。悔しさを帯びた口調だ。

「無理もねえやな」

労わるように泊が言う。

与古谷学園は山麓にあり、事件が起きたのは夜だ。限られた照明だけで、現場の闇を拭いきれるはずもない。

浜中たちも昨夜は本部棟だけを見て、与古谷学園をあとにした。なにしろ暗く、照明が届かない場所へ行けば、それこそ鼻を摘まれても解らない有り様なのだ。

「未明に一旦作業を休止しましたが、夜明けとともに別の鑑識班が、作業を始めています。われわれもこのあと現場へ戻ります」

「頼む」

「はい」

と、鶴岡が着席した。

「それにしてもなぜ犯人は、刈込鋏を使ったのか」

腕を組み、誰にともなく泊が問う。応える者はなく、ゆっくりと静寂が降りてくる。そこへうしろの扉が開いた。前橋警察署の署員が入ってくる。

きびきびとした動作で幹部席へ行き、彼は泊に向かって一礼した。

「なんだい？」

そう問う泊に、署員はなにやら耳打ちをした。じわりと泊の表情が変わる。

一礼し、署員が幹部席から去った。落ち着かない沈黙の中、彼の足音だけが響く。

署員が退室するのを待って、泊が口を開いた。

「前橋市北部の国道沿いで、血液らしきものが付着した刈込鋏が見つかった」

静寂が破られて、ざわめきが潮騒のように広がった。

9

富士見村の南部と前橋市の北端を横断する格好で、東西に国道三五三号が走る。

その国道の、前橋市滝窪《たきくぼ》のあたりに浜中はいた。

与古谷学園からだと、直線距離にして二キロ半ほど南南東になる。道沿いに建物はなく、道路照明灯もまばらにしかない寂しい街道だ。

そんな国道の端に、ミズナラの大木が一本そびえる。浜中は先ほどから、それを見あげていた。夏木やほかの刑事たち、鑑識班員の姿もある。彼らの視線もミズナラに釘づけだ。大きく広げた梢から、はらはらと葉が落ちてくる。

国道は片側通行止めにされていた。何ごとかという表情で浜中たちを見ながら、運転手たちがゆっくり車を走らせていく。

「なんであんなところに……」

刑事の誰かが呟いた。浜中は目を凝らす。

ミズナラの樹高は二十メートルを超える。長命を誇るかのように幹は太く、ごつごつと逞しく、びくともしない力強さで立つ。

そんなミズナラの、地上から十七、八メートルのあたりに刈込鋏があった。わずかに開いた状態で、二本の刃先が幹にぐさりと食い込んでいる。

刃は斜め下から刺さっており、ミズナラの幹から刈込鋏が垂れさがる格好だ。刃の見えている部分や柄はだんだらに赤く、刺されたミズナラが血を流したように見える。

異様で不気味な光景だ。浜中はしばし無言でミズナラを眺めた。やがて風に乗り、消防車のサイレンが聞こえてくる。

「ようやくおいでなすったか」

鑑識の班長が言い、木を見ていた男性たちの視線が音のほうへそれる。

サイレンはすぐに大きくなり、道の彼方にハシゴ車が姿を見せた。

刈込鋏は高みにあり過ぎ、簡単に回収できない。鑑識が消防にハシゴ車を要請したのだ。

ミズナラの手前でハシゴ車は停車した。降りてきた消防隊員と鑑識の班長が、話し始める。ふたりの打ち合わせはほどなく終わり、消防隊員たちがてきぱきと動き始めた。

ハシゴ車の荷台には、鉄製のごついハシゴが畳まれており、上部に鉄の籠がある。消防隊員が一名、鶴岡ともうひとりの鑑識班員、計三名が籠へ乗り込んだ。

別の消防隊員が車の脇に立ち、自信に満ちた様子でハシゴを操縦する。刈込鋏のすぐ手前で、籠はピタリと止まった。見ていて気持ちいいほど手際がよい。

鶴岡たちはまず、写真を多く撮影した。それから刈込鋏に手を伸ばす。やや苦労しながら、彼らは幹から刈込鋏を抜いた。再びカメラを手にして、幹の傷口を写真に収める。

撮影が終わるのを待って、消防隊員がハシゴを動かした。籠が地へ降りてくる。その間に地上の鑑識班員が、青いシートを道の端に敷いた。別の鑑識が巻尺と台秤を置く。

籠が着地した。鶴岡が降り、刈込鋏をシートへ載せる。刑事たちがまわりを囲んだ。彼らの肩越しに、浜中も覗き込む。

柄の先に刃のついた棒が二本、刃の始まりのところで交差していた。

柄を両手で持って二本の刃を開き、草などを挟む。それから閉じて刈り込む。そういう使い方の、ごくありふれた刈込鋏だ。

「刃渡りは二十センチ、柄の長さは八十センチです」

計測しながら鶴岡が言った。刈込鋏の中では大型の部類だろう。

「重さは八百グラム」

「見た目より軽いんだな」

刑事のひとりが言った。

「長時間の作業でも疲れないよう、軽量化したのでしょうね」

そう応えて鶴岡は、台秤から刈込鋏を取りあげた。柄を両手で持ち、胸の前で広げてみせる。ふたつの刃は垂直に交わり、X状になった。それから彼は、刈込鋏を閉じようとする。しかし動かない。

「自動ロックか」

鶴岡が呟いた。

ふいに刃が閉じて、怪我をするのを防ぐためだろう。刃を目一杯広げると、そのまま閉じなくなるのだ。

「解除するのはこれか」

と、鶴岡が刃の合わせ目の突起を押しながら、刈込鋏を閉じた。それから彼は、刈込鋏の刃や柄を染める朱色を指さす。

「血液ですね。人血かどうか、そこまでは解りませんが」

口調をわずかに改めて、誰にともなく鶴岡が説明した。

「与古谷学園の関村広茂は、これで殺されたわけですね」

前橋警察署の村重が、断定調に言った。だが鶴岡は応えない。

「どうなんです？」

なおも村重が訊く。

「遺体の傷口と刃の形状を照合するまでは、何とも言えません」

「勿体つけなくても……」

「いずれ解ることを、この場で予断しても意味はありませんから」

にべなく鶴岡が言い、村重は押し黙った。不服そうな彼の横顔を見て、浜中は望月や泊の言葉を思い出す。

刑事課にきて三か月。新しい職場にも慣れ、村重は功を焦っているのだろう。

ならば村重とは、案外良好な関係を築ける気がする。浜中が手柄を立ててしまいそうな時、その果実を彼に進呈すればいい。

「刈込鋏はどのようにして、ミズナラの幹に刺さったのか」

前橋署の望月が話題を変えた。みなの視線が彼へ集まる。

「誰かがミズナラの根元に立って、刈込鋏を思いっきり放りあげたのでしょう」

すかさず村重が言った。

「それでうまく刺さるかな」

と、望月が腕組みをし、あとを継ぐように鶴岡が口を開く。

「刃先の進入角度を見る限り、刈込鋏は幹に対して下方、つまり地面から斜め上に刃先を向けて、ミズナラに刺さっています。それは間違いありません。

しかし刈込鋏は、かなり深く刺さっていました。地面から槍のように投げたとして、よほどの膂《りょ》力《りょく》でなければ無理でしょう。それ以前に人間の力で刺さるかどうか……」

「だろうな」

言って望月が、ミズナラへ歩み寄った。拳で幹を叩く。いかにも硬そうな音が鈍く響いた。

「恐らくおれの力だと、手に持って直接刺しても、刃は幹にあまりめり込まない。地上からあの場所へ刈込鋏を投げたとして、弾き返されるのが落ちだろう」

「刃先を幹に当て、金槌で柄の尻を叩けば刺さりますよね」

村重の言葉に、鶴岡と望月がうなずいた。すぐに村重が言葉を継ぐ。

「木にハシゴをかけてあの場所まで登り、なんらかの道具を用いて、幹に刈込鋏を刺したのでしょうか」

「しかし見たとおり、ハシゴ車でようやく到達する高さだ。あそこまで届くハシゴなど、そう簡単に入手できない。あったとしても、ここまで運べは相当目立つ」

望月が言った。

「ならば刈込鋏を背負い、木登りをしてあの場所へ行ったのでは?」

望月と鶴岡を見て、村重が訊いた。ほかの鑑識班員に声をかけ、鶴岡がミズナラに歩み寄る。

しばらくの間、彼らは無言でミズナラの幹を観察した。やがて鶴岡が言う。

「最近木登りをした痕跡、幹にありませんね。さらに詳しく調べてみますが」

「頼みます」

命令調に村重が応える。鶴岡がやや渋面でうなずいた。望月が口を開く。

「ミズナラの幹にあれほど深く刈込鋏を刺すには、どの程度の力が必要か。それも解るかな?」

「具体的な測定値はでませんが、ざっとの力を知ることはできるはずです」

いつもの表情に戻り、鶴岡が応えた。

10

鶴岡たちの会話が終わり、場にざわめきが戻った。

「豆タンク、頑張ってるな」

と、夏木が耳打ちしてくる。

「やめましょうよ、その呼び方」

小声で浜中は応えた。

「刑事ドラマみたいでいいじゃねえか。『よし、豆タンク。犯人確保だ！』」

小さくもない声で夏木が言う。はらはらしながら、浜中は村重へ目を向けた。彼はミズナラを見あげており、浜中たちの会話にまるで気づいていない。

「とにかくよ」

声を改めて夏木が話を継ぐ。

「彼のお蔭で可能性がいくつか潰れた」

「確かに……」

と、浜中はうなずいた。

刈込鋏が関村殺害事件の凶器であり、犯人がミズナラに刺したとする。だが犯人は地上から放っておらず、恐らくはハシゴを使わず、木にも登っていない。

望月や鶴岡に絡む格好ながら、それを村重が教えてくれたのだ。

彼が泊に口ごたえしたのも、犯人に迫りたいという意欲の表れなのだろう。村重の積極性を、少し見習ったほうがいいかも知れない。

そう思って大きくうなずき、浜中は口を開いた。

「村重さんには、教わることが多い気がします」

「反面教師か」

「違いますよ、先輩。豆タンクさんはああ見えて」

そこへ肩を叩かれた。嫌な予感が浜中の背を走る。恐る恐る振り返れば、思ったとおり村重がすぐうしろにいた。

「またおれの悪口か」

険しい表情で村重が言う。

どうしてこうなるのだろう。そう思って浜中はげんなりし、すると夏木が口を開いた。

「犯人はどのような方法で、刈込鋏をミズナラに刺したのか。

犯人はなぜ、そんなことをしたのか。

村重さんのお蔭で、ふたつの疑問点が明確になった」

「だからなんだ？」

横柄に村重が返した。

「別に」

夏木が肩をすくめる。見かねて浜中は口を開いた。

「そのふたつの疑問点を、三人で解いてみましょうよ」

「あ？　お前なに言ってる」

と、村重が目を剝いた。

「せっかく捜査本部で一緒になったのですから、できるだけ仲よくですね」

「ひとつ言っておく。おれたちは犯人というボールを奪い合う敵同士だ」

浜中の言葉をさえぎって、村重が言った。夏木と浜中をじろりと睨み、去っていく。

「あいつの頭の中には、犯人逮捕しかないんだろう。でもそれは、悪いことじゃないと思うぜ」

夏木が言った。うなずいて、浜中は村重を見送る。

恐らく彼には家庭がある。捜査一課へ異動になり、以来村重は家に帰れば、「犯人を逮捕してね、パパ」などと、子供に言われているかも知れない。

この事件で見事に犯人を逮捕し、村重は本部長賞を貰う。

「こんな紙切れより、金一封のほうがよほどありがたい」

ことさらぶっきらぼうに言って、村重は妻や子供に賞状を見せる。だが彼の面持ちは和らぎ、仕事中には決して見せない穏和な色が双眸に灯る。

そんな村重に、とても温かいまなざしを向ける妻。はしゃいで村重にまとわりつく子供たち。

「こらこら、父さんは疲れているんだぞ」

村重の声色で、浜中は言った。

「お前いつ、子持ちになったんだ？」

すぐ横で夏木の声がする。浜中はわれに返った。

「また妄想か？」

「いえ、あの……」

血の気が失せていくのを覚えながら、浜中は呟いた。

「どうした？」

「僕の妄想癖、どんどん進んでいるみたいです。どうしましょう、先輩」

おろおろと浜中は言う。誰かの身になって妄想したのは、今回が初めてだ。憑依妄想とでもいうのだろうか。

「いずれ駐在所勤務になれば、治まるだろうさ。それまでは『胡蝶の夢』だと、むしろ楽しんでしまえばいい」

無責任なのか、励ましているのか。よく解らない夏木の言葉だ。

「はあ……」

浜中は応えた。ふっと夏木が視線を転じる。

「よう」

と、夏木は手をあげた。鑑識の鶴岡が歩み寄ってくる。

頭を振って妄想のことを追い出し、浜中は彼を迎えた。こちらへきて会釈し、鶴岡が口を開く。

「あのミズナラは恐らく市の所有だ。許可が下りれば刈込鋏で、色々と試してみるよ。幹を傷つけるのは、可哀相だけれどね」

「そうだな」

夏木が声を落とす。

「それより夏さん、ちょっと見せたいものがある」

口調を改めて、鶴岡が言った。浜中たちをうながして、歩き出す。

東西に走る国道の北側にミズナラは立ち、そちらの車線は通行止めになっている。ミズナラを右手に見ながら路上を歩き、やがて鶴岡は足を止めた。

ミズナラを過ぎて、進行方向へ十メートルほど行った場所だ。

「あれだよ」

と、鶴岡が先の路面を指さした。黒々としたタイヤ痕が、べったりとアスファルトにある。

「まだ新しい」

夏木が言った。

「昨日か一昨日ついたはずだよ」

鶴岡が応える。関村広茂が刈込鋏で刺されたのは、昨夜のことだ。

「タイヤの幅、ずい分太いな」

「大型トラックかダンプカーだろうね。それがここで、急ブレーキをかけた」

鶴岡が言った。うなずいて、夏木が口を開く。

「ブレーキを踏もうと思い、だが実際に足が動くまでのわずかな間にも車は進む。この車の運転手はミズナラの脇をとおり過ぎたあたりで、ブレーキを踏もうとしたのかも知れない。いったい何があったのか」

と、夏木が振り返り、浜中もつられて目をやった。威風堂々風に吹かれ、ミズナラが惜しげなく葉を散らす。

「タイヤ痕からタイヤを特定、さらに車種を絞り込んで端から当たれば、ブレーキを踏んだ車へたどり着けるかも知れないね」

鶴岡が言った。

11

「行くか、相棒」

夏木が言った。ミズナラから視線を外して、浜中はうなずく。これから与古谷学園へ行き、ともかくも生徒たちに会うつもりだ。

礼を述べて鶴岡と別れ、浜中たちは歩き出した。道の先に停めたレオーネに乗り込む。

運転席に収まった浜中はレオーネを発進させ、けれどほどなくブレーキを踏んだ。路肩に寄せて車を停める。

前方の道端に、老婆がひとり立っていた。横断したい様子だが、ミズナラ付近の片側通行の影響があり、道路は中途半端に混んでいる。

渋滞していないが、途切れることなく車がとおり過ぎていく。付近には横断歩道もない。

「おれも行こうか？」

助手席で夏木が言う。

「ひとりで大丈夫です」

そう応え、浜中はレオーネを降りた。小走りに老婆のところへ行く。聞けばやはり、道路を渡りたいという。

老婆の脇に立ち、浜中は右手を目一杯あげた。こういう時は運転手の笑みを誘うほど、大げさな動作がよい。そうすれば、車が停まってくれやすいのだ。笑みは人を優しくさせるのだろう。

手前と向こうの車線でそれぞれ、すぐに車が停まった。頭をさげ、けれど決して老婆を急かさず、浜中は道を横断する。

無事渡り終え、礼を言う老婆に笑顔で応えて、浜中は再び右手をあげた。車が停まり、浜中は小走りに道を渡る。

向こう側へ戻ってみれば、いつの間にレオーネを降りたのか、道端に夏木の姿があった。道路に背を向けている。

「どうしました？」

夏木の横へ行き、浜中は問うた。このあたり、道の左右は雑木林だ。木々に視線を注ぐ夏木の双眸に、針のように鋭い光がある。

「見えるだろう」

と、夏木が前方を指さした。そちらへ目をやり、浜中は眉根を寄せる。

ずっと先の木の根っこに、毛布らしき茶色の布があった。布はだんだらに赤黒く、どうやら大量の血が付着している。

「お前がここに車を停めたお蔭で、おれはあの布に気づいた。あれが事件に関係あれば、お前の手柄だぜ」

「そんな……」

苦い声で浜中は呟いた。

老婆を見て車を停めることさえ、自分には許されないのか。そう思って落ち込み、けれど浜中はすぐに気を引き締めた。

「鑑識の人、呼んできます」

夏木に言い置き、走り出す。

車をUターンさせるより、足のほうが速い。ミズナラの現場まで走り、浜中は鶴岡を見つけてざっと事情を話した。前橋署の村重がきて、耳をそばだてる。

聞き終えて、鶴岡は二名の鑑識班員に声をかけた。彼らとともに、浜中は歩き出す。村重もついてきた。

みなで戻ると、夏木は変わらず立っていた。村重を見ても顔色ひとつ変えない。村重も夏木に会釈しなかった。

「あれだね」

布に目を留め、鶴岡が言う。彼ら三人の鑑識を先頭に、浜中たちは雑木林へ分け入った。このところ雨は降っていない。木漏れ日のさす硬い地面に、見る限り足跡の類はない。

やがて浜中たちは足を止めた。手袋を嵌めた鶴岡たちが、布を囲んでしゃがみ込む。浜中たちは彼らの背後で中腰だ。

慎重な手つきで、鶴岡が布を取りあげた。ゆっくり広げる。

「毛布かと思ったが、違うな」

村重が言った。

「ハーフマントですね。恐らく女性用で、素材はカシミヤか」

手にした布、ハーフマントから目を離さずに鶴岡が応える。

「それ、血だよな?」

村重の問いにうなずいて、鶴岡が腰をあげた。ハーフマントをふたりで持つよう、鑑識員に命じる。

彼らが従い、浜中たちの眼前にマントが広がった。

毛布とバスタオルの中間ぐらいの大きさで、変哲はないが高価そうなマントだ。中心あたりが、おびただしい血に染まっている。端にはさほど、血の付着はない。

「ほとんどが飛沫痕ですね」

誰にともなく鶴岡が言った。マントで血を拭い、あるいは拭いたわけではない。飛び散った血を、マントはびしゃりと浴びたのだ。

「返り血ってことだな」

村重が問う。

鶴岡が応えた。

「断言できません」

「なに言っている? 誰かがこのマントを身につけ、刈込鋏で関村広茂を刺した。どう考えてもその線だろうが」

と、村重が鶴岡に噛みついた。鶴岡はもう取り合わない。舌打ちをし、なぜか村重は浜中に険しい視線を向けた。

「おれも今後は、せいぜい婆さんに親切にするぜ。そうすりゃ苦もなく手柄が飛び込んでくる」

吐き捨てて、村重が去る。

浜中は肩を落とした。あれほど豆タンクを連発したのだから、目の仇にされても仕方がない。

「あの人が誰かに親切にしても、きっと引くのは外れくじだよ」

鶴岡が言う。

「昔話に出てくる悪い爺さんの役回りか」

笑声交じりに夏木が応えた。

12

鶴岡たちと別れ、浜中と夏木は与古谷学園へ直行した。本部棟のかなり手前にレオーネを停め、降りてあたりを見まわす。

理事長の与古谷守雄と理事の与古谷虹子が、関村広茂の死体発見現場で刑事に事情聴取を受けていた。そちらへ行き、割り込む格好で話を聞けば、授業は休みで生徒たちは自室にいるという。

許可を得る必要はないが、念のため与古谷夫妻に断ったのち、浜中たちは本部棟へ向かった。建物の前で一旦足を止め、ふたりで見あげる。夏木の面貌には一片の弛緩《しかん》もなく、浜中も頬を引き締めた。

「嫌がるそぶりを少しでも見せたら、無理に話を聞くのはやめよう」

夏木が言い、浜中はうなずいた。職務を思えば生徒たちに、昨夜のアリバイを質すべきだろう。しかし生徒を怯えさせてまで、今、この段階で訊くべきではない。

浜中と夏木は本部棟へ入った。一階の教室に人の姿はない。

来客用のスリッパに履き替えて、浜中たちは廊下へあがった。足を速めて三階へ行き、クランク状の廊下を抜ける。昨夜同様警察官が立っていた。

浜中たちが生徒から話を聞くという、今朝の捜査会議の決定が、すでに通達されているらしい。浜中と夏木が名を告げると、彼らは黙ってとおしてくれた。警察官たちの脇を抜け、浜中たちは足を止める。

廊下の最奥が男子と女子のトイレで、そこからこちらに向かって左右の壁に扉があった。

扉は木製で、覗き窓の類はない。等間隔で幅の狭い扉がびっしり並ぶさまは、生徒の個室というより独居房や拘置所を思わせた。

左右の壁に、扉はそれぞれ二十枚。その中の二十二枚に名札がかかる。与古谷学園の生徒は現在、二十二名ということか。

浜中と夏木はすぐ先の、左手の扉の前に立った。名札はかかっていないが、夏木が扉を叩く。応答はない。

ノブに鍵穴があった。厳しい表情のまま、夏木がそれへ手を伸ばす。摑んでひねると、ノブはまわった。

ゆっくり夏木が扉を開ける。あらわになった部屋を見て、浜中は絶句した。想像よりも狭いのだ。

板敷きで調度がないから、部屋ではなくて廊下か通路に見える。部屋の突き当たりに、引き違いの窓があった。けれどとても小さくて、さらに閉塞感を煽《あお》る。しかも窓には鉄格子だ。

「こういう部屋に生徒を押し込める。それだけで犯罪だと思います」

苦い思いを、浜中はそのまま口にした。

「ああ。だがとにかく生徒に会ってみよう」

そう応えて、夏木が扉を閉めた。浜中は廊下の先へ目を向ける。二枚先の左手の扉に、名札がかかっていた。

浜中たちはそこへ行き、夏木が扉を叩く。薄目に扉が開き、十四、五歳の男子が顔を覗かせた。

「泉田東治さんですか」

夏木が問う。名札に記されていた名だ。

その少年、泉田が首肯した。頭は五分刈りでひどく痩せており、十代の生命力や躍動感にまるで乏しい印象だ。

警察手帳を泉田に見せ、浜中たちは名乗った。

「刑事さんですか」

か細い声で泉田が言う。刑事がくることを誰かに聞いたのか、それとも予期していたのか。表情に驚きの色はない。けれど泉田の瞳は揺れ泳ぎ、指先が小刻みに震えている。

怯えだ。

浜中はすぐに解った。

虐げられた者が見せるおどおどとした様子。泉田から、それがはっきり漂ってくるのだ。

突きあげるほどの焦りが、浜中の裡に湧く。今すぐに彼をここから出して、家族があれば自宅へ、家庭に事情があるのならば、児童相談所へ連れて行きたい。

「できれば少し、話を聞きたいのですが」

穏やかな口調でゆっくりと、夏木が言った。

「今、自習中なんです」

夏木と目を合わせずに、小声で泉田が応えた。伏せたまつ毛が、これ以上の会話を拒否している。

「そうですか……」

と、ひとつ息をつき、夏木が話を継いだ。

「今ここでどれほど言葉を並べても、あなたの心に沁み込まないかも知れない。しかし私たちは、あなたの味方だ。

それを態度で示します。

気が向いた時、部屋の窓辺に立ってほしい。あなたたちを救うべく、懸命に働く刑事や鑑識がいる。どうかその姿を、窓から見てください」

夏木の言葉に、泉田が何か言いかける。逡巡する彼を、浜中たちは無言で見守った。

「失礼します」

しかし泉田の口から出たのは、そんな言葉だった。浜中たちの目の前で、静かに扉が閉まる。

13

そっと嘆息し、夏木が廊下の先を目で示した。うなずいて浜中は歩き出す。隣の扉に「里優馬」と名札があった。そこに立ち、今度は浜中が扉を叩く。

ややあって扉が開き、青年が顔を見せた。十代後半だろう。泉田同様ひどく痩せている。けれど目に力があり、五分刈りの頭髪と相まって、海兵隊の新兵のような精悍さが漂ってくる。

警察手帳を見せて、浜中たちは氏名を告げた。里優馬だと青年も名乗る。

「ご迷惑でなければ、少し話を聞きたいのですけれど」

浜中が言い、すると優馬は扉を大きく開いた。

「狭いけど、どうぞ」

優馬の言葉にうなずいて、浜中たちは中へ入った。先ほど見た空室と部屋の造りは一緒だ。

一階の教室で見たのと同じ机が、突き当たりの窓辺に置いてあった。机の横には衣装ケースが五段重ねで、それらの手前に畳んだ寝具がある。

三人ですわって話すなど、とてもできない。そういう空間がないのだ。開けたままの扉と寝具の間で、浜中たちは立ち話を始めた。

昨年六月。里優馬は自ら希望して、この学園へ入ったという。話しぶりから、それはほんとうなのだろう。しかしここへきた理由を優馬は話さない。

「与古谷学園は全寮制ですよね」

浜中は訊いた。優馬がうなずき、浜中は問いを重ねる。

「ここでの暮らしはどうですか？」

「大自然の中での充実した日々です。先生や職員の方はみな優しく、与古谷学園にきてほんとうによかったと、心から思っています」

優馬が応えた。しかし彼の言葉には、ひと欠片の感情さえこもっていない。

学園について警察に訊かれたら、こう応えろと誰かに指図されている。それは絶対命令であり、抗うことはできない。

痩せた優馬の横顔が、痛々しいほどにそう言っている。

ほんとうのことを話してください——。

その言葉を、浜中は喉のところで止めた。浜中たちが執拗に問い、それを学園の教師や職員が知ればどうなるか。優馬は彼らから、仕打ちを受けるのではないか。

それに優馬とは会ったばかりだ。今、彼に真相を話せとせっつくのは、虫がよすぎる。

泉田の怯えた様子、優馬の心なき声。

彼らの救難信号を、浜中は受け取った。それらを踏まえ、あとはこちらがどう振る舞うかだ。

誰ひとり、なにひとつ傷つけることなく、見えない助けを求める生徒すべてに手をさしのべる。そのためにも焦りは禁物だ。

「また会ってくれますか？」

浜中は優馬に訊いた。

「はい」

わずかに戸惑いの面持ちを浮かべて、優馬が応える。

「お邪魔しました」

と、浜中は優馬に辞儀をした。すると浜中の背広の襟から、はらりとなにかが落ちる。ミズナラの葉だ。

「さっきの発見現場で、襟に入り込んだのかな」

はらはらと落葉するミズナラを思い出しつつ、浜中は呟いた。

「発見現場?」

優馬が問う。いずれ記者発表されるのだから、隠すこともない。刈込鋏発見の顛末を、浜中は優馬に語り始める。

なにも言わず、けれどわずかに表情を和らげて、優馬は耳を傾けた。そんな優馬を夏木がじっと見つめる。

ほどなく浜中は話し終えた。優馬が腰をかがめ、落ちた葉を右手で拾ってくれる。

優馬の気遣いに、浜中は顔をほころばせた。けれど彼の手元に目をやり、思わず息を呑む。優馬の右手の人さし指と中指の様子がおかしい。爪の先端は汚れて黒ずみ、ぎざぎざになって、ややめくれている。

まさか優馬は教師か職員に、生爪を剝がされたのか。ならばもう、拷問ではないか。

憤りに耐え切れず、浜中は口を開いた。誰に生爪を剝がされのか、優馬に問うためだ。しかし夏木が鋭い視線で浜中を制す。優馬も右手を背後に隠した。

「拾ってくれて、ありがとう」

問いを吞み込み、代わりに浜中はそう言った。背後で持ち替えたのだろう。葉を持った左手を優馬がさし出す。そちらの爪に異常はない。

浜中は優馬から、葉を受け取った。ふいの来訪を詫び、優馬の部屋を辞す。

廊下へ出て、生爪のことを話題にしようと、浜中は夏木に目を向けた。しかし彼の硬い横顔は、はっきりそれを拒む。

夏木の態度に疑問を覚え、浜中は小さく首をひねった。けれど次の瞬間、優馬の爪先の黒ずみが脳裏をよぎる。

浜中は沈思した。夏木が歩き出し、浜中は彼の背を追う。

無言で廊下を行き、浜中と夏木は別の男子生徒の部屋を訪ねた。生徒はわずかに扉を開けて、自習中なので話したくないと伏せた目で言う。浜中たちは引きさがり、彼と別れた。

それから浜中たちは、名札のかかる部屋の扉をすべて叩いた。会話を拒否する生徒もいれば、扉を開く者もいる。

初対面だから仕方ないのかも知れないが、生徒たちは誰ひとりとて、浜中たちに心を見せない。優馬のように感情を隠し、学園を賞賛する生徒も多い。

学園の闇は相当深いのではないか。生徒たちを訪ね終え、浜中はいっそう気を引き締めた。夏木とともに廊下を戻る。

ふいに夏木が足を止めた。左手の扉を凝視する。浜中も目を留めた。名札はかかっていないが、扉自体に文字の跡がある。太いマジックでなにやら書き、それを消したらしい。

文字跡は三つ。一文字目は判読不能だが画数の多い漢字で、二文字目は「罰」か「罪」だろう。三文字目は「房」あるいは「戻」だ。

夏木がノブを摑んだ。だがまわらない。

「待っていてくれ」

言って夏木が足早に去る。ほどなく彼は戻ってきた。

「渋る職員から借りてきたぜ」

と、夏木は手にした鍵を浜中に示した。それをノブにさす。

開錠し、夏木が扉を開けた。押し入れふうの狭い空間が現れる。幅、奥行きともに一メートル足らずで、天井までの高さは一メートルほど。窓はなく、床は板敷だ。

ほかと同じ造りだった部屋を、板で仕切って小さくした。そんなふうに見える。

「押し入れでしょうか」

浜中は訊いた。

「空き部屋を納戸として使えばいいのに、わざわざ押し入れを作るとは思えないが」

夏木が応える。

「でもこれが部屋であれば、腰をかがめなければ入れないですよ。入ってしまえば立つことすらできないし、照明がないから扉が閉まれば真っ暗です」

　そこまで言い、浜中は気づいた。夏木も解ったらしく、扉を閉める。浜中たちは扉の文字跡に目を凝らした。

　画数の多い一文字目は「懲」ではないのか。

「懲、罰、房だと」

　一文字一文字に怒りを乗せて、夏木が言った。強い憤りが、浜中の胸を一瞬で染める。

　生徒を閉じ込めて懲らしめるため、与古谷夫妻や教師たちは、わざわざこの空間を作ったのか。その悪辣《あくらつ》さに浜中は、寒気すら覚えた。学園の支配者たちの精神は歪み、病んでいる。

「ふざけやがって」

　夏木が吐き捨てた。大きく息をつき、扉に施錠する。それから夏木は目配せしてきた。とても真摯な面持ちだ。

　大切な話があるのだろうか。

　そう思い、浜中はうなずいた。夏木にうながされ、一階に降りて本部棟を出る。

　建物の前に、顔見知りの刑事がいた。懲罰房の鍵を渡し、夏木がざっと事情を話す。彼と別れ、浜中と夏木は本部棟から離れた。

　捜査員たちの姿は見えるが、浜中たちの会話は聞こえない。そういう場所まで行って足を止める。

　眉に苦悩を漂わせ、夏木は口を開かない。浜中は黙って待った。

「刈込鋏がミズナラの木に刺さっていた」

逡巡を断ち切るように、夏木が言った。地に視線を置いて話を継ぐ。

「お前がそう話した時、里優馬は安堵の表情を見せた」

「そういえば」

と、浜中は首肯する。

「刈込鋏が誰かに刺さらないか、心配していた。だが木に刺さっていたと知り、安堵のあまり優馬は表情を和らげたのではないか」

「ちょっと待ってください！　それってつまり」

浜中は思わず声をあげた。

「優馬が犯人なのか、まだ解らない。だが彼は間違いなく、関村広茂殺害事件に関与している」

硬い表情で夏木が応える。その声に迷いはない。彼は確信しているのだ。

鉛を飲み込んだように、浜中の胃が重くなる。

14

学園の大人たちに話を聞くべく、浜中と夏木は本部棟へ戻った。だが、彼らは刑事に取り囲まれている。事情を聞く刑事たちの顔つきは、一様に厳しい。学園がこの状態だから、事情聴取も長引くだろう。

刑事と話の途切れた職員に声をかけ、浜中たちは「フリースクール・与古谷学園」と表紙に記された冊子を手に入れた。学園の案内書だ。

それにざっと目をとおし、浜中と夏木は学園内を見て歩くことにした。本部棟の三階へあがり、さらに階段を使って屋上に出る。あたりの風景が一望できた。

野球場がいくつも入りそうなほど、与古谷学園の敷地は広い。しかしその外周には途切れなく、高い鉄柵が張り巡らされていた。

敷地は南北に長い楕円で、真ん中あたりが高台だ。その中心に本部棟がある。高台の樹影はさほど濃くなく、建物はすべてそこにある。棟数は少なくて、密集という感じではない。

浜中たちは屋上から降りて、まずは本部棟の二階へ行った。会議室と食堂に特筆すべき点はない。だが教職員の居室を見て、浜中たちはわずかに衝撃を受けた。二段ベッドが左右に置かれた、さほど広くない部屋なのだ。それが三室ある。

関村のほか、学園には男性教師が二名いる。職員は男性ふたりに、女性がひとりだ。

部屋の様子を見る限り、男性はふたりずつの相部屋で、女性はひとりで一部屋を使っているらしい。すべての部屋には、窓に鉄格子が嵌まる。教師や職員たちでさえ、不自由な環境下にいたのだろうか。

部屋に見覚えがあった。浜中は首をひねりつつ、与古谷学園の案内書を開く。とある頁で浜中は手を止めた。

「でたらめだな」

覗き込み、横で夏木が吐き捨てた。教職員の部屋を、さも生徒の四人部屋らしく記載してあるのだ。

浜中は案内書を閉じた。夏木とともに理事室へ行く。そこは見るからに金がかかっていた。つややかな光沢を放つ机に、すわれば半ば埋まりそうな本革のソファ。壁際の飾り台には、高価そうな装飾品が並ぶ。

「反吐が出そうだぜ」

夏木が言い、浜中たちは理事室をあとにした。本部棟を出て、殺害現場を右手に見ながら林道を南へ歩く。

先で林道は十字路になっており、浜中たちは左へ折れる。ほどなく二階建ての邸宅が現れた。少し先には丸太小屋がある。

居合わせた刑事に聞けば、邸宅は与古谷夫妻の自宅で、丸太小屋は虹子専用だという。

「まだ入れない」

その刑事が言った。屋内への警察の立ち入りを、与古谷夫妻が拒否しているのだろう。

目の前の邸宅や丸太小屋は殺人現場ではない。家宅捜索令状がない限り、拒まれれば勝手に入ることはできない。

浜中と夏木は家のまわりを一周した。生徒を狭い個室に閉じ込め、男性の教職員を相部屋に住まわせておきながら、夫妻の家はかなり広い。

続いて浜中たちは、丸太小屋の前に立った。こちらは十坪程度だろう。遮光カーテンがぴたりと引かれ、窓から室内はまったく見えない。

踵を返し、浜中と夏木は十字路まで戻った。直進すれば家が一棟見えてくる。関村広茂の住居だ。こちらは被害者宅だから、警察は中に入れる。玄関扉から覗けば、鑑識員の姿があった。

与古谷夫妻の家ほどではないが、なかなか広い二階屋だ。学園内で関村は、破格の扱いを受けていたらしい。

関村の家を離れ、浜中たちは十字路へ戻った。林道を南へ行く。

まっすぐ進めば門へ至るが、浜中たちは途中の丁字路を左へ折れた。やがて道は突き当たり、そこに溶接の作業場がある。

平屋の作業場を外からざっと眺め、浜中と夏木は本部棟まで戻った。もうひとつ、本部棟の少し北に平屋の建物がある。そこへ行き、窓越しに中を見れば、赤茶けた畳が数十枚敷かれた武道場だ。

これで学園内のすべての建物を見た。浜中と夏木は本部棟を越えて、林道を歩き始めた。少し行き、右の林へ入る。

関村広茂の死体発見現場で足を止め、浜中と夏木は北へ目を向けた。二十メートルほど先だ。

そのあたりだけ木が払われて、林の中にぽっかりと空き地がある。テニスコート二面ぐらいの広さで、畑の跡地らしい。長い間ほったらかしなのは瞭然で、地はすっかり硬くなり、雑草が茂っている。

死体発見現場から空き地にかけて、鑑識員たちが多数いた。誰しもが這いつくばり、彼らの視線は地面に釘づけだ。

「なにかありましたか？」

誰にともなく夏木が声をかけた。小杉《こすぎ》という熟練の鑑識が顔をあげる。

「ああ」

言って小杉は、立ちあがった。腰をトントンと拳で叩きながら、横へくる。

「ちょっと休憩だ」

小杉の言葉に鑑識員たちは、腰をあげた。伸びをしつつ左右へ退く。彼らの背に隠れていた地面があらわになった。

「見えるだろう」

小杉の言葉に浜中と夏木はうなずいた。地に点々と赤黒い染みがある。

「血痕だ」

小杉が言った。薙ぐように、浜中は地面を見渡す。

死体発見現場から空き地の終わりにかけて、幅一メートルほどにわたり、ほぼまっすぐに血痕があった。ぼたぼたと血が滴ったふうであり、桶などで血をびしゃりと地にぶちまけたという感じではない。

「血の雨でも降ったみたいですね」

浜中は思わず言った。小さく笑い、小杉が口を開く。

「そういう奇怪な現象に一度遭遇してみたいが、事実はいつも散文的だ。無線で聞いたが、血まみれのマントが見つかったって?」

浜中は首肯した。小杉が話を継ぐ。

「そこの死体発見現場で、何者かが血にまみれたマントを手にした。それを持ち、まっすぐ空き地まで歩く。当然その間、血の雫が地に落ちた。そんなところだろう」

「どうしてそんなこと、したのでしょう？」

「それを考えるのが、お前の仕事だろう」

小杉に言われ、浜中は頭をかいた。

15

午後八時きっかりに捜査会議が始まった。前橋警察署の大会議室だ。浜中と夏木はいつものように、最後列の席に着く。

まずは泊捜査一課長が一言述べた。そのあと検視官の脇坂が席を立つ。

「被害者の解剖は今日の午後、終わっています。死体検案書はまだですが、解剖担当医に話を聞きました。いや、驚きましたよ」

「どうした？」

泊が脇坂に問うた。

「胸の刺し傷に、生体反応がなかったのです」

視線が脇坂に集中する。

どこかに傷を負うと、人体は直ちに修復作業を開始する。生体反応と呼ばれるこの修復痕は、死後に体を傷つけても起きない。傷口付近の細胞を調べて生体反応の有無を確認すれば、その傷が生前か死後か解るのだ。

　関村の胸の傷に生体反応がないとはつまり、関村は死後、胸を刺されたことになる。

「被害者の死因は心臓麻痺です」

　脇坂の言葉に会議室がざわついた。手で制してざわめきを消し、泊が口を開く。

「つまり、どういうことだい？」

「死体を傷つけても、あまり血は出ません。ポンプ役の心臓は停止しており、血は体内を循環せず、傷口から外へ出る力がありませんので。

　しかし本件の被害者である関村は、たいへんな出血でした。よって関村が心臓麻痺を起こしたのは、凶器で胸を刺される寸前と思われます」

「心臓麻痺で心臓が停止し、直後胸を刺された。血液の循環はまだ完全に止まってないから、傷口から血が噴き出した。そういうことかい？」

「恐らく」

「で、心臓麻痺の原因は？」

「犯人と揉み合って身の危険を感じ、被害者の心臓に強烈な負荷がかかったのではないか。首をひねりつつ、解剖担当医はそう言いました。しかし関村の心臓に、疾患や治療痕はなかったそうです」

「殺されそうになり、健康な心臓がその直前に突然麻痺を起こしたってのか。あんまり聞いたことねえな」

「珍しい事例ですので、私も死因は失血死だと見誤りました。済みません」

「気にするな。だがそうなると犯人は、関村の心臓麻痺に気づかず、あるいは知った上で、心臓停止直後の関村を刺したことになる。これはちょいと難しいな」

と、泊が机に肘を突く。手のひらにあごを載せて束の間沈思したのち、泊は隣の管理官に顔を向けた。

心臓麻痺のあとで胸を刺したとなれば、この事件の犯人は殺人罪に問われない。殺人未遂と死体損壊罪だ。

管理官が泊の耳元でなにか囁く。小さくうなずき、泊が口を開いた。

「犯人と揉み合いになり、被害者は心臓麻痺で死んだ。だとすれば、やはりこいつは殺人事件だ。関村広茂殺人事件として、引き続き捜査していく。解剖結果の報告を続けてくれ」

うなずいて、脇坂が言う。

「死因は心臓麻痺。胸部の刺し傷のほか、右の手のひらから手首にかけて裂傷が一筋あり。ほかに目立つ外傷はありません。死亡推定時刻は十一月六日の午後七時から八時。被害者の体内から、薬物などは検出されませんでした」

泊がうなずき、脇坂が着席した。

続いて国道沿いで見つかった刈込鋏について、鑑識の鶴岡が説明する。

刈込鋏からは関村と同型の血液が採取され、死体の傷口と刈込鋏の刃の形状が完全に一致したという。

「市の許可を得て、色々と試してみました」

鶴岡の発言が続く。

「実際に私が刈込鋏を両手で持ち、幹に突き刺そうとしたのですが、刃先はいくらもめり込みません。そのまま柄を離したら、刈込鋏は地に落ちましたよ」

「お前さんのように、普通の体を持つ成人男性でさえ、突き刺すことはできないわけか」

泊が言った。うなずいて、鶴岡が口を開く。

「まして刈込鋏が刺さっていたのは、地上から十七メートルほどの高所です。あの場所へ登って刺すなど、素手では不可能ですね。なんらかの道具か装置を用いないと」

「凶器が見つかったのはいいが、やっかいな宿題つきだったか……。ところでマントは？」

「付着していた血痕は、関村と同じ血液型でした。飛沫痕を詳細に調べた結果、あのマントで返り血を浴びたとみられます」

「刈込鋏にマントか。妙なものばかり出てくるな」

言って泊が腕を組み、そこへ村重が手をあげた。

「おう、なんだい？」

立ちあがり、村重が発言する。

「与古谷学園には刈込鋏が何本もあり、それを使って雑草を刈るのは生徒の役目です。生徒であれば、容易に刈込鋏を手にできる。

　また理事である与古谷虹子はハーフマントが好きらしく、かなりの数所有しています。与古谷夫妻の自宅は学園の敷地内にあり、家中の窓や扉がいつでも施錠されているとは限らない」

「学園関係者であれば、マントを盗み出すのは可能ってことかい？」

「はい」

「一見妙な取り合わせだが、刈込鋏とマントは学園内にあったと」

「ですから犯人は学園の誰かです。学園の状況をざっと見た限り、生徒が教師を恨んでいた可能性がある。生徒を任意同行で引っ張り、事情を聞きたいのですが」

「そう、焦るな」

「しかし」

「まあすわれ」

　不服そうな顔つきながら、村重が着席する。

「とにかく学園や与古谷夫妻について、みなで情報を共有しようや。話はそこからだ」

　と、泊が管理官に目を向けた。管理官の指名により、刑事のひとりが席を立つ。与古谷夫妻のこれまでについて、彼は報告を始めた。

　与古谷学園の理事長である与古谷守雄は、群馬県内の公立中学校で長く教師を務めていた。教科は技術だ。

　公立の場合、教師には必ず異動がある。十年以上同じ学校で教鞭を執ることは、まずないだろう。だが与古谷守雄は異動の頻度が、尋常ではなかった。

守雄の生徒への行き過ぎた指導が問題になり、他の中学へ異動する。そこでもやがて守雄の体罰が父兄の間で取りざたされ、別の学校へ移る。

その繰り返しだったという。

異動が繰り返されるたびに守雄の体罰はひどくなり、ついに彼は生徒を滅茶苦茶に殴り、全治三か月の怪我を負わせてしまう。十一年前のことだ。

学校側の徹底的な手まわしにより、ことは公にならず、守雄は依願退職で済んだ。しかしもう、彼を教師として受け入れる学校はない。

旋盤工、溶接工、研磨工。工業大学出身の守雄は、それらの職に就きながら、職場を転々とする。守雄は自尊心が異様に強く、しかも短気だという。職場の誰かとすぐに悶着を起こし、ひとつの職場が長続きしない。

守雄の家は士族の流れを汲んでおり、そのあたりに彼の自尊心の芽があるらしい。実際与古谷家は、かなりの資産を有していた。

九年前、守雄の父が亡くなり、遺産分けが行われた。高崎市内の広大な土地は長男と次男が受け継ぎ、三男坊の守雄には、赤城山麓の辺鄙な土地が与えられた。相当額の遺産金も手にする。

「ここで比企川《ひきかわ》虹子という女が登場します」

刑事が発言を続ける。

「守雄と虹子は以前から男女の関係にあったらしく、教師を辞めたあとで守雄は求婚しました。しかし仕事が長続きしない守雄の将来に不安を覚えたのでしょう、比企川虹子は断った。

そのあとも関係は続いており、守雄が土地と遺産金を手にした途端、虹子のほうから結婚話を切り出した」

「現金な女だな」

泊が言った。うなずいて、刑事が話を継ぐ。

「ふたりはすぐに結婚し、比企川虹子は与古谷虹子になった。相続した土地にフリースクールを開設しようと、虹子は守雄に提案する。

山中に自らの帝国を築けばどうかと持ちかけたわけで、自尊心の塊である守雄はこれに飛びついた」

「かくして与古谷学園が設立されたわけか」

「はい、七年前のことです。理事長といっても守雄は、学園内でふんぞり返るだけらしい。実務はかなきしで、そのあたりはすべて虹子が仕切っています」

「よし、次は虹子について」

泊が言い、前橋署の望月が腰をあげた。手帳に目を落として口を開く。

「与古谷守雄と夫婦になるまで、虹子は前橋市内のいくつかの高校で、事務職員をしていました。それらの学校にあたったのですが、芳しくない話が出ましてね」

「どんな話だい？」

と、泊がわずかに身を乗り出した。

「よほど陰湿なたちなのか、教師や職員の弱みを握るのが、虹子は好きだったようです。人の恥部を集めるのが趣味という」

嘆息交じりに応え、望月が話を続ける。

「ところが与古谷学園開設時、その趣味が大いに役立つ。虹子は脛に傷持つ教師や学校職員を、学園に呼び寄せたのです」

「与古谷学園の教師や職員たちは、虹子に弱みを握られているわけか」

「恐らく」

「そいつはちょいとやっかいだな」

と、泊が腕を組む。首肯して、望月が口を開いた。

「それだけではありません。虹子が弱みを摑んでいた教職員は大勢おり、そのほとんどは、今もどこかの学校に勤務している。

虹子は彼らに近づいてやんわり脅し、不登校児や中退者など、学園に誘い込めそうな生徒の情報を集めています」

「スカウトってわけか」

「ええ。とにかく虹子は一筋縄ではいきそうにない。まだとっかかりですからね、引き続きじっくり調べます」

「頼む」

泊の言葉にうなずき、望月が着席した。

16

「次はガイシャの関村広茂か」

　泊が言い、別の刑事が席を立つ。

「関村は高崎市内の高校で、教師をしていました。しかし与古谷守雄同様、常に体罰の問題がついてまわった。関村は口よりも先に手が出るタイプで、なにかといえば癇癪を起こして生徒に暴力を振るう」

「教師というより狂犬だな」

　泊が言う。

「ええ。結局関村は行き過ぎた体罰の挙げ句、懲戒免職の処分を受けました。ところがそんな札つきも、与古谷守雄にとっては熱血教師に映ったらしい」

「生徒に鉄拳制裁した関村を、体罰是認の同志と思ったのかも知れねえな」

「はい。与古谷学園設立後、ほどなく関村は教員として採用されました」

　そう応えて、刑事が席に着く。

「与古谷守雄、与古谷虹子、関村広茂。ろくでもない人間たちが山中に学校もどきを造り、好き勝手に仕切っていたようだな」

　泊が言った。その面貌には珍しく、怒気がわずかに浮く。

泊をちらりと窺って、管理官がほかの刑事たちに報告をうながした。

「与古谷学園には、野垣学という三十代の教師がいました。けれど今年の六月に、突然姿を消しています」

席を立ち、村重が言った。

「その野垣も、虹子に弱みを握られていた口かい？」

泊が問う。

「はい。野垣は大学で植物学などの自然科学を学び、卒業後は高崎市内の高校で理科の教師をしていました。ところが特定の女生徒との関係を噂され、高校を辞めています。

表沙汰にはなっていませんが、それを虹子に知られたのでしょう。野垣は五年ほど前に、与古谷学園へきました」

「で、六月に野垣が姿を消した理由は？」

「与古谷守雄によれば、『ある日突然ぷいっと出て行き、それっきり』とのことです。与古谷学園のほかの教職員にも聞きましたが、姿を消した理由に心当たりはないそうです」

どこか面倒そうに、村重が応えた。そんな村重をまっすぐに見て、泊が口を開く。

「野垣の生徒への振る舞い。姿を消す前の野垣の様子。野垣がいなくなった時の具体的な状況。そのあたりを調べてくれ」

「ですが課長、野垣と関村に確執があったかどうか。そちらのほうが捜査にとって、大切だと思いますが」

「四の五の言うんじゃねえ」

泊がばっさり切り捨てた。ひとつ息をつき、ややあってから泊が言う。

「街で他人と喧嘩になり、殺してしまった。そういう根の浅い事件もある。しかし殺人事件の多くは、やっかいなことに根が深くてな。だから丁寧に掘り起こしていく。事件の核心とは違う根っこを掘ることも、往々にしてある。

でもよ、村重。ここにいる刑事たちは、徒労に終わるかも知れない捜査に、汗を流しているんだぜ。野垣のこと、しっかりやってみろ」

「はい」

不服げにそう応え、村重は着席した。

父さんは今日、課長に怒られてしまったよ――。

子供たちの前でつい愚痴ってしまい、はっと気づいて口をつぐむ。

そんな村重の様子を思い浮かべ、慌てて浜中は首を左右に振った。このままではまた、憑依妄想を起こしてしまう。

「殺人の理由や動機を木の根っこに例えるなんざ、われながらうまいな」

泊が言い、座の空気がわずかに和らぐ。一拍おいて面持ちを引き締め、泊は口を開いた。

「今回の事件は相当根が深い。こうなったらよ、徹底的に掘り起こそうと思うんだが、どうだい？」

捜査員のほとんどが、無言ながらもしっかりうなずく。

「お前さんたちには、かなりの苦労を強いることになる。いいのか？」

再び首肯。

「よし。関村殺害事件の犯人をあげる。与古谷学園の全貌を暴き、与古谷夫妻や関村の罪状を明らかにする。生徒たちを無事に保護する。この三つすべてが本線だ。きついけど、やろうじゃねえか」

「はい」

刑事たちの返事が揃った。

「さて、まずは関村殺害事件だ。学園の教職員たちの、昨夜の動向は？」

泊の質問を受け、聞き込みをした刑事たちが順々に発言していく。

昨日の午後七時頃、与古谷夫妻と関村は本部棟二階の食堂にいた。職員や教師たちも一緒だ。

与古谷学園では職員や教師たちでさえ、相互監視という雰囲気がある。ひとりで気ままに振る舞えば、与古谷夫妻に目をつけられるのだろう。教職員たちは常に誰かと一緒であり、関村だけが例外らしい。

関村が食事を終えて、七時半過ぎに本部棟を出て行った。住居へ戻るためだ。月曜日から土曜日まではよほどのことがない限り、関村は午後七時半前後に本部棟を出るという。

午後十時。自宅へ帰るべく、与古谷虹子が本部棟をあとにした。しかし途中、林道から少し入ったところに関村の死体を見つける。彼女は本部棟へ踵を返し、直ちに一一〇番通報した。

職員や教師たちは本部棟にいて、この間誰も外へ出ていない。単独行動した者もいない。

やがて警察が到着し、それ以降も全員本部棟にいたという。

「学園の大人たちには、ひとり漏らさずアリバイがある。また彼らには、凶器やマントを国道まで持って行くことは不可能。そういうことになるわけか」

泊が言った。

「生徒たちは？」

浜中と夏木に目を向けて、管理官が訊く。浜中は席を立ち、生徒たちの様子を詳しく述べた。

「関村が殺害された時間帯になにをしていたか。生徒ひとりひとりに、とてもそこまで聞けませんでした。済みません」

そう詫びて、浜中は報告を終えた。

「いや、お前さんたちの振る舞いは適切だ。生徒たちのアリバイ云々は、これからじっくりやってくれ」

泊が言い、浜中は胸を撫でおろす。わずかに間を取り、泊が口を開いた。

「関村殺害事件はここまで。次は学園における大人たちの、生徒への態度だ」

泊が言い、彼らに聞き取りした捜査員たちが報告する。

与古谷夫妻は生徒への暴行や虐待を一切認めず、教職員たちもほとんど語らないという。

「学園内の実態を警察に話せば、明かされたくない過去をぶちまける。教職員らは虹子にそう脅されているのでしょう」

望月が結び、泊は少年課の係長に視線を流した。

「学園にただならぬ様子があっても、誰も実態を語らなければ、生徒たちを保護することはできません」

係長が応える。

殺人事件が起きたとはいえ、与古谷学園は民間の施設だ。警察が乗り込んで、強引に生徒を保護するわけにはいかない。証拠を積みあげて犯人を逮捕するという、通常の殺人事件の捜査より、よほど配慮が必要なのだ。

丁寧に証言や証拠を集め、生徒たちを学園に預けた保護者とも、充分に話し合うべきだろう。

「うん」

難しい顔で泊が腕組みをし、座の空気が重くなった。捜査本部にいる人たちの多くが、恐らくは強い焦燥に駆られている。

浜中は両手を握り締めた。しかしそんなことをしても、生徒たちは救えない。

とにかく考えるのだ。そう自分を叱り、浜中は思いを凝らす。

やがて案が浮いた。浜中は迷わず挙手する。泊に指され、浜中は席を立って口を開いた。

「与古谷学園の卒業生に、会ってみたいのですが」

「そうか！」

と、泊が膝を打つ。

「しかし私が少年課にいた頃、与古谷学園の問題は浮上していません」

すかさず村重が発言した。泊が言う。

「卒業生たちは学園の実態を、誰にも訴えていないのだろうよ。だが逆にそれも気になる。どうして彼らが口をつぐんでいるのか。そのあたりも含めて、さっそく卒業生に当たってくれ」

「はい」

そう応えて浜中は着席した。最前列にいた美田園が振り返り、こちらを見て小さくうなずく。とても真剣な面持ちだ。浜中はしっかり点頭した。

「引き続き頼む」

一同を見渡して泊が言い、会議は終わった。

17

「入学儀式だと？」

幹部席の中央で、泊が言った。苦い表情で夏木がうなずく。夜の捜査会議が始まって、まずは夏木が発言している。

昨夜の捜査会議の結果を受けて、浜中は今日、夏木とともに与古谷学園の卒業生を訪ねてまわった。

しかし彼らの口は重い。顔面にやけどの跡が残る秋田という卒業生など、夏木の口から学園の名が出た瞬間、浜中たちの目の前で玄関扉をぴしゃりと閉めた。

今、与古谷学園で苦しんでいる生徒たちを救いたい——。

その一点に思いを込めて、浜中と夏木は卒業生たちをいたわりながら、粘り強く話を聞いた。すると卒業生のひとりが、話してくれそうな様子を見せる。

浜中と夏木は逡巡する彼を見守った。やがて彼は口を開く。

警察に呼ばれて詳しく事情を訊かれる。与古谷学園の実態が明らかになり、マスコミ関係者が家にくる。

そういう事態は絶対に避けたい。卒業して学園と縁が切れたのだから、今後一切の関わりを断ちたい。

「自分の名が絶対に出ないのであれば、学園のことを話してもいいけど……」

彼はそう結んだ。すると夏木が即答する。

「今から聞く話は決して証拠にせず、あなたの名前も公表しない」

一捜査員が独断で、約束できることではない。それなりの処罰を覚悟した夏木の言葉に、浜中は目の覚める思いを抱いた。

あの場面で夏木が、上司に相談すると遁辞《とんじ》を弄せば、卒業生は口を開かなかっただろう。

夏木の果断により、浜中たちは卒業生から与古谷学園の実態を聞くことができた。

遊撃班としての捜査結果を会議で報告するのは、もっぱら浜中の役目だ。しかし今夜は発言役を、夏木が買って出た。

聞いた話は証拠にしないという卒業生との約束。その独断の責を、夏木はひとりで負うつもりなのだ。だから会議という公の席で、浜中に報告させない。

自分には勿体ない相棒だ。

横の席で発言する夏木への思いが昂じ、浜中は思わず涙ぐむ。夏木に抱擁さえしたくなった。しかしこの場で泣きながら夏木を抱きしめれば、たいへんな騒ぎになる。

まばたきで涙を散らし、浜中は自重した。泊の言葉を受けて、夏木が口を開く。

「新しく入学した生徒に別の生徒を殴らせ、その瞬間の写真を撮る。それが与古谷学園の、入学式ならぬ入学儀式です。

学園を脱走、あるいは卒業したのち学園の実態を警察に話す。そんなことをして学園に捜査の手が入れば、この写真を提出する。するとお前も暴行罪に問われる。

そう生徒を脅し、心に枷《かせ》をかける」

ふつふつとした裡の怒りが、はっきり滲む夏木の声だ。

「だから卒業生や中途退校者は口を閉ざし、学園のことは今まで、明らかにならなかったわけか」

泊が言う。

「はい」

「で、学園の実態は聞き出せたのかい？」

「ええ」

と、夏木が話し始めた。

「生徒たちの一日は、朝五時の起床で始まります。運動後に朝食を取り、直ちに授業。授業は午前六時から正午まで。

昼食を取ったのち、生徒たちには実習という名の作業が待つ。鞄など革製品の制作です。

実習は午後五時に終わり、そのあと交代でシャワーを浴びる。着替えも含めて、シャワーの時間は十分以内。それから全員で食堂へ行き、午後六時から夕食です」

「確かに厳しいが、それだけを聞けば警察学校とさほど変わらんな。無論警察学校には、鉄格子などないが」

泊が言った。硬い表情のまま夏木が口を開く。

「警察学校とは、食事の内容が大きく異なります」

「食事？」

「生徒たちの朝食はコッペパン一本と牛乳。昼食と夕食はそれぞれ、具がなく海苔も巻かれていない握り飯がふたつにみそ汁が一杯。おかずはなし。

こういう粗食ですからね。学園に栄養士は不在で、生徒たちの食事は虹子と女性職員が作ります。ちなみに教職員の食事ですが、朝はパン、昼と夜は仕出し屋から弁当が届くそうです」

「生徒たちの食事、刑務所よりひでえじゃねえか」

唸るように泊が言う。

「しかし保護者からは、高額な入学金や月謝をせしめる」

夏木が応えた。

「その金は極力生徒のために使わない。さらに実習という名の作業をさせ、出来あがった製品の実入りも懐に入れる。生徒数が少なくても、与古谷学園はやっていけるって寸法か」

「ええ。ただし生徒に粗食を強いるのは、どうやらほかにも理由があります。生徒を痩せさせて、脱走しようという気力や体力を奪う」

「そいつは洒落にならねえな」

泊がすっと目を細めた。

「脱走に関していえば、起床から夕食までの集団行動中、生徒たちは常に見張られています。それでも誰かが脱走すれば、連帯責任として残された生徒が酷い目に遭う」

「そうなると、ひとりで逃げ出すわけにはいかねえな。特にあの年頃は、仲間や友人を第一に考える」

「はい。生徒の一日に話を戻します。夕食は十五分以内で、食事中の会話は禁止。生徒たちは黙って食事を済ませ、食器洗いの当番二名を残し、ただちに三階へあがる。そして各自の個室へ入るのですが、その際教職員による身体検査があります」

「身体検査？」

「鞄や木工品の作業場には各種工具が揃っており、外には刈込鋏を始めとした庭仕事用の刃物類が多くある。

それらを生徒が個室に持ち込み、工具類で窓や鉄格子を破って脱走するかも知れない。刃物で自殺を図る恐れもある。

その防止目的でしょう。生徒たちは入室の際、徹底的に身体検査される。抜き打ちで個室を調べられることも、多々あるといいます。

こうして午後六時半頃、生徒たちは三畳足らずの個室に閉じ込められる。個室は教職員によって廊下側から施錠されます。よって生徒たちは翌朝の起床時刻まで、部屋から自由に出られない」

「施錠だと？」

と、泊が刑事のひとりに目を向けた。彼が発言する。

「個室に外から施錠の事実は、確認されていません」

「だよな」

言って泊が腕を組む。夏木が口を開いた。

「関村広茂が殺害されたのは、午後七時から八時です。しかし虹子による一一〇番通報は、午後十時五分。最大で三時間の間があります」

「おい、まさか」

泊が身を乗り出した。意味ありげに夏木がうなずく。手のひらを額に当てて、泊が口を開いた。

「このまま通報して警察がくれば、学園の実態が明らかになる。

関村の死体を見つけて、虹子はそう考えた。虹子の独断か、与古谷守雄に相談したのか。ともかくも虹子たちは生徒の部屋の施錠を解き、さらに生徒や職員に諸々口止めし、それから警察へ通報した。だから通報まで時間がかかった」

「恐らくそうです」

「死体を見れば、肝をつぶすのが普通だぜ。ところが虹子のやつは策を弄しやがった。なかなか食えねえな。

で、生徒の個室には夜間、外から施錠だったよな。トイレはどうするんだ?」

泊が夏木に問うた。

「午後六時半から午前五時まで、二時間置きに教職員が生徒たちの個室を見まわります。

トイレへ行きたい者はその際に申し出て、教職員同行の上でトイレへ行って用を足す。ただし教職員によっては、トイレ内の個室にまで入ってくる。

そのため生徒たちのほとんどは、夜間のトイレを我慢していたようです。そもそも水を勝手に飲むことすら許されていないので、尿意は起きづらい」

「ひでえな」

「日曜日には授業と実習はなく、しかし生徒たちは学園内の様々な雑用に追われます。

これが生徒たちの日常で、ひとたび入校すれば親は無論のこと、誰にも電話をかけられず、手紙を出すこともできない」

「子供の顔を見に、親が学園へ訪ねてこないのか？」

「生徒が卒業するまで、面会は一切しない。入学前に保護者とは、そういう取り決めをするそうです」

「外部との接触を、完全に断たれるわけか」

「そして卒業まで、絶対服従の日々を送ります。教職員による体罰は日常茶飯事で、しかも陰湿に行われる」

「陰湿とは？」

「顔にはビンタや掌底を振るい、傷が残らないようにする。その一方で胸部や腹部など、服で隠れる部分を殴り、蹴る。

生徒の誰もが恐れる懲罰房行きという罰もあります。狭い空間に閉じ込めて、トイレの時以外は外へ出さない」

続いて夏木が、懲罰房の様子を語り始める。捜査員たちの怒りや憤りが会議室に満ちていくのを、浜中ははっきり感じた。

18

夏木が懲罰房の説明を終えた。やるせない思いが喉につかえているのか、口を開く者はいない。静寂が会議室を包み、しかし村重がしじまを破る。

「そうなると」

「意見があれば挙手をする」

管理官が言い、村重は手をあげた。管理官にさされ、席を立って発言する。

「関村広茂の死亡推定時刻は、十一月六日の午後七時から午後八時です。

事件当夜も生徒たちは個室にいて、扉が外から施錠されていたとする。窓には鉄格子が嵌まり、生徒たちは個室から出られない。そうなると生徒全員に、アリバイが成立してしまう。

いや、それだけじゃない。犯行後、学園から二キロ半ほど離れた国道まで、刈込鋏やマントを捨てに行くことは到底できません。

しかし夏木の報告から類推すれば、生徒たちは学園の教師や職員に、恨みつらみがあったはず。すなわち生徒には、関村殺害の強い動機がある」

「先を急ぐなよ。それより六月に姿を消した教師、野垣学のことはどこまで解った？」

泊が問う。不満げな様子を見せつつも、村重は口を開いた。

「与古谷夫妻や関村に、大人しく従っていたようです。表面上は」

「気を持たせる言い方をするじゃねえか」

「与古谷夫妻や関村に隠れて、野垣は生徒たちに優しい言葉をかけ、時に励ましていたようです。しかし関村がそのことを知り、与古谷夫妻に報告した。それが今年の六月。

スパルタ教育という与古谷守雄の方針に、野垣は密かに楯突いたのです。

野垣は守雄の逆鱗《げきりん》に触れ、クビになったのではないでしょうか。職員たちはそのあたり、お茶を濁していますが」

「野垣の自宅や実家は？」

「県内の安中市内に実家があります。与古谷学園にくる前、野垣は実家から勤務先の学校にかよっていました」

「実家には行ってみたかい？」

「ええ。両親ともに健在でした。両親は長崎県の出で、野垣が小さい頃は佐世保市内に住んでいたそうです。しかし野垣の父の転勤に伴って、三十年近く前、安中市内に居を構えた。

野垣学は与古谷学園に勤務してから、盆と正月ぐらいしか、安中市の家に帰ってこなかったといいます。

久しぶりに帰宅しても、口数が少なくて顔色も優れない。職場に悩みでもあるのかと、両親は野垣に与古谷学園のことを訊ねた。しかし彼は、なにも応えなかったそうです」

「今年の六月以降は？」

「両親によれば、一度も姿を見せていません」

「知り合いや友人などには、当たってみたか？」

「昨日の今日ですからね。とてもそこまで、手がまわりません」

「ならば引き続き頼む。六月以降、野垣に会った者がいないか。今度はそのあたりを重点的に調べてみろ」

「あの、よろしいですか」

「よろしくないといっても、なにか言うってツラだな」

泊がにっと笑う。硬い表情を崩さずに、村重が口を開いた。

「まずは野垣と関村の確執について、職員たちを締めあげてでも、訊ねたほうがいいのではないでしょうか」

「遊撃班の報告を聞いただろう。卒業生に会うという、一見迂遠な捜査も決して無駄ではない。焦らずにひとつひとつ、外堀を埋めていく。今はその段階だ。野垣のこと、頼んだぞ」

不承不承といった様子で、村重は着席した。

「これでひととおり報告は終わったな」

泊が言った。美田園が席を立つ。

「どうした？」

「夏木の報告どおりの食事を、今も生徒たちに与えているのか。急いでそれを調べて、そうならば改善するよう、学園に申し入れたほうがよいと思います。育ち盛りの生徒たちに先ほどの献立は、あんまりです」

　憤りと憂いに満ちた美田園の声だ。

「そうだな」

「私が動いてよろしいですか」

「よし、頼む」

「直ちに」

　と、美田園が着席した。少し間を取り、夏木が挙手する。

「おう、なんだい？」

「先ほどの卒業生の話なのですが」

「みなまで言うな」

　と、泊が笑みを見せる。夏木がふっと肩の力を抜いた。

「卒業生の話は証言として使わず、無論彼の名前も公表しない。お前さんたちもその点、頼んだぜ」

　一座を見渡し、泊が結ぶ。

「しかしそうなりますと」

　管理官が発言した。うなずいて、泊が言う。

「在校生から証言を引き出す必要がある。しかしみなで生徒を取り囲み、色々訊くわけにはいかない。

取調室へ呼ぶなど論外だ。

生徒たちを傷つけない。それを第一に考えるべきだろう。難しい役目だが、夏木、浜中。引き続き生徒たちに目を配ってくれ」

浜中は強く首肯した。

第三章

窮地

1

浜中康平は与古谷学園の本部棟の前に、レオーネを停めた。夏木大介とともに降りる。午前中のやや弱い陽光の下、冷たさを孕んだ風が吹き抜けていく。

今日はこれからずっと、与古谷学園にいるつもりだ。

関村広茂殺害事件が発生した時、学園には男子十五名、女子七名の生徒がいた。子供が寮生活を送る学園で、殺人事件が起きたのだ。けれどこれまでに子供を迎えにきた親は、四人しかいない。

腫れ物に触るように子供と接する親。子供を虐待する親。子供に無関心な親。そもそも両親と暮らしていない。

生徒たちはそれぞれ家庭の事情を抱えて、このフリースクールにきたのだろう。

会えなくてもいい、話を聞けなくてもいい、とにかく生徒たちの近くにいることが大切なのだ。浜中たちはそう考える。

どちらともなく歩き出し、浜中と夏木は本部棟に入った。下駄箱でスリッパに履き替えていると、階段室のほうから足音がする。

浜中たちは廊下へあがり、そちらへ目を向けた。薄暗い階段室から、男性がぬっと姿を見せる。うしろには女性がいた。与古谷守雄と与古谷虹子だ。

与古谷学園の異常さは明らかであり、今朝、警察は与古谷夫妻に任意出頭を求めた。ところが夫妻は、にべなく拒否した。弁護士を立てたので、そちらをとおしてほしいという。夫妻は警察と、直接やり取りしない方針らしい。

夏木が階段室へ歩き出し、浜中も従った。与古谷夫妻がこちらへくる。廊下の途中で彼らと向き合う格好になった。

「これは理事長、おはようございます」

と、夏木が優雅に頭をさげた。守雄の表情がわずかに緩む。しかし虹子の双眸から険は消えない。

「あなたたちは？」

硬い声で虹子が問う。浜中と夏木は警察手帳を掲げて名乗った。

「学園内を勝手にうろつきおって。お前ら警察は無礼だな」

守雄が言う。随分と大きな地声だ。

「失礼はお詫びします。しかしそのお蔭で、こうして理事長とお会いできた。教育理念など、ぜひご教示頂きたいのですが」

真摯な口調で夏木が言った。

「私の理念か」

「刑事さんと直接話すのはやめましょう」

と、虹子が守雄の袖を引く。

「しかしな」

「弁護士さんをとおさないと」

諭す調子で虹子が言う。守雄が逡巡の様子を見せ、すかさず夏木が口を開いた。

「どのような想いで、与古谷学園を設立されたのです？」

「うむ」

「どうか教えてください」

拝む姿勢で夏木が言い、ついに守雄の口がほぐれた。嘆息する虹子に目もくれず、守雄が語り始める。

曰《いわ》く、軍隊方式やスパルタ教育といえば、眉をひそめる者が多い。だが苦しみの中でしか、得られないものがある。

曰く、昨今の若者には忍耐力と根性がない。厳しい指導によって、耐える力や反骨心を植えつけねばならない。

曰く、甘やかすのではなく、しっかり躾けることが生徒には必要。

守雄の話はなかなか立派で、共感できる部分もある。そう思いかけ、浜中は内心で強くかぶりを振った。

生徒たちを狭い個室に閉じ込め、外から鍵をかける。満足に食事を与えず、実習作業を強要して浮いた金をせしめる。

実際の与古谷学園には、守雄が語る理念や理想は欠片もない。

滔々《とうとう》と、守雄がなおも話し続ける。浜中の胸が痛み始めた。空々しい守雄の言葉を聞くのが苦痛なのだ。

「それが人の話を聞く態度か？」

ふいに守雄が声を荒らげた。険しい視線をまっすぐ浜中に注ぐ。射すくめられて、浜中には言葉がない。

「理事長の崇高《すうこう》な理念を、必死に嚙み締めているのです。だから表情が硬くなった」

さらりと夏木が言い、途端に守雄の頬が緩む。

夏木の助け舟に感謝しつつ、浜中は自らを叱った。

間違いなく、夏木の裡には煮えたぎる怒りがある。それを堪え、低姿勢で守雄に接するのはなぜか。

一言でも多く、守雄の口から言葉を引き出すためだ。弁護士を立てた夫妻の防御を破り、生徒虐待の裏づけになる発言を、夏木は得ようとしている。

それを自分が台無しにしてはならない。

「済みません」

と、浜中は守雄に頭をさげた。守雄が満足そうにうなずき、夏木が口を開く。

「亡くなった関村広茂さんは、あなたの教育論に心酔していたようですね」

「彼はよい教師だった」

わずかに声を落として守雄が応える。

「関村と違い、野垣学という教師は生徒に甘かった。そんな話を耳にしたのですが」

「個人の話など、どうでもいい。それより教育についてだ」

言って守雄が教育論を再開する。虹子はすでにあきらめ顔で、守雄を止めようとしない。唾を飛ばして口角に泡を浮かべ、守雄が熱心に語る。彼の双眸に尋常ではない光が宿り、いつしかそれは狂気の色を帯びた。

「なにが生徒の人権だ。命令を聞かなければ、叩いてでも従わせる。それこそが教育だ！」

太い声で守雄が言った。

「では理事長自らも、この学園で生徒に鉄拳制裁を？」

さりげなく夏木が問い、浜中は固唾を呑む。ここで守雄が肯定すれば、生徒虐待の証拠になり得る。

守雄が口を開こうとした。

だが――。

「あなた」

ぴしゃりと虹子が守雄を制す。

「行きましょう」

「う、うむ」

夢から覚めた面持ちで、守雄が虹子にうなずいた。

「ところでこの学園には、生徒がひとりもいませんね」

夏木が言う。

「なにを言っている。生徒ならば、いるではないか」

守雄が応える。

「彼ら、生徒だったのですか。私はてっきり、強制連行された収容者たちかと。そういえば先ほどのあなたの演説ぶりも、鼻の下に髭を蓄えた、あの独裁者さながらでしたね。反吐をこらえるのがたいへんでしたよ」

肺腑をえぐる、夏木の言葉だ。怒気を誘って、言葉を引き出す作戦に変えたのか。それとも怒りを抑えきれず、本音を投げたのか。

「なんだと」

守雄がいきり立つ。

「この人ちょっと、策士のところがあるわね。取り合うのは危険、行きましょう」

冷えた視線を夏木に注ぎ、冷徹な声で虹子が言った。有無を言わせず守雄をうながし、歩き出す。

2

与古谷夫妻と別れ、浜中と夏木は三階へあがった。生徒たちの個室を訪ねていく。しかし彼らは先日と変わらない。

怯えた様子で口をつぐむ、感情のない声で学園を称える、そもそも扉を開けてくれない。そのどれかなのだ。

焦りに任せて急いではならない。自らをそう戒めながら、浜中は廊下右手の扉を叩く。

ややあってから扉が細めに開き、生徒が顔を覗かせた。黒くなりつつある茶髪をひっつめにした、十七、八歳の女子だ。黒い瞳は美しく冴えて、切れるような鋭さがある。

「藤瀬玲奈さんですね」

名札に記されていた名を、浜中は口にした。その女子生徒、玲奈が無言でうなずく。

玲奈とは初対面だ。浜中と夏木は警察手帳を掲げ、名と身分を告げた。浜中たちを睨みつけ、玲奈は無言を守る。

「あの、できれば少しお話を」

「ほかのみんな、何か話した?」

冷たい声で玲奈が問う。

「いいえ、まだあまり話してくれません」

正直に浜中は応えた。

「でしょうね。警察も教師と同じで、信頼できない大人だから」

「あの、私もそうですけど、大人は色々考えてしまうのです。ここでこう立ちまわれば得するとか損するとか、そんな下劣なことをつい思う。

そういう振る舞いによって、誰かが傷つくかも知れない。そう解っても、正しいはずの道からそれてしまう。

私たち大人はきっとこれまで、若い人を裏切ってきた。だからあなたは強いまなざしを、私たち大人に向けるのでしょうね。

玲奈さん」

「なに？」

「済みませんでした」

心から、浜中は詫びた。

「刑事さん、ちょっと似てるね」

短い沈黙のあとで玲奈が言う。彼女の声から少しだけ、棘が抜けた。

「誰にですか？」

「野垣先生って人」

「今年の六月に、突然いなくなった方ですね」

「まだ、ここにいるかも知れない」

「野垣さんが、ですか？」

「もういいかな」

表情に翳りを滲ませ、玲奈が言った。浜中の返事を待たず扉を閉める。

3

浜中と夏木は生徒すべての部屋を訪ね終えた。夏木にうながされ、浜中たちは階段から見て左手の扉を開ける。生徒用の個室だが、空室だから誰もいない。

がらんとした部屋に踏み込み、浜中たちは突き当たりまで行った。引き違いの腰高窓があり、クレセント錠がかかる。

半円形のクレセント錠をまわし、夏木が窓を開けた。風がきて、部屋の空気を一掃する。

浜中は窓に目を向けた。夏木のように雄偉《ゆうい》な者でも、身を小さくすればなんとか抜けられる。それぐらいの大きさだが、窓の外には見るからに頑丈そうな、鉄の縦格子が嵌まる。

格子を両手で摑み、夏木が揺すった。わずかに動くが、簡単に外れる様子はない。

夏木は上着を脱いだ。格子と格子の間から腕を外へ出し、虚空に視線を漂わせる。指先で鉄格子の枠を探っているらしい。

やがて腕を引き、こちらを向いて夏木が口を開いた。

「窓枠の上下にそれぞれ四か所、左右に二か所ずつ、計十二のマイナスネジで、鉄格子は留まっている。

格子の間から腕を出し、ドライバーですべてのネジを外す。そうすれば室内側から、鉄格子そのものを取り去れる」

夏木は口をつぐみ、窓の向こうに目を向けた。浜中も窓の外を眺める。格子の間から、関村広茂殺害現場が見えた。

夏木は口にしなかったが、彼の言いたいことは解る。

鉄格子を外して個室の中に置き、開けた窓から紐状のなにかを垂らす。窓を出て、紐を頼りに地上まで降りる。

あの現場へ行き、待ち伏せする。やがて本部棟から関村が出てくる。関村を殺害し、本部棟へ戻る。垂らしたままの紐を手にとり、壁をよじ登る。そして三階の個室へ入り、鉄格子を元どおり嵌める。たいへんな苦労だが、できないことはない。

夜間、職員や教師たちは本部棟から出ないという。しかもこちら側には玄関扉のほか、一階と二階に窓がない。

生徒たちは誰にも見られず、一連の作業を遂行できるだろう。

「でも先輩。入室前の身体検査があるから、生徒たちは工具類を個室に持ち込めません。鉄格子を取り外すことは、できませんよ」

すがるように浜中は言った。苦い面持ちで夏木が無言を守る。浜中はなおも話しかけようとして、けれど次の瞬間、一昨日見た「ある光景」が脳裏をよぎった。

浜中は息を呑む。夏木が険しい視線を向けた。もはや浜中には、言葉がない。

「行くか」

落ち着かない沈黙を破り、硬い声で夏木が言った。浜中たちは部屋をあとにして、一階まで降りる。

本部棟を出ると、林道に美田園恵の姿があった。浜中と夏木はそちらへ向かう。美田園はうっすらと汗ばんでいた。

「生徒たちの食事の件ですか？」

彼女の前で足を止め、夏木が問うた。

「食事改善の申し入れは、もう済ませた。そのあと敷地を歩いたのよ。生徒たちの苦しみや悲しみ、痛みが染みついた学園の中を、ひととおり見ておくべきだと思ってね」

「そうでしたか」

夏木が応えた。

「外周を囲む鉄柵を目の当たりにして、ぞっとしたわ。それから本部棟へきて、裏へまわった。建物を見あげれば、報告どおり窓に鉄格子。

特に三階は異様ね。狭い間隔で鉄格子つきの小窓が並び、あたかも拘置所よ。でも」

悔しそうな面持ちで、美田園が話を継ぐ。

「これまでの報告を聞く限り、学園の全貌が明らかになっても、与古谷夫妻にはせいぜい数年の懲役刑だわ」

「え?」

浜中は目を見開いた。しかしそのあとで気づく。

与古谷守雄と虹子に関村を殺す動機はなく、確たるアリバイもある。与古谷夫妻は関村殺害事件に、まず関わっていない。殺人とは無関係なのだ。

すると夫妻の罪は、日常的な生徒への虐待だけになる。

夫妻が生徒に手をあげていれば傷害罪。生徒を個室に閉じ込めろと命じたのが夫妻であれば、監禁罪で逮捕できる。

けれど美田園の言葉どおり、それらの罪ではせいぜい数年の懲役だ。

夫妻の生徒への暴行のほどは、まだはっきりしていない。だが、夫妻の暴力の証拠を警察がどれほど積みあげても、生徒に対する殺人未遂罪の逮捕状は、恐らく取れない。

「生徒たちを恐怖で支配して、彼らの心に生涯消えない傷を与えた。なのに数年の懲役……」

呻くように浜中は言った。

「弁護士を立て、夫妻は法廷でも徹底的に争うでしょう。裁判の間、夫妻は拘置所に収容される。のちに刑が確定しても、刑期からは拘置所での日々が引かれるわ。夫妻は一、二年で出所できるかも知れない」

苦々しく、美田園が言った。暗澹《あんたん》たる思いを抱き、浜中は嘆息する。沈黙がきて、秋風が吹き抜けた。

「やつらをもっと高く吊るすことが、できるかも知れない」

夏木の口から、ふいにそんな言葉が出た。

「どういうこと？」

美田園が問う。本部棟の廊下で交わした与古谷守雄との会話を、夏木は詳しく語り始めた。

「おかしいと思いませんか？」

説明を終えて夏木が問う。美田園と浜中は、揃って首をかしげた。小さく笑みを浮かべて、夏木が口を開く。

「『野垣学という教師は生徒に甘かった』。おれがそう言うと、『個人の話など、どうでもいい』と与古谷守雄は応えた」

「それがどうかしたのですか」

浜中はいよいよ首をひねった。守雄の返答におかしな点はない。

「もしかして」

ぱっと美田園が瞳をきらめかせた。

「その可能性、ありますよね」

「大ありよ！」

と、美田園が夏木にうなずく。

ひとりだけ取り残されて、拗ねながら浜中はふたりを見た。夏木が言う。

「個人の個ではなく、事故の故にしてみろ」

「え？　ええと……」

浜中は頭の中で守雄の言葉を変換した。そして思わず声をあげる。

「そうか！『故人の話など、どうでもいい』と、守雄は応えたのですね」

「おれはそう思う。ではなぜ守雄は、野垣を『故人』と言ったのか」

「野垣が死んだことを知っていたから」

美田園が返す。

「だとすれば……」

と、浜中は夏木に目を向けた。頬を引き締め、夏木が口を開く。

「野垣は陰で生徒たちに優しくしていた。それを知って激怒し、与古谷守雄が野垣を殺した。関村や与古谷虹子も、野垣の殺害に絡んでいたかも知れない」

「けれどあの夫妻、容易に尻尾を出さないでしょうね」

「ですが係長、人を殺せば必ず死体が残る」

「死体……」

言って美田園が腕を組み、沈黙が降りてくる。あたりを見まわして、夏木がしじまを破った。

「広々としたこの敷地。生徒は好き勝手に歩けず、鉄柵があるから部外者が迷い込むこともない。与古谷学園は夫妻にとって、小さな帝国です。

敷地の外の山中に、死体を埋めるという手もある。だが他人や公共の土地だから、いつ工事が始まるか解らない。それを怖れてビクつくよりは、帝国内のほうが安心でしょう。

野垣はまだ、ここにいるかも知れない。先ほど生徒のひとりが、そう教えてくれました」

「野垣学の遺体が、学園内にあると？」

そう応える美田園の表情は、しかし曇っている。

改めて、浜中はぐるりを眺めた。たったひとつの死体を探すとなれば、与古谷学園の敷地は途方もなく広い。

「ほかの捜査員や鑑識は忙しい。確証のない死体探しなんて、とても頼めないわ」

ぽつりと美田園が言う。

「おれだけで、いや、おれたちだけでやりますよ。な、相棒」

言って夏木が浜中に目を向ける。

「はい」

浜中は即答した。

「ありがとう」

珍しく生真面目な、夏木の声だ。照れ笑いを浮かべ、浜中は頭をかいた。

4

秋の風が吹き抜けた。与古谷学園は山麓にあるから、日中なのに気温は低い。けれど浜中と夏木は汗だくだ。

あれからすぐに美田園が、泊悠三捜査一課長にかけ合った。

生徒に気を配るのを忘れない。それを条件に、泊はその場で許可したという。

関村殺害事件の犯人をあげる。

与古谷学園の全貌を暴き、与古谷夫妻や関村の罪状を明らかにする。

生徒たちを無事に保護する。

泊の掲げた三つの本線から、微妙に外れた浜中と夏木の行動だ。応援は一切期待できない。逆に捜査員たちの手がまわらなくなれば、死体探しは即刻中止という命令が下るだろう。

時間はない。浜中と夏木は直ちに死体探しを始めた。

夏木の洞察と観察力を、浜中は信頼している。与古谷守雄が野垣を殺害したのは事実だろう。だが、死体が学園の中にあるという保証はない。さらに広すぎる敷地の中、野垣の死体があるとすればどこなのか、皆目見当がつかない。

野垣が姿を消したのは、およそ四か月前だ。殺して埋めたのならば、地面を掘ったあとが残っているのではないか。

そう話し合い、ともかくも浜中と夏木は歩き出した。

目を皿のようにして地面を注視し、気になるところがあればしゃがみ、慎重に草をかき分ける。そんな作業を数時間、浜中たちは続けている。

「一服しようか」

本部棟の北側を歩き、ひと区切りついたところで夏木が言った。うなずいて、浜中たちは車に戻る。

美田園は捜査本部に戻ったが、こちらへくる捜査員に飲み物を持たせてくれた。それが車に積んである。

ペットボトルのスポーツ飲料を手にして、浜中と夏木は後部席の扉をそれぞれ開けた。背中を向け合う格好で、席に浅く横すわりする。ズボンとワイシャツは汗や泥、あるいは草の露にまみれており、運転席や助手席を汚したくない。

「明日からは作業服持参だな。様子を見ながら背広に着替えて、生徒たちの部屋を訪問。あとはひたすら死体探しだ」

済まなそうに夏木が言った。

「運動靴も持ってきましょう」

ことさらに明るく浜中は応える。草は露に濡れ、場所によっては苔が木の根を覆う。革靴だと滑りやすいのだ。

「だな」

と、夏木が笑みを見せた。

車の後部扉は、左右ともに開いている。秋の風が心地よく吹き抜けて、空から呑気そうな鳴き声が降ってきた。

陽光に目を細めつつ、浜中は見あげた。秋色の空に悠々と、一羽の鳶《とび》が舞う。近くに巣でもあるのだろうか。

梢が風にさわりと揺れ、随分のどかな風情だが、この地で生徒たちは地獄を見た。それは今も続く。里優馬や泉田東治、ほかの生徒たち。ひとりひとりの顔を浜中は脳裏に浮かべた。

一刻も早く彼らに手をさし伸べたい。

たまらない焦りに背中を押され、浜中は飲料をひと息に飲み干した。同じ思いに駆られたのか、夏木も飲み終えて腰をあげる。

わずかな休息を終え、浜中と夏木は作業を再開した。本部棟の西の林に入り、視線をおろして慎重に歩く。

少しでも違和感を覚えたら、足を止めてしゃがみ込み、地面に目を凝らす。それを繰り返しながら浜中たちは、じわじわと南下していく。

うつむいたままだから、次第に肩が凝る。関村広茂の死体が見つかったあたりまできて、浜中たちは一旦林道へ出た。伸びをして、首をまわす。

林道の先に本部棟が見えた。一階と二階に窓はなく、三階にだけ横一列に、鉄格子つきの小窓が並ぶ。やはり異様な雰囲気で、本部棟は要塞めいてさえ見えた。

その小窓のひとつに人影がさした。目を凝らせば泉田だ。

気が向いた時、この部屋の窓辺に立ってほしい。あなたたちを救うべく、懸命に働く刑事や鑑識がいる。どうかその姿を、窓から見てください——。

最初に会った時、夏木は泉田にそう声をかけた。

鉄格子が陽光を反射して、泉田の視線の向きまで解らない。しかし彼は夏木の言葉を受け止めてくれたのだ。

そう思い、そう信じ、浜中は窓辺の泉田にしっかりうなずく。泉田はただ佇み、動かない。

「行くか」

まっすぐに泉田の部屋を見あげて、夏木が言った。浜中たちは林に入る。鑑識員による調べは昨夕終わり、関村広茂殺害現場はすでに閑散としている。

「このあたりは鑑識が、すっかり調べたはずだ」

夏木が言い、浜中たちは林を西へ分け入った。鑑識の調査痕がないあたりまで行き、地面に視線を注ぎつつ慎重に歩く。

やがて木漏れ日が赤みを帯びた。秋の雲が黄金《こがね》色に輝いて、ため息が出るほど美しい。しかし夕映えに見とれる暇はない。日没になれば作業はできないのだ。焦りに背を押され、知らず浜中の足が速まる。

「死体遺棄の痕跡を見逃せば、元も子もない。気持ちは解るが、歩く速度を変えるな」

夏木が声をかけてきた。彼へ目を向けて、浜中は首肯する。

そのまま一歩足を踏み出し、浜中はつるりと滑った。一瞬視線がおろそかになり、苔むした木の根を踏んだらしい。われながら笑ってしまうほど、浜中は見事に転んだ。

「すっころぶという言葉は知っていたが、それを目の当たりにしたのは初めてだ」

笑声交じりに夏木が言う。すぐ真顔になり、彼は手をさし伸べた。

「大丈夫か?」

「はい」

と、浜中は照れ笑いを浮かべて、起きあがろうとした。しかし途中でぴたりと止まる。

浜中が転んだ木の先に、別の木の根っこがあった。根はとても太く、大蛇さながらにうねり、一部が地表から浮いている。その浮いた部分と地面の間に、ちらりとなにか見えたのだ。

浜中は根に近づいた。四つん這いになり、頬を地につけて隙間を覗き込む。青と黒の、ビニールらしきものがある。

胸が高鳴るのを覚えつつ、浜中は目を凝らした。どうやら青いビニール製の手袋と、ゴミ捨て用の黒いビニール袋だ。それらが白い糸で巻かれている。

手袋とゴミ袋を小さくたたみ、白い糸で縛って木の根と地面の間に隠した。そんなふうだ。

浜中は顔をあげる。いつの間にか、夏木が横にいた。浜中の様子から、なにかがあることに気づいたのだろう。

夏木にうなずき、浜中は右手をそっと伸ばした。指先で摑み、慎重に引き出していく。糸で巻かれたゴミ袋と手袋が現れた。

浜中はまず手袋を注視した。やや薄手の青いビニール製だ。食器洗いや園芸などによく使われる。

次いで浜中はゴミ袋に目を向ける。どこの家庭にもあるような、ごく普通の袋だ。

それらを縛る糸は太く丈夫そうで、しかしありふれた品に見える。街の手芸店で容易に入手できるだろう。

それら変哲のない品々を前に、しかし浜中は言葉を失った。木漏れ日の下であらわになった手袋に、赤い染みがある。白い糸もだんだらに赤い。黒くて見えづらいが、ゴミ袋もところどころ、赤く染まっている。

血だ。

浜中は確信し、目を凝らした。手袋や糸に付着した血はすっかり乾いている。けれど血の色は鮮やかで、さほど古くないことを語る。

野垣が姿を消したのは、およそ四か月前だ。その頃に付着した血とは思われない。ならばこれらは、関村広茂殺害事件の証拠品か。

「あとは鑑識に任せよう。悪いが無線で連絡を」

「解りました。先輩は？」

「死体探しを続ける」

言って夏木が腰をあげた。

5

鰯雲《いわし》が浮く高い空の下、浜中と夏木が乗るレオーネは一路南下する。夏木がハンドルを握り、浜中は助手席だ。

犬も歩けばなんとやらで、浜中は昨日糸と手袋を見つけた。浜中の連絡を受けて、鑑識が与古谷学園へ飛んでくる。

彼らに発見の経緯を話し、浜中は死体探しを再開した。夏木とともに学園内を歩きまわる。しかし昨日、成果は一切なかった。

浜中と夏木は今日、夜明けを待って死体探しを始めた。野垣の死体はそう簡単に見つからない。けれどひとつ嬉しかったのは、生徒たちの姿がぽつぽつと窓辺に現れたことだ。

気が向いた時、窓から刑事や鑑識の姿を見てほしい——。

泉田だけではない。会ってくれた生徒全員に、夏木はそう言った。その言葉が届き始めている。

窓辺に立つ生徒たちを励みに、浜中たちは作業を続けた。やがて午後になり、前橋署の望月が声をかけてくる。

望月の依頼でほかの刑事と一緒に、浜中たちは別作業に従事した。望月たちと別れて死体探しを再開すれば、やがて捜査本部から連絡が入る。

捜査本部からの命令で、浜中と夏木は学園をあとにした。それが今から半時間ほど前のことだ。そしてレオーネを駆り、南下している。

「あれか」

夏木が言った。すでに前橋市内に入り、街道の左右に建物が増えつつある。前方右手の彼方に「上《じょう》州《しゅう》運輸《うんゆ》」という看板が見え始めた。

街道に面して駐車場を有し、奥に二階建ての社屋がある。上州運輸はそういう造りだ。

夏木が駐車場へ車を入れると、大型トラックが十台ほど停まっていた。浜中たちは車を降りて社屋へ行き、両開きの玄関扉を開ける。

すぐ先に長い受付台があり、その向こうに机のシマが三つあった。日曜日だが席は半分ほど埋まり、社員たちの目が一斉に浜中たちに向く。

中年の女性が腰をあげ、受付台の脇を抜けてこちらへきた。浜中たちは警察手帳を示して名を告げる。簡単な挨拶のあとで夏木が口を開いた。

「外の車のところで、話を聞きたいのですが」

「解りました。では本人をそちらへ行かせます」

女性が応え、浜中たちは社屋を出た。十台の大型トラックを見て歩く。

四台目のトラックが、どうやらそれだ。浜中たちは足を止め、そこへ群馬県警のワゴン車が入ってきた。

夏木が手をあげ、ワゴン車は浜中たちの前で停まる。鑑識班員が四人、車を降りた。そのうちのひとり、鶴岡が会釈のあとで言う。

「疲れた顔してるね、浜中」

「そうですか」

と、浜中は自らの顔を撫で、そこへ社屋から先ほどの女性が出てきた。四十代前半とおぼしき男性を伴って、こちらへくる。

その男性は山平《やまひら》と言った。山平は体格がよく、眼鏡の奥の双眸に柔和な色がある。気は優しくて力持ちという雰囲気だ。

「さっそくですが、話を聞かせてください」

女性が去るのを待って、夏木が口火を切った。

「ありのままを話せばいいのですよね」

どこか落ち着かない様子で、山平が応える。

「ええ」

「十一月六日の夜、桐生《きりゅう》市の家具工場で什器《じゅうき》が出来あがるのを待ち、このトラックに積み込みました」

浜中たちの横に停まる十トントラックを手で示し、山平が話を続ける。

「時間がかなり押していたので、すぐに渋川市内のスーパーへ向かいました。国道三五三号線の一本道です。宮城村を抜けて前橋市に入り、やがて右手にミズナラの巨木が見えてきました」

「何時頃です？」

「午後八時二十分過ぎだと思います」

山平が応えた。関村広茂の死亡推定時刻は、同日の午後七時から八時だ。

「ミズナラがぐんぐん近づき、すぐ右手に迫った瞬間、天井の方で音がしました。カーラジオで音楽を聴いていたので、はっきりとは解りません。ですがなにか、ぶつかった音です。

私は反射的にブレーキを踏み、トラックは道の真ん中に停まりました。それを路肩に停め直し、とにかく私はトラックを降りたのです。けれどあたりに人や対向車はなく、鹿が道を横断した様子もない。

首をひねりながら、私はトラックを見あげました」

と、山平は横に停まる十トントラックに視線を向けた。浜中たちもそちらに目をやる。

運転席や助手席などの収まるキャブがあり、そのうしろが箱形の大きな荷台だ。キャブの屋根は荷台より低く、その段差を埋める格好で、流線型の板がキャブの屋根に載る。導風板と呼ばれ、空気抵抗を和らげて燃費を向上させる板だ。

「するとあれが目に入って……」

山平が導風板を指さした。ビール瓶ほどの大きさの凹み傷があり、少し塗装が剝げている。

「桐生市を出発した時、あんな傷はなかったです。音もしたから、なにかが導風板にぶつかったのは間違いなく、けれど道にはなにもありません。鳥や木の枝も落ちていない」

「小さな異変を感じたり、なにかを見たりしましたか？」

夏木が問い、山平が首を横に振った。夏木に促され、山平が話を継ぐ。

「ともかくも事故の類ではなくてよかった。そう思って胸をなで下ろし、気になりましたけど急ぎだったので、その場を去りました。導風板が多少凹んでも、走りに支障はないですから。

それで仕事を終えて会社に戻り、トラックをここに停めて導風板をよく見たのです。鳥がぶつかったような血や羽のあとはなく、やはり原因は解りません。

事務所の運行管理者にありのままを報告し、それで済んだと思ったのですが、今日になって突然警察から連絡がきて……」

と、山平がわずかな怯えを声に滲ませた。

犯人が関村を刺した刈込鋏は、ミズナラの幹にめり込む格好で発見された。ミズナラの近くには、急ブレーキをかけたらしきタイヤ痕が残り、鑑識は近くの路面から微量の塗装片を採取した。

タイヤ痕からタイヤを特定、それを履くトラックを割り出して、塗装片と照合していく。その作業を鑑識員が続け、今日の午後、ついに山平のトラックに行き着いた。

上州運輸の近くにいて、すぐに動けるのは夏木と浜中だ。捜査本部から浜中たちに指令が飛び、鑑識の鶴岡たちとここで待ち合わせた。

「一一〇番通報せずにそのまま立ち去ったこと、まずかったでしょうか」

山平が問う。

「あなたは事故を起こしたわけではありません。別件の捜査にご協力願いたいだけです」

夏木が応え、山平が安堵の息をつく。

「トラックのキャブにのぼっても、構いませんか？」

鶴岡が言い、山平がうなずいた。キャブの助手席側のうしろに、幅の狭い外付けのハシゴがある。鶴岡が軽やかにそれをのぼり、別の鑑識員がワゴン車から、刈込鋏を取り出した。関村殺害事件の凶器だ。

キャブの屋根にのぼった鶴岡に、鑑識員が刈込鋏を渡した。導風板の凹みにそれを当て、やがて鶴岡が言う。

「この刈込鋏がぶつかった傷と見て、まず間違いないでしょう」

それから鶴岡は凹み傷を矯《た》めつ眇《すが》めつ眺め、難しい顔になった。やがてハシゴを伝い、降りてくる。

浜中たちは自然と鶴岡を囲む格好になった。

「どうした？」

夏木が問う。

「うん」

と、鶴岡は山平に目を向けた。

「その時の速度、どのぐらいでした？」

「六十キロ前後だと思います」

山平が応え、鶴岡は腕を組む。沈黙が降りて、やがて夏木がしじまを破った。

「山平さんのトラックがミズナラの木にさしかかり、そこへ上空から刈込鋏が落ちてきた。刈込鋏は導風板にぶち当たり、跳ね飛ばされる。六十キロという速度だから、刈込鋏はかなりの勢いで斜め上へ飛ぶ。そこにはミズナラの木がそびえ、その幹に深々と斜め下から、刈込鋏の刃は刺さった。

そういうことなのか？」

鶴岡が無言でうなずく。地上から十七メートルの幹、人力では考えられない力で、そこに深々と刺さった凶器。

たった今、その謎は解けた。しかし一同の表情は硬い。夏木が言う。

「おれは今、上空から刈込鋏が落ちたと言った。しかしなぜ、与古谷学園から直線距離で二キロ半ほど離れた国道に、関村を刺した凶器が降ってきたんだ？」

「しかもね、夏さん。凹み傷の深さから察するに、刈込鋏は相当な高さから落下したはずなんだ。恐らく上空五十メートル以上」

「五十メートル⁉」

と、夏木が眉根を寄せた。あのあたりにそれほど高い建物や鉄塔はない。

「ミズナラの木の付近で、ヘリコプターや飛行機を見ましたか？」

夏木が問い、山平が首を左右に振る。夏木が口を開いた。

「五十メートルといえば、十階建てのビルの屋上だぜ。なにもない上空のそれほどの高みから、凶器が降ってきたというのか」

6

浜中は夏木とともに、前橋警察署の大会議室にいた。長机の群れの中、いつものように最後列の席を占める。浜中たちの上司である美田園は、最前列だ。

間もなく夜の捜査会議が始まる。

あれから上州運輸の駐車場で、鑑識班員たちが詳しくトラックを調べ始めた。浜中と夏木は彼らと別れ、与古谷学園に戻って野垣の死体探しを再開する。

日没まで粘ったが、なんら発見はない。うしろ髪を引かれる思いで与古谷学園をあとにして、浜中たちはこの捜査本部に入った。

席に着いて書類仕事を始めたが、どうにも足が重く、土踏まずのあたりに鈍い痛みがある。鶴岡にも言われたが、タフな夏木と違い、浜中はよほど疲れた顔をしていたのだろう。

「運に頼って楽してるから、肉体労働がこたえるんだよ」

捜査本部に入ってきた村重に、そう言われてしまった。

村重には家族がある。刑事という激務のかたわらで妻を思いやり、子に優しく接するのだろう。どこかへ連れて行ってと子供にせがまれれば、休日もうかうか休めない。

浜中は非番の日など、ひとり気ままにごろごろしている。家族との暮らしで身につくはずの基礎体力が、浜中にはないのだ。

そう思い、反省しているうちに村重は去り、前方の席に着く。

浜中はそれからも書類を綴った。気がつけば大会議室は、刑事や鑑識で満ちている。彼らの雑談が聞こえ、やがてそれがふっつり消えた。時計の針が八時をさす。

手早く書類を仕舞い、浜中は居住まいを正した。ほどなく幹部たちが入ってくる。泊捜査一課長が幹部席の真ん中にすわり、前橋署の署長や管理官が左右を固めた。

泊の挨拶のあと、管理官に指名されて望月が席を立つ。

「相変わらず与古谷夫妻は、一切の証言を拒んでいます。しかし教職員たちが色々と話し始めました」

会議室の空気が、わずかばかり軽くなる。

学園は異様な有り様なのに、誰も口を割らない。その閉塞感がわずかに消えた。雲の隙間から陽がさしたような思いを浜中は抱く。

事件発生から四日。教師や職員に聞き取りしている捜査員たちは、躍起になっていたはずだ。彼らは生徒たちのことを思い、懸命に仕事を続け、証言という果実を得始めた。

自分だけが疲れた顔などしていられない。浜中は表情を引き締めて、望月の言葉に耳を傾ける。

「遊撃班が卒業生から学園の実態を聞き出してくれた。無論卒業生のことは、教師や職員には一切話していません。

しかし卒業生の話を聞き、学園の実態が垣間見え、聞き取りで教師や職員をぐんと攻めやすくなった」

そう褒められて、浜中は頭をかく。横で夏木は能面さながらだ。

照れた時、夏木はことさらに表情を消す。だが、ここまで硬い面持ちは珍しい。死体探しで疲れているのかと思い、そこで浜中は気がついた。職員たちの口が割れれば、関村広茂殺害事件にも必ず進展があろう。里優馬が犯人だと、恐らく夏木は確信している。事件が解決に向かうとは、すなわち優馬の逮捕が近づくことだ。

その苦い思いと、夏木は闘っているのだろう。

「まずは関村殺害事件が起きるまでの、平素の学園の様子について」

望月が言い、彼の部下が報告する。

教職員らは生徒たちを常に見張り、容赦なく手をあげ、粗末な食事しか与えていなかったという。浜中と夏木が卒業生から聞いたとおりの日常を、在校生たちも送っているのだ。

報告を聞き終えて、泊が隣の管理官に目を向けた。

「逮捕・監禁罪で送検できるか、やや微妙ですね。教職員だけでなく、生徒たちの証言があれば完璧なのですが」

管理官が言った。

「自宅に帰った子供たちはどうだ？」

泊が言い、前橋署の刑事が席を立つ。

「関村殺害事件発生後に両親が迎えにきて、自宅に戻った生徒は四名。すべての家を訪ねましたが、親や生徒はなにも語ってくれません。渦中に巻き込まれるのを恐れて彼らは怯え、身を固くしており、無理に訊き出すわけにも行きません」

「しばらくは、そっと見守ったほうがいいな」

ため息交じりに泊が言った。

7

「よし、次だ」

声を励まして泊が言った。管理官が別の捜査員を指名する。彼が立ち、口を開いた。

「関村広茂が殺害された夜についても、職員や教師たちの証言が取れました。

あの日も普段どおり、午後六時過ぎに生徒たちは夕食を終えたとのことです。

教職員が身体検査をし、生徒たちを個室に閉じ込めて外から扉に施錠する。食器を片づける当番の生徒たちも、午後七時過ぎには身体検査をされ、個室に入った。

職員や教師たちは食堂に集まり、午後七時半過ぎ、関村が食事を終えて本部棟をあとにする。

ここまでは当初の証言どおりです。しかしこのあと、職員や教師は口裏を合わせて嘘をついた。事実はおおむね、課長と夏木の推測どおりでした」

刑事が話を続ける。

「与古谷虹子は午後九時頃、与古谷守雄は午後十時前に本部棟を出て、自宅に戻る習慣だったそうです。

事件当夜も午後九時頃、虹子は本部棟をあとにした。しかしすぐに戻ってくる。虹子はすっかり青ざめて、震えてさえおり、尋常ではない。

『どうかしたのか？』

いぶかしげに声をかける与古谷守雄をうながし、虹子は理事室に入る。

なにかあったのだ。職員や教師たちはそう囁きあった。

やがて虹子と守雄が理事室を出て、食堂にきた。教職員たちに向かい、関村広茂が死んだことを虹子が告げる。

食堂にざわめきが走り、しかし虹子が冷たい声で言う。

『このあと一一〇番通報します。当然警察がくるけれど、学園の実態を絶対語らないように。一言でも口にすれば、あなたがたの秘密を暴露します』

途端に座は静まった。冷たい沈黙の中、虹子がふたりの男性職員に命じる。

『生徒たちの部屋を開錠しなさい。けれど扉が開いても部屋から出るなと、生徒たちにきつく命ずるのです。それから三階の廊下に立って、警察がくるまで生徒たちを見張りなさい』

男性職員たちはすぐ三階へあがり、虹子の指示どおりにする。一方食堂に残った教師と女性職員に、生徒虐待の痕跡があれば隠せと虹子は命じた。

てきぱきと手を打つ虹子をよそに、守雄は半ば呆然と、無言を守っていたといいます」

彼がそう結び、別の刑事が報告を引き継ぐ。

「ふたりの男性職員に確認しました。まずは生徒たちの個室ですが、廊下側のノブに鍵穴があり、室内側のノブには鍵穴もサムターンもない。扉はすべてそういう構造です」

「外から施錠されてしまえば、たとえ個室の鍵を持っていても、室内側からは開けられねえってことだな」

泊が言った。

「はい。虹子の命を受けて彼らは三階へ行き、手分けして生徒たちの個室を見てまわった。扉にはすべて鍵がかかり、異常はない。

それを確認しつつ、彼らは扉の施錠を解いていく。生徒は全員個室にいて、虹子の通報によって警察が到着するまで、誰ひとり部屋から出ていない」

刑事が言葉を結んだ。続いて前橋署の捜査員が発言する。

「あの夜、単独行動を取った教師や職員もおりません」

「そうなるとよ、班長」

と、泊が前橋署の望月に目を向けた。望月が口を開く。

「生徒、教師、職員、与古谷夫妻。あの夜学園内にいた全員にアリバイがあって、関村を殺害することはできない。そういうことになりますね」

「生徒たちの個室には、窓があるよな」

わずかに苦い声で、泊が望月に言った。

「ええ。ことは殺人事件ですからね。生徒たちの部屋の窓は、絶対に調べる必要がある。しかし虐げられてきた生徒たちを思えば、個室にずかずかと踏み込むのは避けたい。そう考えて、夏木と浜中の手を借りました」

　望月の言葉を聞きながら、浜中は午後の出来事を反芻《はんすう》する。

　望月の依頼を受けて、浜中と夏木は生徒たちの部屋を訪ねた。直接会い、あるいは扉越しに話しかけ、捜査員が外から窓と鉄格子を調べる旨を、生徒たちに告げたのだ。その上で望月の部下たちが、本部棟の壁にハシゴをかけた。

「生徒たちの個室の窓をすべて、外側から調べました。空き部屋に関しては、室内と外の両方から確認済みです。

　個室の窓には、すべて鉄格子が嵌まっています。鉄格子は十二本のネジで留められて、多少緩んでいるネジもありました。しかし指先でまわして外せるほどの緩みでない」

「ドライバーを使えば、室内側から鉄格子を外せるんだろう」

「ですが課長」

「解ってる。身体検査があるから生徒たちは、室内に工具類を持ち込めない。よし、ところで野垣学は？」

　泊が村重に視線を転じた。

「野垣が姿を消したのは六月です。以降野垣に会った者や見かけた者は、今のところいませんね」

　どこか投げやりに村重が応える。

「そうか」

と、泊は腕組みをした。管理官に指名され、刑事たちが報告する。

与古谷学園の卒業生たち。学園と無関係に関村を個人的に怨む者。そのあたりを洗っているが、関村殺害に関わったらしき人物は、まったく浮かばないという。

「それらの線は、もうないと見るべきだな。そっちに携わっている捜査員たちを、学園内の捜査にまわしてくれ」

泊が言い、管理官が首肯した。そのあとで鑑識の鶴岡が席を立ち、トラックの導風板の件を語る。

「刈込鋏が上空から降ってきただと⁉」

聞き終えて、泊が声をあげた。

「刈込鋏は五十メートル以上の高さから落下して、導風板にぶつかった。導風板の傷を見る限り、そうとしか考えられません」

「まいったな、おい」

と、泊が唸る。それから彼は口を開いた。

「ミズナラの木の近くに、高いものはないんだろう」

「現場へ足を運び、再確認しました。凶器が刺さったミズナラの樹高は二十メートル強。それ以上高い建物や塔、樹木などは一切ありません。

ヘリや飛行機は現場上空を飛んでいませんし、あの夜は赤城おろしが吹きすさび、ラジコンのヘリなどを飛ばせる状況にありません」

「なにもない空から、刈込鋏が降ってきた。そうとしか思えないわけか」

言って泊は、椅子の背もたれに身を預けた。しばし虚空を眺めたのち、口を開く。

「浜中が見つけた手袋と糸、それにビニール袋は？」

「手袋、糸、ビニール袋の血痕は、関村広茂の血液型と一致しました。血の乾き具合などから、四、五日前に付着したものとみられます」

鶴岡が応えた。刑事が席を立ち、あとを継ぐ。

「見つかった手袋とビニール袋ですが、同じものが与古谷学園本部棟の食堂にありました。職員に確認したところ、厨房の棚に常時収納されているとのことです。

糸も同型のものが、本部棟の作業場で見つかりました。鞄を作っていますので、何巻も置いてあるそうです。

手袋、ビニール袋、糸。それらの在庫管理はずさんであり、教職員や生徒を問わず、与古谷学園にいる者であれば、容易に持ち出し可能です」

「そうか」

と、泊は沈思する。静寂がきて、やがて泊がしじまを破る。

「関村を殺害したのは、あの夜与古谷学園にいた誰かのはずだ。しかし犯行可能な者はいない。犯行後、刈込鋏を国道まで運ぶこともできず、たとえ運べたとしても、上空五十メートルから、どうやって刈込鋏を落下させたのか。

犯人は犯行の際、糸や手袋、ビニール袋を使ったらしい。手袋は返り血を避けるためだろう。だが糸とビニール袋の用途が解らない。

職員や教師が口を開き始めたのは、いい兆しだ。しかし生徒の証言がなければ、与古谷夫妻や学園関係者の起訴は難しい。

あとこれは、おれが言うべきではないが、たとえ起訴できても、逮捕・監禁罪だけでは微々たる懲役だ」

そこで泊が口をつぐみ、ふいに夏木が挙手をする。

「おう、どうした？」

泊が言った。立ちあがり、夏木が口を開く。

「生徒たちはなかなか、学園での暮らしぶりを打ち明けてくれません。彼らは怯え、恐れている。関村の事件で警察の手が入り、以降学園内での虐待はやんでいるはずです。しかし今まであまりに長く、生徒たちは痛めつけられた。その記憶が生々しく、到底恐怖は去らず、生徒たちの口は重い」

「だろうな」

と、泊が嘆息する。

「けれどそれだけではない。そんな気がします」

わずかに首をひねり、泊が先をうながした。夏木が話を継ぐ。

「与古谷夫妻は恐らく、逮捕されるのを覚悟している。弁護士を立てたのも、逮捕を防ぐためというより、刑期を軽くする目的でしょう。

逮捕されても数年の懲役だ。お前たちの自宅は知っている。学園の実情を警察に暴露すれば、出所後に必ず報復する。

そんなふうに与古谷夫妻は、生徒たちを脅しているのではないでしょうか」

「生徒たちの様子から、そう推測したのか？」

じっと夏木を見て、泊が問うた。夏木が無言で首肯する。

「そうか」

苦い声で泊が言い、しんと座が静まった。憤りによる沈黙だ。

「捜査は間違いなく進んでいる。だが、これら問題点が立ちふさがっているのも事実だ。引き続き励んでくれ」

間をおいてから、泊がそう結んだ。会議が終わり、捜査員たちが席を立つ。これから聞き込みにまわるのだろう。足早に会議室を出て行く刑事の姿もある。

浜中と夏木は腰をあげ、そこへ村重がきた。浜中を横目で睨み、とおり過ぎようとする。

「助かったぜ」

夏木が言い、村重は足を止めた。

「助かったとは？」

村重が夏木に問う。

「六月以降、野垣に会った者はいない。そういう村重さんの報告を聞き、死体探しが徒労に終わるという思いが少し和らいだ」

「ふん」

と、村重が口を開いた。

「野垣の死体が見つかれば、大手柄だな。その一方で、死んでいた野垣の行方を追い続けたおれは、ピエロの役回りだ。

あんたらは褒められて、笑みをおれに見せつける。おれは悔しくて泣き、ピエロさながら目の下に涙のあとがつく」

「ああ、そのとおりだ」

「なにぃ!?」

村重が怒気を浮かべる。

「与古谷学園にまつわる事件をすべて解決し、村重さんと笑い合いたい。おれは心からそう願う」

鮮やかに夏木が返した。意外そうな面持ちで、村重が夏木を凝視する。やや照れながらも、夏木は真面目な様子だ。斜に構えたふうはない。

夏木から目をそらし、無言で村重は去った。

8

浜中は夏木とともに、未明に与古谷学園へ入った。夜が明ける少し前から死体探しを始める。

やがて鳥たちがさえずり、空が朝焼けに染まり、陽光が大地を隅々まで照らす。その頃にはもう、浜中と夏木は汗だくだ。

野垣の死体を絶対に見つける。

浜中は昨日よりも、さらに意気込んでいた。

殺人や死体遺棄罪で与古谷夫妻を逮捕できれば、長い懲役刑になる。そうなれば生徒たちは、どれほど安堵するだろう。夫妻からの脅しという重石や暗雲を、一刻も早く取り除きたい。

そのためにはともかくも、死体を探し続けるしかない。

しかし絶望的なほど、与古谷学園は広い。ふたりきりの作業だから、ひととおり見てまわるのにどれほどかかるか、見当すらつかない。

それに浜中と夏木の行動は、捜査の本線から逸脱気味だ。泊は大目に見てくれているが、いつまで死体探しを続けられるか解らない。すぐにでも、別の捜査に振り分けられる可能性がある。

時間はなく、手は足りず、けれど敷地は見渡す限りだ。ふと弱気になり、浜中は嘆息する。

「あれを見ろ」

言って夏木が本部棟を指さした。三階の窓辺に生徒たちの姿がある。一昨日よりも昨日よりも、その数は多い。

こちらを見てくれる生徒たちが、増えているのだ。

窓辺の彼らに励まされ、浜中は弱気を捨てた。生徒たちに大きくうなずき、作業を再開する。そこへ本部棟の玄関扉が開き、男性がひとり出てきた。村重だ。

こちらを見て顔を歪めながら、村重がくる。ほんの少しだけ、浜中はうんざりした。村重には悪感情など抱いていないが、今ここで彼と言葉の応酬はしたくない。そのわずかな時間さえ、死体探しに注ぎたいのだ。

浜中は村重から視線をそらした。しかし夏木は立ったまま、村重を見ている。

「よう」

やがて村重が、声をかけてきた。仕方なく浜中は会釈する。すぐに村重が口を開いた。

「昨夜あれから、泊課長に直談判した。野垣の知人たちへの聞き取りは、もうご免だと言ったんだ。手柄にならない徒労を続けるのは嫌だからな」

「課長はなんと?」

どこか嬉しさの滲む夏木の声だ。なにゆえの喜びなのかと、浜中は首をひねる。

「渋面ながらも承諾してくれた。そして今日から、与古谷守雄の過去を洗えという。だがおれは首を横に振った」

浜中はあきれ顔で村重を見た。県警本部の捜査一課長といえば、群馬県内の刑事たちの元締めだ。楯突くにもほどがある。

「もっと手柄に直結する捜査をしたい。そう応えてさらに直訴し、ようやく泊課長の許可を得た」

「なにを捜査するのですか?」

浜中は問い、村重よりも先に夏木が口を開く。

「助かるぜ」

「あんたらのためじゃない。おれは手柄が欲しいだけだ」

村重が返し、浜中はようやく解った。村重は死体探しに、手を貸してくれるのだ。

「ありがとうございます。豆タンクさん！」

嬉しさのあまり、そんな言葉がぽろりと出た。村重に睨まれて、浜中は慌てて謝る。

「作業再開だ」

苦笑いしつつ、夏木が言った。

9

村重が足を止めた。両手を腰に当てて体を反らせる。

うつむいて地面を注視し、気になればしゃがみ込んで仔細を調べる。そういう作業がずっと続き、腰が痛むのだろう。

浜中と夏木も立ち止まり、体をほぐした。村重が首をまわし始め、しかしふいに動きを止める。

浜中は村重の視線を追った。木々の向こうに、本部棟の北壁が見える。一階と二階に大きな窓があり、三階には生徒の個室の窓がびっしり並ぶ。

浜中は言葉をなくした。

三階の小窓にずらりと、生徒の姿があるのだ。南側に個室のある生徒が部屋を出て、北側の空き部屋に入ったらしい。

息を呑み、浜中は目で数えた。十八人。今、学園にいるすべての生徒が、窓から浜中たちを見ている。

鳥肌が立つのを覚えつつ、浜中は夏木に目を向けた。しかし夏木の面持ちは硬い。

夏木が言う。

「関村広茂が殺されて、おれたちはここへきた。以降生徒たちの個室に、鍵はかけられていない。しかし誰ひとり、生徒は本部棟から出てこない」

「出るなと与古谷夫妻に、釘を刺されているのでしょうか？」

「恐らくな。だからおれたちは、もっと汗をかく必要がある」

無言でうなずき、村重が作業に戻る。浜中と夏木も地に目を落とした。小さな痕跡すら見逃さないよう注意を払い、慎重に調べていく。

そういう作業を続け、気がつけば太陽は中天にあった。

「昼飯にしよう」

夏木が言う。

「缶コーヒーとパンでよければ、余分に買い込んであります」

浜中は村重に声をかけた。無言で村重がうなずく。相変わらず素っ気ないが、浜中はいつしか感心していた。

村重が死体探しに加わって、かれこれ五時間近く経つ。ともすればめげそうになる先の見えない作業なのに、村重は一切弱音を吐かず、愚痴も言わないのだ。家庭を持つ男の強さが、村重の背にはある。

本部棟の前に停めたレオーネへ行き、適当に座席にすわって浜中たちは食事を始めた。

空からのどかな鳴き声が降ってくる。見あげれば鰯雲が散る秋空を、鳶が気持ちよさそうに滑翔《かっしょう》していた。

パンをかじりながら、浜中はしばらく鳶を眺めた。本部棟の東南に溶接の作業場があり、その近くに営巣《えいそう》しているらしい。

のんびりと見える鳶にも家族がいて、外敵から守りつつ子育てしている。親から放棄されてここへ集まった生徒たちは、どんな気持ちで鳶の鳴き声を聞いたのか。

そんなことを思いながら、浜中はそそくさと食事を終えた。夏木とともに汗を拭って背広に着替える。

村重はすぐに死体探しを再開するという。彼と別れ、浜中と夏木は本部棟の三階にあがった。

午前中、生徒全員が三階の窓から浜中たちを見ている。彼らの心の変化を期待し、浜中と夏木は生徒たちを訪ねた。だが彼らは各自の部屋に戻っており、態度にさほど変化はない。

消沈の思いを抱き、ここで焦るなと自分を励まし、浜中は訪問を終えた。夏木とともに本部棟を出て、村重と合流する。

それから浜中たちは、本部棟の北の林をひたすら歩いた。汗が滴り、草露に濡れ、時に蜘蛛の巣がまとわりついて不快だが、一瞬も気を緩めない。

与古谷守雄との会話によって、野垣殺害の尻尾を夏木が摑んだ。与古谷夫妻は野垣を殺害しており、ならば必ずそれを暴く。夫妻を殺人罪で服役させ、生徒たちの心の枷を外すのだ。

そんな思いに突き動かされ、夢中で彷徨《さまよ》い続けるうち、ふいに大地が黄金色に染まった。気の早い秋の陽が、西へ傾き始めている。

日没を迎えれば、作業は終えざるを得ない。残された今日の時を大切に、浜中たちはただ歩く。しかしなにも見つからない。激しい作業ではないが、じわじわと息が切れていく。浜中は足を止め、息を整えながら本部棟に目を向けた。落胆する。

生徒たちの姿は窓辺になかった。誰ひとり、こちらを見ていない。気落ちして力が抜け、足や腰の痛みが強くなる。

浜中は自分を叱りつけた。大きく息を吸い、作業を再開すべく視線をさげる。しかし浜中は動きを止めた。本部棟の脇からふいに、人が現れたのだ。ひとりやふたりではない。十五人以上いる。

生徒たちだ。彼らはまっすぐ、こちらへくる。みな痩せこけているが、彼らの歩く様は力強くさえあった。先頭に泉田東治と、髪をひっつめの藤瀬玲奈がいる。

奇跡のような光景に、浜中は呆然とした。夏木と村重もただ立っている。

やがて生徒たちは、浜中たちの前で足を止めた。泉田が口を開く。

「一緒に行こうと、みんなを誘いました。優馬さんだけ、部屋から出てこなかった。だから全員じゃないけれど、いいですか」

「いいって、なにがですか？」

われながら間の抜けた返答だと、浜中は思う。優馬の顔がないのは残念だが、泉田や玲奈を始め、十七名の生徒が目の前にいる。感無量に過ぎて、泉田の言葉の意味がうまく頭に入ってこないのだ。

「学園内のこと、僕らが毎日、大人たちにどんな扱いを受けてきたか、すべてお話しします」

きっぱりと泉田が応えた。ほかの生徒たちもうなずく。浜中は目を見開き、次の瞬間、視界が揺れた。泉田たちの顔が滲む。

「なにも泣くことないだろう」

夏木が言う。けれど彼の声も、わずかながら湿っている。

「村重さん、お願いします。彼らの話を聞いてください」

と、夏木が口調を改めた。まじまじと村重が夏木を見る。

「え、あの……」

意外そうな泉田の声だ。泉田やほかの生徒に温かいまなざし向け、夏木が口を開く。

「この人は長く少年課にいた。みんなと同じ年頃の人たちと､ずっと向き合ってきたんだ。心配ない」

「でも僕はあなたたちに、打ち明けたい」

夏木と浜中を見て、泉田が言う。

「済まない。おれたちにはやることがある」

「やること？」

「野垣学さんのご遺体は、まだ見つかっていない」

優しくて、しかし厳しい夏木の声だ。泉田が小さくうなずく。

村重に目を転じ、夏木が口を開いた。

「生徒たちのこと、よろしくお願いします」

「しかしそうなると、書類にまとめて捜査会議で報告するのもおれだぞ」

手柄を独り占めしていいのか。そういう意味の村重の問いだ。

「構いませんよ。な、相棒」

照れ笑いを浮かべつつ、夏木がこちらに目を向けた。浜中は笑みで応える。

「解った。全身全霊で生徒たちの言葉を受け止める」

村重が言った。

ここで村重が手柄をあげれば、家族も嬉しいだろう。

そう思い、浜中は思わず口を開く。

「村重さんのご家族も、きっと喜びますね」

「おれは独身だが」

にべなく村重が応えた。

10

午後の陽ざしの中、浜中と夏木は与古谷学園の敷地内を、這いつくばるように歩く。相変わらず野垣の死体探しだ。

優馬を除く生徒たちは、昨日あれから警察のワゴン車に分乗し、与古谷学園を出た。

家庭に戻れる生徒は自宅へ、そうでない者は児童相談所に泊まり、体調の優れない何人かは病院に検査入院。生徒ひとりひとりの事情に鑑み、村重が細々と手配した。

その村重は昨日から今日にかけ、生徒たちから話を聞いているはずだ。村重の古巣、前橋警察署の少年課の協力を仰ぎつつ、ほかの捜査員も聞き取りに従事しており、与古谷学園に刑事の姿は少ない。

正門から本部棟へ続く林道。その途中の林に分け入って、浜中と夏木は少しずつ歩を進める。風で姿を変える木漏れ日が、時に眩しいほどだ。

ふいに何台ものエンジン音がして、浜中と夏木は足を止めた。顔を見合わせてから、足を速めて林道へ出る。正門のほうへ目を向ければ、ちらちらと車列が見えた。前橋警察署の鑑識車両が先頭だ。

「取れたらしい」

ふっと面持ちを和らげて、夏木が言った。村重たちが生徒から学園の実態を聞き、それを決め手に与古谷守雄と虹子の逮捕状が、ついに取れたのだろう。罪状は生徒への傷害と監禁か。

いずれにしてもこれで令状が出て、与古谷夫妻の家や虹子の丸太小屋を家宅捜索できる。

浜中と夏木は林道の脇に立って、車を待った。先頭車両の助手席にすわるのは、鑑識の鶴岡だ。速度を落とした車の窓から顔を出して、彼が言う。

「家宅捜索、徹底的にやるからね」

「期待してるぜ」

夏木が応える。続々行き過ぎる車を浜中たちは見送って、すると最後尾の車が少し先で停車した。村重が降りてくる。すぐに車は去り、三人だけが残された。

村重は昨夜、ろくに寝ていないのだろう。目の下にはっきり隈が出て、頬のあたりに翳りがある。しかし村重の双眸は、気力に溢れていた。

「用でも？」

夏木が村重に問う。

「生徒たちが色々と話してくれた。お前たちに報告する義務はないが、伝える義理はあると思ってな。おれの話など聞きたくなければ、このまま去るが」

「そろそろ一服と思ったところだ。なあ、相棒」

夏木の言葉に、浜中は笑みでうなずいた。三人で木陰に入り、浜中と夏木は地べたにすわる。すでに作業服は泥まみれだ。

背広姿の村重は木の脇に立ち、右手を幹に突く。そして彼は口を開いた。学園における生徒たちの日常を語る。それは痛ましく、哀しくて、浜中は時に耳を覆いたくなった。

「昨年十二月のことだが」

と、村重が茶道の時間、優馬が転んで茶釜を倒した顛末を語る。

「詳しく頼む」

無言を守っていた夏木が、ふいにそう言った。うなずいて村重が語り出す。夏木は腕組みをして険しい面持ちだ。

やがて茶道の一件が終わり、村重の話は先へ行く。杜川睦美という生徒の卒業、泉田と玲奈の入学、そして今年六月の野垣の失踪。

「関村は梅雨時に体調を崩し、そのまま暑気あたりになったらしい。調子が悪ければ大人しくしていればいいのだが、逆にその頃から関村の暴力は度を越し始めた」

やはり関村は野垣殺害に関与している。村重の話を聞きながら、浜中は改めてそう思った。殺人に携わって心のタガが外れ、関村は嗜虐心を抑えきれなくなったのではないか。

「その頃から……」

夏木が呟く。

「ああ」

村重が応え、しかし夏木は口を開かない。針のように鋭い光を双眸に灯して、沈思する。場の空気がじわりと緊張を帯びた。

「やはりそうだったのか」

絞り出すように、やがて夏木が言った。

「やはりとは？」

眉根を寄せて、村重が問う。

「悪いが村重さん、急用ができた。続きは後日聞かせてほしい」

村重の問いに応えず、夏木が言った。いぶかしげな面持ちながら、村重が首肯する。

「つき合ってくれるか？」

と、浜中に目を向けて、夏木が不敵な笑みを見せた。浜中は即座にうなずく

村重に礼を述べて、夏木が林道に出る。正門のほうへ向かう夏木の背を、浜中は頼もしげに追った。

村重の話の中から、彼は何かを摑んだのだ。

やがて十字路にさしかかり、夏木は右折した。先の右手に、関村が使っていた家がある。そこを目指すのかと思いきや、夏木は一瞥さえくれずに家をとおり過ぎた。そうなればもう、林道のまわりには林が広がるばかりだ。

木々のただ中で、夏木は足を止めた。

「植物の名前や種類、解るか？」

浜中はうなずいた。水上町に住む大伯母の神月一乃は、木や草花にとても詳しい。小さい頃に浜中は、それらを彼女に教わった。

「おれは草木に疎くてな。悪いがこのあたりに群生する植物の名を、書き留めてくれ」

夏木の真意は解らない。だが全幅の信頼を寄せる先輩だ。

「解りました」

と、浜中は手帳を出した。あたりを見まわし、目についた木や草の名を片端から記す。作業を終えて手帳を閉じると、夏木が口を開いた。

「今日、死体探しは早めに切りあげないか。行きたいところがあるんだ」

11

素っ気ない扉の前に、浜中は夏木とともに立つ。前橋警察署四階の廊下だ。とうに陽は落ち、蛍光灯の光が白々と浜中たちの肩に落ちる。

いよいよ対決だ。いっそう身を引き締めて、浜中はうなずいた。

小さくあごを引き、夏木が扉を叩く。すぐに開き、前橋署の刑事が顔を出した。彼に目礼し、浜中と夏木は室内に踏み込む。

「行くか、相棒」

広くもない部屋の中央に机が置かれ、その向こうに椅子がひとつ。そこに小太りの中年女性がかけていた。警察が今日、生徒たちへの傷害及び監禁罪で逮捕した与古谷虹子だ。

刑事が退室した。取調室には浜中と夏木、隅の机に陣取る記録係、そして虹子が残る。

机のこちら側に椅子がある。それを引き、夏木が座した。彼の横に浜中は立つ。浜中と夏木を挑戦的に見て、虹子は無言。

夏木が身を乗り出し、机に両肘を突いた。両手を握り合わせてあごを載せ、厳しいまなざしを虹子に向ける。

痛いほどの沈黙が降りてきた。

その静寂を、やがて夏木が破る。

「関村広茂を毒殺したのは、あなたですね」

瞬間、虹子が凍りつく。

「わけの解らないこと、言わないで頂戴」

わずかに目を泳がせて、ほどなく虹子が言った。彼女を見据えて夏木が口を開く。

「学園内の関村宅。その先の林にはキョウチクトウ、コブシ、ハルニレなどが群生する。あなたは昨秋、このキョウチクトウに目をつけた。

キョウチクトウの葉や花は、オレアンドリンを多量に含む。オレアンドリンは極めて強い毒性物質であり、これが体内に入れば下痢、嘔吐、目眩、さらに心臓麻痺を引き起こす」

「あんた、何言ってる?」

と、虹子が恐ろしい目で夏木を睨む。仄かに表情を緩め、夏木は虹子の視線をかわした。そして言う。

「今、色々とほざきましたが実は私、草木にまるで疎くてね。先ほど専門家に聞いたつけ焼き刃ですが、もう少しつき合ってください。

かつて、キョウチクトウを燃やした煙を吸い込んで、中毒症状を起こした人がいた。葉を数枚食べて、死んだ羊もいるという。キョウチクトウはそれほどに強い毒を持つ」

「私には関係ない」

冷えた声で虹子が言った。

「木の枝を手に、関村宅のほうからやってくるあなたの姿を、何人かの生徒が見ています」

「だからなに？」

「関村宅の東にあなたと守雄さんの家があり、その少し先にあなた専用の丸太小屋がある。あなたはそこにキョウチクトウの枝を持ち込み、葉を煎じ詰め、猛毒のオレアンドリンを抽出した」

「知らないわよ」

虹子が吐き捨てた。

「昨年十二月。里優馬という生徒が茶道の時間、立ちあがろうとして転んでしまう。のちにほかの生徒が優馬さんに聞いたところ、凄まじい目眩に襲われたそうです。

転ぶ直前、優馬さんは茶菓子の桜餅を食べた。葉の塩味と餡の甘さ、その奥にかすかな苦みがあり、とてもおいしかった。優馬さんはその生徒に、そう話したといいます」

夏木が話を続ける。口調は静かだが、草の陰からひたひたと獲物に近づく野獣さながら、強い光が双眸にある。

「しかし桜餅に苦みなどあるでしょうか。

キョウチクトウの葉を煎じ詰め、その液体をあなたは注射器を使って桜餅に注入した。

桜餅には桜の葉が巻いてある。葉ごと生徒に食べさせれば、抽出した毒の苦みは隠れるはず。あなたはそう踏み、しかし隠しきれない毒の苦みが顔を覗かせた。私はそう見ますが」

夏木が言葉を切った。

「なんのことか解らない」

虹子が応える。しかし彼女は額にうっすらと汗をかき、顔色も青ざめつつあった。間違いなく、夏木は虹子を追い詰めている。固唾を呑みながら、浜中は心の中で夏木に声援を送った。

「ではなぜあなたは、優馬さんの菓子に毒を混ぜたのか」

感情を殺した夏木の声だ。射る視線を虹子に向けて話を継ぐ。

「どの程度の量で、どのように毒の作用が現れるか。関村に毒を盛る前に、あなたはそれを知ろうとした。あなたは生徒を、毒の実験台にしたんだ」

「証拠はあるの?」

虹子が反駁する。

「転んだ拍子に優馬さんは、茶釜を倒す。釜の湯があなたにかかり、慌てて優馬さんは『済みません、ふいに目眩がして』と言った。

目眩という言葉から、生徒の誰かが毒を連想するかも知れない。あなたはそう焦り、『黙りなさい!』と優馬さんの言葉を遮った。

それだけではない。殺人未遂だと優馬さんをなじり、誰もが恐れる懲罰房の名を出して、生徒の意識を目眩からそらせようとした。

あなたにとって、生徒とはいったい何なのです?」

吹きこぼれんばかりの怒りを抑えた、夏木の声だ。

「そんなこと、ここで応える必要ない!」

嚙みつくように虹子が応える。

「翌年四月には、突然目がチカチカして幻の光を見た。優馬さんはとある生徒に、そうも話した。これも毒の症状でしょう。

さて、もうひとり。昨年卒業した杜川睦美という生徒がいる」

途端に虹子がぎょっとした。

「ほかの生徒によれば、卒業前の睦美さんはひどく痩せ、顔色も優れなかったという。吐き気、腹痛、食欲不振、さらに目眩。睦美さんはこれら症状にも襲われて、まわりの生徒にはストレスが原因だと語る。だが不調の正体は、あなたが盛った毒だ」

夏木が畳みかける。虹子はすっかり落ち着きをなくし、もはや動揺を隠せない。

「卒業後、睦美さんは東北から絵葉書を出したという。今も東北に住むのか解らないが、一刻も早く彼女を探し、事情を訊きます」

そこで浜中は目を疑った。虹子がうっすら笑ったのだ。

効き目を試すという理由で生徒に毒を盛り、夏木にそれを指摘され、どうすれば笑むことができるのか。

浜中の裡に強い怒りが湧く。

12

「生徒での実験を終えたあなたは、いよいよ関村に毒を与え始める。

あなたは学園の支配者だ。関村宅に忍び込み、飲料や食料にキョウチクトウの毒を注入するなど、毒を盛る機会はいくらでもあった」

「全部あなたの推測。どこまで私を悪者にすれば気が済むのよ」

倦んだ口調で虹子が言った。取り合わず、夏木が口を開く。

「関村は少し痩せ、時々胸や腹に手を当て顔をしかめ、食事を残すようになる。梅雨時の体調不良と、それに続いての暑気あたり。まわりはそう思い、恐らく本人もそう考えた。その頃から、関村の生徒への暴力は度を越し始めた。自身の体調の悪さを、彼は生徒に当たり散らしたわけだ。

虹子さん」

「なに？」

「関村の体調不良があなたの毒によるのであれば、関村が生徒をひどく虐待した原因は、あなたにある」

見えない矢で射るように、夏木が虹子に言葉を放つ。この一矢へ至る道程を、浜中は思い返した。

今日の午後、生徒たちの話を浜中と夏木に伝えるべく、村重が学園にきた。しかし夏木は話を途中で打ち切り、浜中を誘って関村宅の先へ行く。夏木に言われるまま、浜中は草木の名を書き留めた。

それからふたりで前橋警察署へ向かったのだが、その車中、毒という思いつきを、夏木は浜中に話してくれた。

前橋警察署に着き、捜査本部に入ると美田園がいた。夏木が美田園に仔細を告げる。

美田園は息を呑み、美しい目を見開いた。この段階まで捜査員は誰ひとりとて、毒殺の可能性を口にしていない。

「村重さんに話を聞き、ようやく毒に気づきましたよ」

そう言う夏木をじっと見て、美田園が口を開いた。

「嘘ね。その様子だと、もっと前から毒のことを考えていたでしょう」

「そういえば先輩、村重さんと話していた時『やはりそうだったのか』と言いましたよね」

と、浜中は口を挟んだ。あの時夏木は、「やはり毒だったのか」という思いを得たのではないか。

「そんなこと、言ったか？　まあ、ちょっとした引っかかりはあったけどな」

「どういうこと？」

美田園が夏木に問う。

「犯人と揉み合いになり、関村は身の危険を感じた。彼の心臓に強い負荷がかかり、刈込鋏で刺される直前、関村は心臓麻痺で死んだ。

それが解剖担当医の所見ですが、関村の心臓に疾患や治療痕はなかったという。

健康であった心臓が、殺される直前に麻痺を起こすなど偶然に過ぎる。そう思い、必然の要素が潜むのではないかと、考えていました」

「事件発生の翌日にはもう、毒に気づいたの？」

美田園は驚嘆の面持ちだ。照れたふうに頭をかき、夏木が口を開く。

「それより係長、毒のことをはっきりさせないと」

「そうね」

言って美田園は機敏に動いた。泊捜査一課長を始め、あちこちに連絡を取る。

珈琲一杯飲む間もなく、浜中は美田園や夏木とともに、群馬県内の医大へ向かった。関村の死体を解剖した医師がいて、ほどなく植物学者が合流する。すべて美田園の手配りだ。

浜中たち五人は小さな会議室に入った。美田園がざっと事情を話し、与古谷学園で書き留めた草木の名を浜中が告げる。

植物学者はキョウチクトウに注目し、解剖担当医と額を寄せた。やがてふたりの見解が出る。

キョウチクトウから抽出した毒、オレアンドリンを長期間、少量ずつ人に与えればどうなるか。吐き気、腹痛、食欲不振などの症状に見舞われつつ、その心臓は次第に弱くなる。

大量にオレアンドリン与えて即死させた場合、排出という生体活動はもう行われず、毒は体内に残りやすい。

そうなれば死後半年や一年経っても、死体から毒を検出できるかも知れない。しかし少量ずつ投与すれば、オレアンドリンは都度排出され、体内にほとんど蓄積しない。

関村が長期間、少量ずつオレアンドリンを盛られていたとする。その状態で誰かと生死を賭した揉み合いになれば、心臓に負荷がかかって、麻痺を起こす可能性は充分にある。

またそのあとの解剖で、オレアンドリンが検出されなくても不思議ではない。疾患や治療痕がなければ、関村の心臓は正常にしか見えない。

これを文書にしてもらい、浜中たちは捜査本部にとって返した。泊たちと様々協議し、それからこの取調室に入ったのだ。

矢をつがえるように少し体を引き、それから夏木は身を乗り出した。虹子を見据えて口を開く。

「誰かと揉み合いにならずとも、いずれ関村は心臓麻痺を起こしたでしょう。なかなか麻痺を起こさなければ、微量ずつ毒の量を増やせばいい。いずれにしても虹子さん、関村を殺害したのはあなただ」

「ふん」

下品にそう言い、虹子がそっぽを向く。そこへノックの音がした。浜中が扉を開けると、鑑識の鶴岡だ。

浜中に耳打ちをして、鶴岡は去った。扉を閉めて、浜中は鶴岡の言葉を手帳に記す。

夏木は虹子を見据え、微動だにしない。彼の横へ行き、浜中は夏木にだけ手帳を見せた。

夏木の頰に、不敵な笑みが浮く。その笑みを浜中は頼もしく思い、虹子は怖々夏木を窺う。

ゆっくりと笑みを収め、夏木が口を開いた。

「あなた専用の丸太小屋、その台所の薬缶や鍋からオレアンドリンが検出されました。

同じく丸太小屋の洋箪笥下段。引き出しの奥から注射器が数本、見つかった。その針からも、オレアンドリンが検出された。

ここまで揃ったんだ。もうすべて、話してください」

力なく虹子がうつむく。うつろな視線を机に置いて、彼女は何も言わない。夏木も口をつぐみ、冷えた沈黙が降りた。

たわむことなく虹子の言葉を待つ。そんな夏木の気迫がひしひしと、伝わってきた。その気迫が正面から、虹子を打つ。

気圧されたように虹子は身じろぎし、沈思に入った。

やがて――。

「私は丸太小屋で鍋や薬缶を使い、キョウチクトウを煮詰めました」

視線を机に置いたまま、ついに虹子が言った。

浜中は心の中で快哉を叫び、しかしすぐに自戒する。これから虹子は自供を始める。苦しみ抜いた生徒たちに代わり、それをしっかり聞かねばならない。

「あの、刑事さん」

と、虹子が夏木を見る。

「なんです？」

「それが罪になるのですか？」

信じられない言葉を聞いて、浜中は虹子を凝視した。能面のように表情を閉じ、夏木は何も応えない。虹子が言う。

「さっきから刑事さんは、あることを言わず逃げている。でも、そろそろはっきり聞かせて頂戴。関村の遺体から、毒が検出されたの？」

浜中は唇を噛んだ。この追及の、唯一最大の弱点を虹子に突かれた。先ほどの長い黙考で、彼女は反撃の策を練ったのか。

「関村の遺体から毒、出ていないのでしょう。では生徒たちからは？　尿でもとって検査したの」

虹子は昨年十二月から今年三月にかけて、杜川睦美や里優馬に毒を盛ったとみられる。今はすでに十一月だ。

オレアンドリンは体内から、完全に排出されているはず。

先ほど会った植物学者はそう言った。

しかも睦美の現住所は解らず、優馬は与古谷学園の個室にこもる。尿検査そのものができない状況だ。

「私は関村に毒を盛っていないし、生徒にも与えていない。毒が出なくて当然よね」

そう言う虹子の表情に、驕慢の色が浮く。

「刑事さんご存じ？　キョウチクトウの葉を煎じ詰めれば、強心剤や利尿剤になるのよ。そう、私はキョウチクトウから薬を作ろうとして、小屋で葉を煮詰めたの。それが罪かしら。まさか薬事法違反？　いやーねえ」

虹子の高笑いが取調室に響く。

浜中は強く両手を握り締めた。

関村に毒を盛ったことを虹子が認める。あるいは毒殺の有力証拠を見つける。そうしなければ、関村の死因は心臓麻痺のままなのだ。すると関村への殺人罪は、彼を刺した人物につく。

与古谷夫妻が学園という異常空間を創らなければ、その人物は関村と出会わず、刺すこともなかった。だが関村を毒殺したであろう虹子は無傷で、その人物が殺人罪に問われてしまう。これでは救いがなさ過ぎる。

「ねえ、刑事さん」

笑声交じりに虹子が言った。

「なんです?」

夏木が応える。

「逮捕状によれば私の罪状は、生徒への傷害及び監禁罪よね」

「ええ」

「なのに訊くのは関村のことばかり。これ別件逮捕よね」

「生徒への仕打ちについては、このあと別の者が話を訊きますよ」

「そう。いずれにしても私、関村のことには一切応えません。あと、弁護士の先生を呼んで頂戴。あなたの無礼も含め、色々と相談したいので」

13

前橋警察署の大会議室で、夜の捜査会議が始まった。浜中と夏木は最後列の席に陣取る。

泊捜査一課長が一言述べ、そのあとで管理官が夏木を指名した。夏木が席を立ち、取調室での虹子の様子を語る。

「毒のこと、認めなかったか」

夏木の話を聞き終えて、泊が言った。夏木が着席し、別の刑事が席を立つ。

「そのあと生徒への振る舞いについて、虹子に質しました」

「虹子、なんて応えた？」

泊が訊く。

「理念に基づき、生徒を思って厳しく接した。結果として、多少反省すべき事態を招いたとすれば、心よりお詫びしたい」

「まるで政治家の答弁だな」

「そう応えろと、弁護士に言われたのでしょう」

「刑事事件に慣れた弁護士が、あちら側にいるわけか。やはり虹子は、一筋縄じゃいかねえな。与古谷守雄はどうだった？」

前橋署の望月が腰をあげた。

「守雄に生徒のことを訊ねたところ、教育論を延々弁じましてね。拝聴しつつ、守雄が生徒へ手をあげたことの言質を取りました」

「さすがだな、班長」

泊に褒められ、しかし望月の表情は硬い。

「そのあとキョウチクトウの毒について、守雄に探りを入れたのですがね。虹子が関村や生徒に毒を盛ったこと、守雄はまるで知らない様子です」

「守雄は毒と無関係か」

苦い声で泊が言った。

「だと思います」

「このまま傷害及び監禁罪で守雄の身柄を検察へ送っても、せいぜい数年の懲役だな」

「守雄が実際にムショで暮らすのは、一、二年かも知れません」

「虹子に至っては、身柄を送検できるかさえ解らねえ」

と、泊がため息を落とした。降りてきた沈黙の中で、浜中は焦燥に駆られる。与古谷夫妻への逮捕状が取れたのに、ことはすんなり運ばない。

「家でため息をつけば、やめてと娘に叱られる。だがここでは、おおっぴらに息を落とせる」

言って泊が小さく笑い、座の雰囲気がわずかに明るむ。泊が口を開いた。

「野垣以外にこれまで与古谷学園で、ふいに姿を消した教職員や生徒はいるかい?」

教職員らに聞き取りしている刑事たちが、揃って首を左右に振る。

「関村毒殺を虹子が認めず、守雄は関与していない。そうなると、野垣学が鍵になるか」

と、泊が腕組みし、そこへ村重が手を挙げた。

「おう、なんだい?」

立ちあがり、村重が言う。

「昨年六月、野垣は複数の生徒たちに『誰だって、死は怖いだろう』と言ったそうです。そして翌日、野垣はいなくなった。

このままでは殺される。野垣はそう思い、しかし逃げる寸前に殺害された。そう見ていいのではないでしょうか」

「お前さん、遊撃班の死体探しを手伝ったよな」

「わずか半日ほどですが」

「どうだった？」

「与古谷学園は、あまりに広すぎます」

「よし、野垣の死体探しの人数、大幅に増やすぜ」

泊が断を下した。横にすわる管理官が、顔を曇らせて口を開く。

「野垣殺害の状況証拠さえないのに、あまり大勢で死体を探せば、違法捜査になりかねません」

関村広茂殺害事件と、生徒への傷害及び監禁事件。浜中たちは今、そのふたつを捜査している。

与古谷学園は私有地だ。所有者である守雄に断らず、捜索令状もない別件で、多数の捜査員が学園内を好き勝手に動くことはできない。

「そのあたりは、おれがうまくやる」

泊が言った。

「ですが……」

「とにかく明日から、死体探しに人員を割く。さて、次は鑑識」

「はい」

と、鑑識の鶴岡が席を立った。与古谷夫妻宅や虹子専用の小屋、その家宅捜索の結果を報告していく。

虹子の小屋から毒が検出されて注射器も見つかったが、今のところそれ以外、証拠品は出ていないという。

「そうか」

「引き続き、調べます」

と、鶴岡が着席した。

「さて、次だが」

苦い声で言い、泊が村重に視線を向けた。村重が再び席を立ち、発言する。

「里優馬について、報告します」

座がしんと静まった。

与古谷夫妻の逮捕により、もはや学園には優馬だけが残る。

なぜ、優馬は出てこないのか。関村を刺して家族や世間に顔向けできず、どうしていいか解らず、優馬は個室にこもるのではないか。

口にこそ出さないが、そう見る捜査員は多いはずだ。

しかし生徒が犯人だと、誰しも思いたくないのだろう。つらく苦い静寂がそれを語る。

「昨年二月。里優馬は事件を起こし、警察に出頭しています」

静かな口調で、村重が語り始めた。

以前に恐喝された長江という男性を見かけ、優馬はあとをつけて階段から突き飛ばす。長江は血を流して意識を失い、優馬は交番に出頭したという。

優馬は逮捕され、警察から検察を経て家裁へ送られた。家裁が優馬に下した処分は保護観察。優馬は高校を中退し、昨年六月に与古谷学園へ入学する。

「学園での優馬の様子について、引き続きほかの生徒に話を聞きます」

「頼む。優馬の件も含め、生徒たちからの聞き取りに専念してくれ」

「解りました」

歯切れよく、村重が応えた。頭のうしろに両手を重ね、束の間沈思して泊が口を開く。

「与古谷夫妻の逮捕によって、学園は終わったも同然だ。里優馬だけ、いつまでも残すわけにはいかないだろう」

「しかし無理に引っぱり出すわけには、いきません」

村重が言った。

「解ってるさ。優馬が自分の意思で学園を出て、おれたちにすべて話してくれる。そうなるよう、ことを運ばねえとな。

そのためにひとつずつ、慎重に手を打っていく。まずはそうだな」

と、泊が浜中たちに目を向けた。

第四章

幸運

1

与古谷学園の本部棟。浜中康平と夏木大介は、その三階の廊下にいた。奥までびっしり扉が並ぶその様は、やはり刑務所を想起させる。

静寂が支配する廊下を少し行き、浜中と夏木は左手の扉に向き合った。「里優馬」と名札のかかるその扉を、浜中が叩く。

ほどなく扉が開き、里優馬が顔を出した。相変わらず痩せこけて、さらに憔悴の色がある。

美田園恵が学園に申し入れ、生徒たちの食事は改善された。その食事さえ、喉をとおらないという様子だ。

「体調、よくないのでは？」

ともかくも浜中は訊いた。寂しげに笑い、優馬は首を左右に振る。

「少し話をしたいのですが」

「どうぞ」

と、優馬が扉を開けた。しかし部屋はとても狭い。

「ご存じと思いますが、あなた以外に生徒はいません。せめて廊下で話しませんか？」

浜中の言葉に少し迷ったふうを見せ、それから優馬はうなずいた。まず、顔だけ出して廊下の様子を窺い、そろりと部屋を出る。

優馬は扉を閉めず、その横から動かない。なにかあればすぐ、部屋に逃げ込む構えだ。巣にこもるしか身を守るすべのない、弱い小動物のような優馬の怯えが哀しくて、改めて浜中は与古谷夫妻や関村の、生徒への罪に憤る。

与古谷夫妻が逮捕されたことを、まずは夏木が告げた。

「学園長や理事が逮捕され、残念です」

聞き終えて、優馬が言う。その声には感情の欠片さえない。

「ほんとうにそう思っていますか？」

静かな口調で夏木が問う。

「はい。学園長と理事には、お世話になりましたから。あの方々、刑務所に入ることになるのですか」

「恐らく」

「どのぐらい服役するのですか？」

そう問う優馬の双眸に、ほんの一瞬祈りの色が浮く。言葉とは裏腹に、少しでも長い服役を願うのか。

「それはまだ、解りません」

苦い声で応え、夏木が口を閉じた。短い沈黙のあとで、浜中は優馬に話しかける。

「あなたのご家族にお会いしました」

警察が里家を訪ねることを、半ば覚悟していたのだろう。優馬に驚いた様子はない。

優馬が自分の意思で学園を出るよう仕向ける。

昨夜の捜査会議でそういう話になり、優馬の家族と連絡を取るよう、浜中と夏木は命ぜられた。会議終了後、浜中はさっそく里家へ電話する。

優馬の父親である春之は働いており、姉の佳菜子は大学にかよう。出勤や通学を多少遅らせることはできるので、朝であれば家族三人揃うという。

そこで今朝、浜中と夏木は里家を訪ねた。朝の陽ざしに里家は明るく照らされ、しかし呼び鈴を押した浜中は、直後言葉を失った。

玄関扉を開けた女性が、あまりに痛々しいのだ。ひどく顔色が悪く、肌からすっかりつやが失せ、しおれる花を思わせた。

その女性が優馬の母の静江だった。静江に案内されて里家にあがれば空気は重く、苦しみのわだかまりがそちこちに見える気さえする。

浜中と夏木は和室にとおされ、里家の人々と座卓を囲んだ。まずは夏木が学園の内情を話す。

テレビや新聞で報道されつつあり、しかし刑事の口からさらに詳しく聞くのだ。優馬の両親や姉は息さえ忘れた面持ちで、夏木の話に耳を傾ける。

静江の目から、涙が吹きこぼれた。佳菜子も涙ぐみ、春之はつらそうに眉根を寄せる。やがて夏木が口を閉じ、苦い余韻はしかし去らなかった——。

「あなたに済まないことをした。静江さんはそう言いました。父の春之さんも、心からあなたに詫びたいと」

浜中は優馬に言った。優馬はなにも応えず、浜中は話を継ぐ。

「さし出がましいと思いましたが、私、聞いたのです。それならばなぜ、事件が報道されてすぐ、与古谷学園に足を運ばなかったのか」

責めるつもりは毛頭なく、ただ不思議に感じ、浜中は思わず訊いたのだ。

「とにかく与古谷学園に行こう。そう思い、ご両親やお姉さんは何度も話し合ったといいます。夜中、ふと春之さんが目を覚ますと、静江さんがいない。まさかと思って車を走らせてみれば、静江さんが徒歩で与古谷学園のほうへ向かっていた。

そんなこともあったそうです。夜中にたまらなくなって、気がつけば歩いていたと、静江さんは話してくれました」

家族たちは苦しみ抜き、それでも与古谷学園にこなかった。

なぜか——。

覚悟を決めて、浜中は口を開く。

「長江を階段から突き落とし、保護観察処分になった。その優馬さんが学園内で、今度は関村という教師を刺したのではないか。

そんな怖い思いが止めどなく湧き、どうしていいか解らず、優馬さんに会う勇気を、ついに持てなかったそうです」

優馬は無言。しかしその目に、なにかの感情が湧く。

「人を傷つけても心があまり痛まない。そういう精神的疾患が、優馬さんにあるのではないか。春之さんはそこまで考えた」

里家の人々の想い。それがどれほど重くても、優馬に伝えるべきなのだ。浜中はそう思い、けれどためらいが心を占めた。

里家を辞したあとで夏木とよく話し合い、浜中は決心する。そして自分が優馬に伝えたいと、夏木に申し出た。

夏木はつらい役を、いつも買って出てくれる。だが、甘えてばかりいられない。夏木はいつまでも、横にいてくれないだろう。

「優馬さんのことが大切で、だからこそ悩み、ご家族はここへこられなかったのだと思います」

浜中は言った。優馬は少しうつむいて、思いを巡らす面持ちだ。

里家の人々とは、朝、少しの時間会う予定だった。けれど互いに聞きたいことがあり過ぎる。浜中と夏木は二時間あまり、優馬の家族たちと話し合った。

その詳細を、浜中は優馬に語る。途中で少し声が嗄《か》れ、聞きづらいことを優馬に詫びつつ、浜中は家族の様子を懸命に優馬へ伝えた。

やがて浜中は口をつぐんだ。これまで見せたことのない、様々な感情の光が優馬の双眸に灯る。そのまなざしを浜中たちに向け、何か言いかけ、しかし優馬はうつむいた。

彼は本心を語ってくれるかも知れない。そのためには、さらに言葉を尽くす必要がある。

そう思い、浜中は口を開いた。

「同級生の池澤さんに会いました」

瞬間、優馬の顔がこわばった。どうしたのかと首をひねり、浜中は言葉を継ぐ。

約束の時間より早く里家に着いたので、浜中と夏木は近くに車を停めて待機した。優馬がかよっていたらしき高校の生徒たちが、徒歩や自転車で行き過ぎる。

ほどなく浜中と夏木は気づいた。少し遠くに自転車を停めて、ひとりの男子生徒が里家を見ているのだ。

どこか思い詰めた様子であり、浜中と夏木は車を降りて声をかけた。警察手帳を見せて名乗り、その男子生徒に名を訊ねる。池澤俊太郎と彼は応えた。

「池澤と何か話をしたのですか？」

優馬が浜中に問うた。

「優馬さんの友だちですかと私が聞いて、池澤さんはうなずきました。そうしたら池澤さん、逆に訊いてきたのです」

「なにをです？」

「与古谷学園の事件の捜査で、里家にきたのかと。私は正直に、はいと応えました」

「それで」

「事件のことを色々訊かれ、さし支えないことは話しました。そうしたら池澤さん、黙りこくってなにやら考え込むのです。優馬さんのことが、心配だったのでしょう。そのあとで池澤さん……」

「なんて言ったのです？」

優馬はすでに、切羽詰まった面持ちだ。

「いえ、あの、結局何も言わず、学校が始まるからと彼は去って行きました」

「そうですか」

と、優馬が息を落とす。

「どうしたのです？」

浜中は問うた。

「刑事さん」

「はい」

「もう二度と、僕の友だちに会わない。それを今、ここで約束してください」

「それは」

言い淀み、束の間の逡巡のあとで浜中は口を開いた。

「悪いけど、その約束はできません」

今後の捜査で必要があれば、優馬の知人や友人に話を訊く。それが浜中たちの仕事なのだ。

「そうですか」

と、優馬の目が冷えていく。

「約束してくれないのなら、強制的に連れ出されるまで、僕は学園に残ります」

言って優馬は個室に入った。

音を立て、浜中の目の前で扉が閉まる。

優馬の心を開きたい。その焦りに駆られ、自分は取り返しのつかないことを、したのではないか。

押し寄せる後悔に包まれて、浜中は呆然とする。

2

「いつまでもしょげるなよ、相棒」

夏木が言った。

「はい」

地面に視線を落としたまま、浜中は力なく応える。本部棟から少し北の、林の中だ。

優馬が個室に閉じこもり、浜中と夏木は本部棟を出た。それから作業服に着替え、野垣の死体探しに従事している。

昨日までと違い、大勢の捜査員や鑑識が死体探しに精を出す。その姿には励まされるが、先ほどの優馬を思えば浜中の心は重い。

家族はともかく友人の池澤にまで会い、浜中たちは何を嗅ぎまわるのか。

優馬はそう感じ、浜中に不審を抱き、目の前で扉を閉めたのだ。

「さっき優馬は感情を見せた。それが怒りだとしても、これまでのような無表情よりはいい。おれはそう思うし、友だちにはもう会わないという、その場しのぎの嘘の約束をしなかったお前は立派だ」

夏木の言葉が心に染みた。優しい塗り薬のように、痛みや苦しみがふっと和らぐ。

「ありがとうございます」

浜中は言った。夏木はこちらに目もくれず、何事もなかったように死体探しを続ける。

目が潤むのを覚え、浜中は夏木から顔をそむけた。もう、このまま泣いてしまおうかと思い、そこへ背後でがさりと音がする。

驚きながらそちらへ目を向ければ、係長の美田園だ。

「そんなに驚かなくても、いいじゃない」

苦笑交じりに美田園が言った。だが、その表情は硬い。美田園に顔を向け、夏木が口を開いた。

「なにかありましたか？」

「うん」

と、美田園は腕を組む。それから彼女は言った。

「今日の午前中、与古谷夫妻の弁護士がこの学園にきたそうよ。捜査員たちが死体探しをする様子を見てまわり、弁護士は何枚も写真を撮った。そして捜査員たちに色々と質問する」

「口の軽い人間もいますからね」

苦い声で夏木が言った。

野垣学の死体探しは、与古谷夫妻への逮捕状や捜索令状と無関係の作業だ。そのことをこちらから、弁護士に告げる捜査員はいないだろう。しかし作業内容を問われ、仄めかす者はいるかも知れない。この事件に従事するすべての人たちが、泊悠三捜査一課長に心服するわけではない。

ため息をひとつ落とし、美田園が口を開く。

「学園を去った弁護士は与古谷夫妻と接見し、そのあと警察に抗議してきたわ」

「なんて言ってきたのです？」

浜中は問うた。

「一部捜査に違法性がある。直ちにやめてほしいと。でも」

「でも、なんです？」

「泊課長は突っぱねた」

「しかしそうなると……」

暗い予感に包まれながら、浜中は呟いた。

「近いうちに野垣の死体が出なければ、責任問題になる」

美田園が言い、つらい沈黙が降りた。しかし夏木がしじまを破る。

「野垣の死体がある。そう言い出したのはおれです。おれが責任を取りますよ」

「何言ってるの？」

と、美田園が美しい眉根を寄せた。夏木を見据えて言う。

「あなたごとき一介の刑事に、取り切れる責任ではないわ」

「かも知れないが、おれが責を負えば、捜査本部への風当たりは多少弱まる」

美田園から視線をそらさず、強い口調で夏木が応えた。

「いい加減にしなさい」

「しかし」

「私は上司。あなたたちの盾よ」

誇りにも似た強い決意が、美田園の眉宇《びう》にある。夏木のために、彼女は責任を取るつもりだ。

「そうはさせない」

夏木が言い、しかし美田園は背を向けた。

「作業を続けなさい」

言い残し、隙を見せずに去って行く。

離れて行く美田園の背を、浜中と夏木は黙って見送った。風が吹き、梢が鳴る。

3

「死体を探しましょう、先輩」

声を励まして、浜中は言った。

「そうだな」

夏木が応え、そこへ浜中の内ポケットが振動する。

懐からポケットベルを取り出して、浜中はぎょっとした。大伯母である神月一乃からの着信だ。

「済みません」

夏木に言い置き、浜中は走り出す。本部棟に入って一階の職員室へ急行した。室内に人の姿はない。

「お借りします」

しかし浜中はそう言って、机上の電話に手を伸ばした。受話器を取りあげ、神月家の番号をまわす。

呼び出し音が聞こえ、すぐに相手が出た。

「遅い！　私がベルを鳴らしたら三十秒以内にかけてこいと、いつも言っているだろう」

一乃の声だ。八十を過ぎているが、声にしっかり張りがある。

背筋をぴんと伸ばし、姿美しく受話器を握る一乃を思い浮かべつつ、浜中は口を開いた。

「ごめんよ、一乃ばあ。でも三十秒はやっぱり厳しいよ。せめて一分に」

「つべこべ言わんの」

「でもあの……。それに今、すごく忙しくて」

「そんな時こそ私と話す。声を聞けば、人は知らず元気になるよ」

一乃の口調がぐんと和らぐ。

「うん、そうだね」

浜中は応えた。

「忙しくてきついからこそ、乗り切れば心からほっとできる」

「うん」

「仕事が一段落したら、水上へこい。たんとご馳走、用意しておくから」

「ありがとう。小松菜と油揚げの煮びたしも、作ってくれる？」

「もちろんだ。あと少しで小松菜も、採れ始めるだろう。おいしい油揚げも用意しておく。鳶にさらわれないようにしないとな」

と、一乃が柔らかく笑う。

そういえばこの学園で、上空を舞う鳶の姿を度々見かけた。そのことを思い出し、それから浜中は首をひねる。

「あれ？」

思わず浜中は口にした。

「どうした、康平？」

「うん……」

生返事して、浜中は思いを凝らす。何かがふっと見えた気がした。

浜中の思いを察したのだろう、一乃はなにも言わない。優しい沈黙の中、浜中は閃きつつある何かを摑まえようとした。だが、うまくいかない。

空を舞う鳶に、事件を解く鍵が潜む気がするのだけれど、答えが見えてこないのだ。

「一乃ばあ」

「どうした？」

「さっきの言葉、もう一回言ってくれる」

「ああいいよ。『どうした、康平？』」

「もう少し前」

「そうか。『私がベルを鳴らしたら三十秒以内にかけてこいと』」

「戻りすぎだよ、一乃ばあ」

「注文が多いな」

「ごめん、言葉が足りなかったね。聞きたいのは、鳶のあたりのくだりなんだよ」

「鳶といえばな、康平。山向こうの窪田《くぼた》さん、いるだろう」

「え、うん」

一乃の話が飛び、戸惑いながらも浜中は記憶を手繰った。窪田は鳶の親方だ。

「そのせがれが、女房に手をあげたらしい。窪田さんにそう聞いてな」

神月家は江戸の昔から、里の名主を務めてきた。その名残は今も色濃くて、里の人たちは何か起きれば、まずは神月家に話をする。

一乃は面倒見がよくて、誰の目にも公平な判断を下す。一乃の娘婿が神月家の当主なのだが、その当主よりも一乃の元に、相談事が多く舞い込む。

「それで？」

「私はもう、頭にきてな。説教することにした」

一乃は怒ると怖い。陰で彼女のことを、鬼と呼ぶ里人もいるほどだ。

「今すぐせがれを連れてこい。嫌がったら、首に縄つけてでも引っぱってこいと窪田さんに言った」

一乃が言い、瞬間浜中の脳裏に閃光が走った。その光がゆっくり消えて、ひとつの情景が鮮やかに浮かぶ。

「一乃ばあ！」

「どうした、康平」

「解ったんだよ」

浜中は言った。

蔦にさらわれないように——。

首に縄つけてでも引っぱって——。

ふたつの言葉がヒントになって、ついに謎が解けたのだ。

「ありがとう、一乃ばあ！」

「どうした？」

「一乃ばあのお蔭で解ったんだよ！　ごめん、切るね」

「そうか。忙しいと思うが、息災でな」

「一乃ばあも元気でね。ずっとずっと、元気でいてね」

「うん」

わずかに湿った一乃の声だ。もう一度礼を述べ、浜中は静かに受話器を置いた。本部棟を出て、夏木のところまで一気に戻る。

「忙しそうだな」

肩をすくめて夏木が言った。

「解ったんですよ、先輩！」

息も切れ切れに浜中は応える。

4

与古谷学園には、溶接の作業場がある。浜中と夏木はその前に立っていた。素っ気ないプレハブの平屋だ。

使われなくなって久しい溶接場を眺め、あることを確かめて浜中は口を開いた。

「野垣学さんの死体探しを一旦中断し、関村広茂殺害事件をお浚《さら》いしたいのですが」

「構わないぜ」

「済みません、では始めますね。

関村さんは与古谷学園内で殺されて、ところが凶器の刈込鋏と返り血を浴びたマントは、学園から二キロ半ほど南南東の国道沿いで見つかりました。

関村さんを殺害したのは、その時学園内にいた誰かです。けれど全員にアリバイがあって、凶器やマントを国道沿いまで運ぶことはできない」

「しかも凶器の刈込鋏は、上空五十メートルから降ってきた」

「はい。そしてトラックの導風板に激突し、ミズナラの木に刺さったのです。でも一乃ばあのお蔭で、それらの謎が解けました。あれを見てください」

浜中は溶接場のすぐ脇を指さした。そこに一本、アラカシの木が立つ。溶接場よりも背が高く、巨大な傘のように枝を広げて、梢の一部が屋根を覆う。

その梢の枝分かれ部分に、籠さながらの小枝の集まりがあった。

「鳥の巣か?」

「ええ、鳶の巣です。済みません、先輩。ちょっとここにいてください」

言い置いて、浜中は溶接場のぐるりを一周した。入り口扉と非常扉は施錠され、窓にもすべて鍵がかかる。

夏木のところへ戻り、浜中は溶接場を見渡した。右手の壁際に、プロパンガスのボンベが三本あった。高さは百三十センチほどで、てっぺんがすぼまって、栓がかぶせてある。

そこへ行き、浜中はボンベを揺すった。かなり重くてあまり動かない。鎖で壁に留められていないが、これなら平気だろう。

そう思い、浜中はボンベの栓に両手をかけた。倒れてこないよう、うまくボンベに体重を預けつつ、よじのぼる。

「大丈夫か?」

浜中の背後へきて、夏木が言った。

「はい、多分」

夏木に応え、浜中はそろそろとボンベの肩に乗る。怖々立ちあがって右手を上へ伸ばせば、手のひらが屋根に届く。

左手も伸ばし、浜中は両手で屋根の端を摑んだ。両腕に渾身の力を込める。懸垂の要領で、なんとか浜中は屋根に這いあがった。

屋根は平たく、あがってしまえば怖さはない。浜中は屋根の端に立ち、夏木に目を向けた。

「案外やるな」

「高所恐怖症の先輩は、そこにいていいですよ」

高所恐怖症の部分を強調して、浜中は言った。夏木が苦笑いを見せる。

「さて」

と、浜中は面持ちを引き締めて、アラカシの木に目を向けた。屋根の上にいくつも張り出す枝。その一本、屋根から数メートルの高さの梢に、先ほど指さした鳶の巣があった。

一羽の親鳥が、巣の中で羽根を休める。ヒナの姿はないが、親鳥はこちらを警戒する様子だ。

「木の根っこから、手袋や糸、ビニール袋が見つかりましたよね」

鳶を刺激しないよう、浜中は小声で夏木に言った。

死体探しの途中、浜中は転んだ拍子にそれらを見つけた。手袋には関村と同型の血液が付着、犯行時に返り血を避けるため、犯人が嵌めたと思われる。しかし糸とビニール袋の用途は解っていない。

「あの糸は残りだと思います」

「残り？」

と、夏木が首をひねった。うなずいて浜中は口を開く。

「関村を殺害した犯人は、糸と刈込鋏、それにマントを持ってここへあがったのです。そしてまず、糸の先端を結んで環状にする。

それから犯人は糸を三メートルほど伸ばし、刈込鋏とマントを結ぶ。そこで糸を切り、のちに手袋やビニール袋とともに、糸の残りを木の根に隠した。

土中に埋めれば地面に掘り跡がつきます。根の下のほうが見つかりづらいと考えたのでしょう」

言葉を切り、浜中は作業服のポケットから太い糸を取り出す。ここへくる前に本部棟の作業場へ入り、無断で借用してきたのだ。

こぶし大の石も、途中の道端で拾った。浜中はそれをポケットから出して、糸の端に結びつける。それからもう一方の糸の先端を手に取り、大きな環になるよう結んだ。

夏木に向かってそれを掲げ、浜中は口を開く。

「この石ころを、刈込鋏やマントだと思ってください」

先端が大きな輪っかになった糸。その糸は三メートルほどの長さがあって、尻尾の部分に刈込鋏とマントが結ばれている。そういう状態だ。

「犯人はこれを使い、さらに鳶の力を借りて、凶器を彼方へ飛ばしたのです。どういう方法を採ったか、もう解りましたよね」

「いや」

と、夏木が首を左右に振る。

「先輩ほどの人でさえ、解らないのですか⁉」

浜中はことさらに目を丸くした。

「意地の悪い言い方だな」

苦笑交じりに夏木が応える。

「済みません、知り合いの探偵を真似てみました」

と、浜中は頭をかいた。そして言う。

「でも先輩、ちょっとは考えてくださいよ」

「細工した糸と鳶で凶器を飛ばした、か……」

そう呟き、夏木が黙考に入った。邪魔しないよう、浜中は無言で待つ。

5

「やはり解らないな」

やがて夏木が言った。夏木にうなずき、浜中は口を開く。

「では僕がこれから、犯人がとったであろう動きを再現してみせます」

細工を施した糸を手に、浜中は鳶の巣へ目を向けた。巣の中の鳶が、じっと浜中を睨む。怖いけれど目をそらさず、そろそろと浜中は巣へ近づく。

ほどなく浜中は足を止めた。見あげた少し先に巣がある。

「凶器の刈込鋏は重さわずか八百グラムですし、マントはさらに軽い」

「おい、まさか」

夏木が言う。

「ええ、犯人はこうしたのです」

そう応えて浜中は、環状にした糸の先端を、巣に向かって投げた。輪投げの要領だ。

瞬間、鳶が動いた。ばさりと羽根を伸ばし、鮮やかに飛翔する。環状の糸は巣にさえ届かず、アラカシの枝に引っかかった。

「あれ？」

浜中は声をあげた。鳶は空へ飛び去っていく。羽根の音が消え、寒い静寂が浜中を包む。

「なあ、相棒」

やがて夏木がしじまを破った。

「はい」

浜中は夏木に目を向ける。

「まさかとは思うがな。群馬県警捜査一課の切り札と称されるお前が、『犯人は鳶の首に糸を引っかけた』なんて言うんじゃないだろうな」

「違うんですか⁉」

浜中は目を丸くする。肩をすくめる夏木をよそに、浜中はすぐに口を開いた。

「犯人は糸を投げ、環状の部分を鳶の首に引っかけます。糸には刈込鋏とマントが結んである。鳶が飛び立てば、刈込鋏とマントも上空にあがる。

刈込鋏とマントを吊りさげた格好で、鳶は南南東の方向へ飛んでいく。鳶であれば易々と、五十メートルの高度を超えます。

ところが赤城おろしに吹かれ、糸が緩んでしまう。マントと刈込鋏は糸から外れ、落下していく。その時真下の国道に、トラックがとおりかかった。

ほら、先輩。これならすべての謎は解けます！　僕の推理、当たってますよね」

「大外れだと思うぞ」

あきれ顔で夏木が言った。

「でも」

「まず第一に、今、お前が失敗したように、環状の糸を投げてもそう簡単に、鳶の首に引っかからない。それ以前に犯人が屋根にのぼった時、鳶が巣にいる保証はない。

第二に重さだ。確かに刈込鋏は軽い。マントと合わせて、一キロに満たないだろう」

「ですよね」

「しかし鳶は空を飛ぶ」

「鳥だもの」

「鳥類ってのはな、見た目以上に体重が軽いんだぜ。空を飛ぶためにな」

「え？　でも鳶はあんなに大きくて」

「鳶の成鳥が羽根を広げれば、一メートル半ほどになろう。しかし鳶の体重は、六百グラムからせいぜい一キロ。前にそう聞いたことがある」

「六百グラムから一キロ……」

「その鳶が刈込鋏とマントを首からぶらさげて、飛べるかな？」

浜中は肩を落とした。ふっと表情を和らげて、夏木が言う。

「仮説を立て、試してみるのは悪くない。たとえどれほど的外れで、とんでもない珍推理だろうとな」

「励ましになってませんよ」

愚痴るように、浜中は返した。夏木が笑顔をきらめかせ、それから頬を引き締める。

「降りてこいよ、相棒。死体探しに手を貸してくれ」

「もちろんですよ！」

浜中は応え、そこへ足音が聞こえた。屋根の上から見とおせば、鑑識の鶴岡が駆けてくる。

遠目にはっきり解るほど、彼は血相を変えていた。やがて鶴岡がきて、夏木の前で足を止める。

「たいへんだ、夏さん」

「どうした？」

「佐世保の警察署に、野垣学が現れた」

信じられない言葉がきて、浜中は絶句した。硬い面持ちで彫像さながら、夏木は動かない。

6

溶接場の屋根の上で、浜中は風に吹かれる。

夏木は地に立ち、凍りついたかのようだ。横で鶴岡が心配そうに夏木を窺う。

重い沈黙を、誰も破ろうとしない。風に舞う葉が一枚、また一枚と地に落ちる。その音さえ聞こえそうだ。

叢雲《むらくも》さながら、浜中の胸中に苦い思いが次々に湧く。

与古谷虹子は関村毒殺を認めず、物証もない。与古谷守雄は関村毒殺に関わっていない。

野垣が生きていたのはよかったけれど、これで夫妻への罪は生徒への傷害と監禁罪だけだ。

一方、与古谷学園の敷地内で野垣の死体を探した警察は、違法捜査の責を問われる。

刈込鋏が国道の上空から降ってきた謎は依然立ちふさがり、浜中の配慮のなさで優馬はすっかり心を閉ざした。

八方ふさがりで、すっかりお手あげだ。

突然訪れた暗転に、浜中は呆然とする。

「降りてこいよ、相棒」

夏木が声をかけてきた。彼の顔を見て、浜中は泣きそうになる。

あどけないほどに、夏木の表情は優しかった。美田園に諭されたが、やはり夏木は責任を取るつもりなのだ。その腹を決め、夏木の面持ちから険しさが消えた。

「今、降ります」

小さな声でそう応え、浜中は屋根の端まで行った。夏木たちに背を向けてしゃがみ、プロパンガスのボンベにゆっくり足を降ろす。

まず、ボンベの肩に右足を載せた。次いで左足をボンベの肩にかける。張り出した屋根の端を両手で摑めば、割と体が安定した。

だが——。

次の瞬間、北から突風がきた。右足がつるりと滑り、浜中は思わず両手を屋根から放す。ふっと浮遊感に包まれて、けれどそれも一瞬のこと。

「あわわっ」

意味不明の叫びをあげ、浜中は仰向けの格好で地面に落ちた。腰や背に痛みが走る。

しかし恐怖はそのあとだ。

落ちる瞬間、知らずボンベを蹴ったのだろう。浜中のすぐ脇に、どしんとボンベが倒れてきた。

腰や背の痛みなど吹き飛んで、浜中は慌てて横へ転がり逃げる。ところがボンベも、こちらへ転がってくる。

疾風さながら夏木がきた。浜中の前に立ち、ボンベに両手をかけて止めようとする。

だがボンベは重く、勢いがある。腰を沈め、目一杯低い態勢でボンベを押す夏木が、押し返された。

右足を前、左足をうしろに踏ん張った夏木の体がじりじり後退する。

ずっ、ずっ——。

わずかずつ、夏木の体がさがっていく。

ずっ、ずっ——。

しかし夏木は踏みとどまった。

力を抜かず、夏木がボンベからゆっくり手を離す。

　ボンベはもう、動かない。

　夏木の逞しい背中を見ながら、浜中は安堵の息をつく。夏木がこちらを向いた。

「これで少し、お前に借りを返せたか」

　寂しげに夏木が言い、浜中には返す言葉が見つからない。

「立てよ」

　と、夏木に手を摑まれて、浜中は腰をあげた。ところが突然、夏木が手を離す。浜中は思い切り尻もちをついた。

「ひどいですよ、先輩」

　浜中は言った。だが夏木は微動だにせず、倒れたボンベの底のあたりを凝視する。鶴岡も横にきた。

「どうしたんです？」

　腰をあげ、浜中はそちらへ目を向けた。思わず首をかしげる。

　ボンベの底に、溶接のあとがあった。バーナーでボンベの底を丸く切り取り、溶接で元どおりにした。そんなふうだ。

「そういうことか」

　押し殺した声で、やがて夏木が言った。鶴岡に目を向けて、話を継ぐ。

「与古谷夫妻の弁護士が、いつ学園にくるか解らない。弁護士に見られないよう、この倒れたガスボンベと壁際の二本のガスボンベを運び出したい」

「了解」

委細を訊かず、鶴岡が即答した。手配するのだろう、足早に去って行く。

「ガスボンベ、それほど大切なのですか?」

浜中は問うた。底に溶接のあとはあるが、それを除けばごく普通の、プロパンガスのボンベにしか見えない。

「ああ」

と、なぜか夏木は哀しそうに目を伏せた。

7

夕陽が街を染め始める頃、浜中たちはガスボンベとともに、前橋警察署に到着した。残量計で三本のボンベを調べたところ、ガスはまったく残っていない。だが念のため一旦別の場所へ運び、安全を充分に確保してから栓を開ける。

浜中が鶴岡たちとその作業をしている間、ふと気がつけば夏木の姿がない。

与古谷守雄が野垣を殺害、学園内に埋めた。その夏木の推測は、野垣出頭により完全に外れた。ともかくも詫びるため、夏木は泊や美田園のところへ行ったのだろう。

捜査の読みが外れただけならばいい。しかし死体探しは違法捜査だと、与古谷夫妻の弁護士に指摘された。実際そうなのだから、警察は何らかの対応に迫られる。

夏木の性格を思えば、責任を取るべく彼は必ず辞職願を書く。今頃夏木は泊や美田園に、辞職の意志を伝えているかも知れない。その泊や美田園にさえ、何らかの処分が下るだろう。

それを思えば浜中は、叫び声をあげたいほどつらい。

ガスボンベの栓を開けて、それなりの時間が経った。鶴岡とともに浜中は、栓を閉める。そこへ夏木がきた。美田園の姿もある。

「ボンベにはもう、ガスは残っていないよ」

鶴岡が言った。

「まだ何も言えません。しかしガスボンベを調べたい」

野垣の件があったばかりだ。言いづらそうに、夏木が美田園に申し出た。だが、やはり美田園は夏木に全幅の信頼を寄せるのだろう。なにも訊かずに許可した。

前橋警察署の地下一階に、危険かも知れない押収品などを調べるための部屋がある。

鶴岡と夏木が手筈を整え、三本のガスボンベはそこへ運ばれた。浜中、夏木、美田園、鶴岡。その四人だけが室内に残り、待機する。

蛍光灯の光が冷たく落ちる、窓ひとつないコンクリート張りの部屋だ。床もコンクリートがむき出しで、端に排水口があり、血などの汚れもすぐに洗い流せる。

そんな部屋の壁際に立ち、浜中たちは無言を守った。換気扇の音だけが耳に届く。三本のガスボンベは、浜中たちと反対側の壁にある。

美田園や夏木とこうして調べ物をするのは、この事件が最後かも知れない。痛切な寂しさと哀しみが浜中を包む。美田園や夏木の表情も硬い。

と——。

ノックの音がした。扉が開き、鑑識員が入ってくる。作業服姿の男性がふたり、あとに続く。鶴岡が手配した溶接工だ。道具が入ったらしき大きな鞄を、ふたりとも持つ。

「お願いします」

夏木が言った。鶴岡と鑑識員、それにふたりの溶接工が、ガスボンベに向かう。

三本のうちの一本を、鶴岡が目で示した。与古谷学園で浜中が倒したボンベだ。彼らはそれを慎重に、床へ寝かせる。

鶴岡と鑑識員が少しさがり、ふたりの溶接工が鞄から道具を出した。ほどなく用意が整って、溶接工のひとりがバーナーをガスボンベの底に当てる。

一体何が出てくるのか。

浜中は息を詰めて、作業を見守った。

ゆっくりと、溶接工がバーナーを動かす。時間をかけて、彼の腕が円を描く。缶切りで缶を開けるように、やがてボンベの底がくり抜かれた。

円盤状のボンベの底を床に置き、溶接工が鶴岡を見る。鶴岡ともうひとりの鑑識員が進み出た。溶接工にさがってもらい、鶴岡がボンベの中を覗き込む。浜中たちも前に出て、彼の背中越しにボンベに目を向けた。

浜中は小さく息を呑む。ボンベの中に黒い何かがある。恐らくゴミ用の、黒いビニール袋だ。何かをその袋に入れて、ボンベに隠したらしい。

手袋を嵌めた手を鶴岡が伸ばした。ビニール袋に手にひらを当て、そのあとで振り返る。

「別室で待機して頂けますか」

硬い口調で、鶴岡が溶接工に言った。うなずいて彼らが去り、鶴岡はもうひとりの鑑識員に目配せする。

その鑑識員とともに、鶴岡は黒いビニール袋に手を伸ばした。それはみっしりとボンベに押し込んであり、破れないよう慎重に袋を引き出す。

ずるりずるりと袋が出てくる。真っ黒だから中は見えない。しかし恐ろしい何か、禍々しい瘴気のようなものが、袋から漂ってきた。

首のうしろの髪の毛が、一本ずつぞわりと逆立つ。そんな怖気に浜中は包まれた。息さえ忘れたかのように、鶴岡たちの手元を凝視する。

やがて袋がすっかり出た。口のところでしっかり結ばれ、枕をふたつ入れたほどの大きさに膨らんでいる。

ちらと夏木に目を向けて、鶴岡が結び目をほどいた。しかし口から覗いたのは、同じような黒いビニール袋だ。

その口元も、厳重に結んであった。慎重さを崩さずに、鶴岡がそれへ手を伸ばす。

鶴岡がほどくと、やはり黒いビニール袋が顔を出した。少なくとも三重に、黒い袋で何かを包んであるのだ。

二枚の袋を鶴岡たちが剝がす。三重目の黒い袋が姿を現し、それが最後らしい。包まれているものの輪郭が、わずかに窺えた。

両手で抱きかかえられるほどの、やや厚みのある塊。それが袋に入っている。

最後の袋も、口が結んであった。鶴岡がほどき、ゆっくり袋を剝がしていく。

いきなり黒い髪が見えて、浜中は慄然とする。すぐに頭部があらわになり、顔が出てきた。長い黒髪がぴたりと張りつき、目鼻立ちはよく解らないが、どうやら若い女性だ。

さらに袋が剝がされて、肩が見えた。服は着ておらず、その肌は白く美しい。

人間が持つ質感に満ちており、マネキンや人形ではない。

小さな膨らみを持つ胸が現れ、腹が見えた。鶴岡が袋を取り去り、全貌が明らかになる。

浜中にはもう、言葉がない。総毛立ち、胃が硬くなり、吐き気すら込みあげる。

死体は腰の部分で、切断されていた。若い女性の上半身だけが、袋の中にあったのだ。死体はぴっちりと隙間なくラップに包まれ、腐敗の様子はない。

「誰の死体なの？」

呻くように美田園が問う。

「杜川睦美です」

夏木が断じ、座が凍りつく。睦美といえば、今年三月に与古谷学園を卒業した生徒だ。

「腐敗していなかった……」

と、夏木が大きく息をつく。しっかりラップに包まれて、三重のゴミ袋に入り、密閉状態のボンベの中だ。蛆がつかず、死体は腐敗しなかったのだろう。

「おれの読みどおりであれば、この遺体から逆転の切り札が出る」

と、夏木が不敵な笑みを灯す。浜中は嬉しさのあまり、両手を握り締めた。

逆転の切り札とは何か。まだ浜中には解らないが、ともかくも頼もしい夏木が帰ってきたのだ。体の奥底から力が湧くのを浜中は覚えた。

夏木が言う。

「浜中、杜川睦美の写真を入手してくれ」

「解りました」

「鶴岡、もう一本のガスボンベに、下半身が入っているはずだ。底を開けてくれ」

「了解」

「係長、この遺体をすぐに解剖へまわしたいのですが」

「病院の外来受付は終わった時間ね。逆に手の空く医師がいるかも。連絡取ってみるわ」

「頼みます」

「でもその前に、まずは泊課長に話をして」

「解りました。あとは頼むぜ」

と、夏木が浜中と鶴岡に目を向けた。浜中たちは揃ってうなずく。

8

定刻の午後八時から少し遅れて、捜査会議が始まった。浜中は夏木とともに、最後列の席に着く。

野垣は生きており、佐世保警察署に姿を見せた。前橋署の刑事が二名、話を聞くべく佐世保に飛んだ。そして野垣とは別の死体が、与古谷学園内のガスボンベから見つかった。

そのことは捜査員たちに知れ渡り、だが詳細はこれからだ。事件がどこへ行くのか解らず、見渡す捜査員たちの背に、落ち着かない様子がある。

「ひとつずつ行こうじゃねえか」

幹部席の中央で、泊が言った。管理官に名指しされ、浜中は席を立って口を開く。

「与古谷学園から三本のガスボンベを押収、そのうちの一本から、女性死体の上半身が出ました。下半身は別のボンベにあり、両方ともラップに包まれ、三重のゴミ袋に入っていました。残り一本のボンベからは、着衣とリュック型の小さな鞄が見つかっています」

浜中は一旦言葉を切った。

ガスボンベの高さはおよそ百三十センチで、内部は割に狭い。一本では入りきらずに死体を切断、さらに死者の持ち物や服を、別のボンベに入れたのだろう。

「遺体は腐敗しておらず、複数枚の写真と照合した結果、杜川睦美と断定されました。着衣とリュック型の鞄も、睦美の所持品です」

「遺体はもう病院だよな」

泊が言った。

「はい。すでに解剖が始まっています。鑑識の鶴岡さんが解剖に立ち会っており、なにか解れば都度、連絡してくれます」

浜中は応えた。

「そうか。それにしても卒業した生徒の死体とは」

泊が言い、そこへ電話の音がした。壁際にすわる連絡係が、目の前の受話器を取りあげる。

「鶴岡からです」

連絡係が浜中に目を向けた。小走りにそちらへ行き、浜中は受話器を受け取る。

「杜川睦美の、大体の死亡時期が解ったよ」

受話器の向こうで鶴岡が言った。そして時期を告げる。

「え、そんな⁉」

浜中は思わず声をあげた。会議室中の視線を背中に感じ、声を潜める。それから少し鶴岡と話し、浜中は受話器を置いた。

「どうした？」

泊が問う。

「それがあの……」

「勿体つけるな」

「解剖担当医によれば、杜川睦美さんの遺体は死後、七か月から八か月経過とのことです」

浜中は言った。

「なにぃ？」

と、泊が身を乗り出し、会議室にざわめきが起きた。それが静まるのを待って、泊が言う。

「睦美は今年の三月から四月の間に、殺されたってのか？」

「はい」

「だが睦美は卒業後、東北にいたんだろう」

「はい。五月には福島県、六月には山形県の消印で、睦美さんの絵葉書が学園に届いたそうです」

会議室の空気が再び揺れた。それを手で制し、泊が口を開く。

「だが睦美は三月か四月には、死んでいた。死者からの絵葉書ってわけだな。さて、そろそろ出番だぜ」

と、泊が夏木に目を留めた。夏木が席を立つ。浜中はそっと着席し、夏木を見あげた。少し緩めたネクタイに無精ひげだが、逆にそれらが精悍さを醸す。いつもの夏木がそこにいた。

「まずは杜川睦美の過去を、再確認したいのですが」

夏木が言った。

「生徒といえばお前さんだ」

と、泊が村重に目を向ける。

生徒たちから聞いた話は、都度、村重が捜査会議で報告している。睦美は卒業生だが、彼女の話題も村重の口から出た。

立ちあがり、村重が言う。

「より詳しく述べようか。今までの報告とかなり重複するが」

「頼みます」

夏木が応え、村重が口を開く。

「睦美と仲のよかった在校生に聞いた話や、ほかの生徒たち、あるいは教職員からの仄聞《そくぶん》が情報源だ」

そう前置きし、村重が話し始めた。

「杜川睦美は小学生の頃から、両親に虐待を受けていたという。中学を卒業してすぐ、睦美は志願して与古谷学園に入る」

「全寮制で面会禁止の与古谷学園にいれば、両親と会わずに済むわけか」

と、泊が複雑な面持ちを見せた。

「ええ。高額な入学金や月謝については、睦美の伯父夫妻が両親を説得し、話を進めたようです。両親からの虐待の日々で、少しでも身の安全を図る術を得たのでしょう。入学した睦美は与古谷虹子に取り入り、学園内でうまく立ちまわった。

しかし両親との約束は三年間。期限がきて、今年三月に睦美は卒業しました。

ただし睦美は在学中、手は打ってあるから卒業しても両親には捕まらないと、親しい生徒たちに打ち明けています。

またそのあと、生徒が睦美に卒業後の連絡先を訊いたところ、『卒業して落ち着いたら、連絡方法を考えてみる。それまでのは嘘だから』。睦美はそう応えたそうです。ちょっとこの返事、意味不明な感じですが」

と、村重がわずかに首をひねった。

「そのあたりが鍵かい？」

夏木に目を向け、泊が言う。うなずいて夏木が口を開いた。

「順を追って話します。

与古谷学園を出たら、知り合いがひとりもいない街で働く。睦美は親しい生徒にそう話したという。卒業後、両親に居場所を知られることを、睦美はとにかく恐れた。三月末の卒業を見据え、睦美は虹子に相談する」

「睦美が虹子に取り入ったのは、その思惑があったわけか」

「学園内での暮らしを、少しでもよくしたい。そういう気持ちもあったとは思いますが、睦美にとって主題は卒業後です」

「とにかく両親には、会いたくないと」

苦い声で泊が言った。

「はい。睦美に相談され、虹子は一計を案じた。東北地方の絵葉書を買い求め、それを睦美に見せたのです」

「そういうことか！」

と、泊が膝を打つ。浜中にも、仕掛けがやっと見えてきた。夏木が話を継ぐ。

「卒業後、たとえば関西や九州など、睦美は東北地方以外の場所で、暮らすつもりだった。その睦美に虹子は、在学中に絵葉書を書けと持ちかける。

睦美が卒業したあと、虹子は東北へ赴いて、睦美がしたためた絵葉書を投函する。学園に届いたそれを生徒に見せれば、誰しも睦美は東北にいると思う。

また睦美の両親に問われた場合、睦美から絵葉書が届いた。消印は東北だが差出人の住所は記されていない。そう応えることができる。

虹子はそう話し、睦美はこの話に乗った」

浜中はようやく得心した。

手は打ってあるから卒業しても両親には捕まらない。

卒業して落ち着いたら、連絡方法を考えてみる。それまでのは嘘だから。

どちらも睦美の言葉だ。「手」とは絵葉書による策をさし、「それまでのは嘘」とは「それまでに届く絵葉書は嘘」という意味なのだろう。

浜中が聞き流していた生徒たちの言葉。夏木はそこからヒントを見つけ、丁寧に推理を紡いだ。

畏敬の念を込め、浜中は夏木に目を向ける。だが、彼の横顔は暗い。

9

「そして卒業の日を迎えた」

短い沈黙を破り、夏木が言う。

「乗用車のハンドルを野垣に握らせ、助手席に虹子、後部座席に睦美がすわって学園を出る。だが、前橋駅の近くでふいに虹子が、地下駐車場へ車を入れるよう野垣に命じた。そうですよね」

と、夏木が村重に目を向けた。村重がうなずく。

睦美は学園を出てから、どうなったのか。睦美が卒業した日の夕食前に、里優馬ともうひとりの生徒が野垣に問うた。

その時のやり取りを、村重はもうひとりの生徒から聞き出し、先日の捜査会議で報告したのだ。

夏木が話を継ぐ。

「虹子に指示されて、野垣は地下駐車場の奥、がらんとした場所に車を停めた。睦美とふたりで話があるから、どこかの喫茶店で三十分ほど時間を潰せと虹子がいう。野垣は車を降りて、駐車場を出た。きっかり三十分後に野垣が戻れば、すでに睦美の姿はない。睦美はひとりで前橋駅へ向かった。用は済んだからこのまま学園に戻れ。虹子がそう言い、野垣は従った。もうお気づきと思いますが」

と、夏木は泊に目を向けた。

「地下駐車場で野垣を追い払い、その間に睦美を車のトランクに隠したってわけか」

「はい。車は学園に戻り、ひとけのない時を見計らい、虹子はトランクから睦美を出した。とりあえず、睦美を虹子専用の小屋にかくまう」

「睦美の協力がなければ、できない芸当だぜ。睦美はなぜ、学園に戻ってきたんだ？」

「睦美が卒業したあと、両親はどう動くか。しばらく学園内に身を隠し、そのあたりを見極めたほうがいい。言葉巧みにそういうことを、虹子は睦美に囁いたのでしょう」

「両親への恐怖心を利用して、虹子はうまく睦美を操ったのか」

苦い思いを吐き出すように、泊が言った。無言でうなずく夏木の双眸に、険しい光が宿る。

「そして睦美を死へ誘《いざな》った」

ぽつりと美田園が呟いた。降りてきた静寂の中で、浜中は思いを巡らす。

野垣が運転する車を、前橋駅へ着ける。そこで睦美が車を降り、虹子は野垣とともに駅舎へ入る彼女を見送る。睦美は駅舎で時間を潰し、それからタクシーに乗って学園へ密かに戻る。

そちらのほうが上策ではないか。だが虹子はそれをせず、地下駐車場で野垣を追い払うという、やや不自然な振る舞いに出た。

前橋駅前から与古谷学園の近くまで、睦美らしき女性を乗せた。

のちに警察の捜査によって、タクシー運転手のそういう証言が出ることを、虹子は恐れたのではないか。

ならば――。

暗渠《あんきょ》の中に落ち込むような、やり切れない思いを抱えて浜中は唇を噛む。

睦美を両親から逃がすつもりなど、虹子には毛頭なかったのだ。睦美に手を貸すふりをして、殺す。虹子は最初からそれだけを狙っていた。

夏木がしじまを破る。

「睦美を小屋にかくまった虹子は、それから三日以内に睦美を殺した。キョウチクトウの毒を多量に与えての毒殺です」

座がしんと静まった。だがそのあとで、声にならないざわめきが広がっていく。

「夏木」

村重が言った。

「なんです?」

「虹子が睦美を殺した。夏木の話を聞くうちに、それはおれにも察しがついた。だがなぜ三日以内と断言できる?」

「睦美が卒業した日の翌々日。里優馬は夜、個室の窓から溶接場の方向に、小さな光の瞬きを見る」

「その頃優馬は実験台として、虹子に毒を盛られていた。毒の作用で目がチカチカしたのだろう」

「キョウチクトウの毒による幻視。おれもそう考えた。恐らく優馬本人は、今もそう思っている。だが違う」

「違う?」

「バーナーでガスボンベの底を丸く焼き切る。底を取り去り、切断した睦美の死体をボンベの中に入れる。焼き切った底をボンベにあてがい、溶接する。それら一連の作業で生じた炎や火花を、優馬は目撃したんだ」

「優馬は実際に光を見たのか！」

「ああ。今、学園で溶接の技術を持つのは、与古谷守雄だけだ」

夏木が言い、泊が口を開く。

「虹子が睦美を殺し、その死体を守雄がボンベに隠したってことだな」

「はい。ところで課長、ひとつよろしいですか」

「なんだい？」

「課長を始め、ここにいる方々に改めてお詫びします。済みませんでした」

と、夏木が深く頭をさげた。

夏木が詫びる原因は、自分にあるかも知れない。どきりとしながらそう思い、よく解らないまま浜中は席を立った。夏木の横で深く頭を垂れる。

「なにやってんだよ」

頭をさげたまま、夏木が小声で言った。

「いや、その、成り行きで……」

「まったく」

「ふたりとも、頭をあげな」

泊の声がした。ゆっくりと顔をあげれば、満座の視線が集まっている。

「詫びた理由を話してくれ」

泊の言葉にうなずいて、夏木が口を開いた。

「二日前、与古谷虹子を取り調べました。その時私は『卒業後、睦美さんは東北から絵葉書を出したという。今も東北に住むのか解らないが、一刻も早く彼女を探し、事情を訊きます』と言った。すると虹子はうっすら笑ったのです」

「睦美が死んでいることに、警察は気づいていない。絵葉書の策略により、生徒だけでなく警察もうまく騙せた。そう思い、ほくそ笑んだわけか」

「はい。そして虹子は次の手を打つ」

「次の手？」

「与古谷学園での捜査状況を、弁護士に探らせたのです」

「野垣の死体探しを大々的に始めたのが、ちょうどその日か」

「ええ。虹子は弁護士にその様子を聞き、ガスボンベの死体が見つかるのを恐れ、違法捜査だとねじ込んできた。

虹子の笑みの正体に、私があの時気づいていれば、ここまでの苦境はなかったはずです」

「それで詫びたってのか？」

「はい」

「気にしすぎだぜ、夏木」

「ですが」

「それにおれを、見くびるな。お前さん方の責任を取るのが、おれの役目だ。しかしこの首は、そう易々と切らせやしねえ」

と、泊が右手で首筋を叩く。

「まあとにかくすわれ」

泊が言い、浜中と夏木は着席する。電話の音がして、連絡係が受話器を取った。彼が浜中に目を向ける。降ろしたばかりの腰をあげ、浜中は電話のところへ走った。

「浜中か」

受話器の向こうで鶴岡が言う。

「睦美の遺体から、キョウチクトウの毒が出た」

思わず浜中は右手を突きあげた。受話器を置き、そのことをみなに告げる。瞬間、会議室の空気が沸騰した。

「よし！　資料を作成し、一気に逮捕状請求まで行く」

泊が檄を飛ばし、捜査員たちの歓声があがる。浜中たちはすぐ、書類作成に入った。

書類仕事であっても、きびきびやれば汗をかく。捜査本部は汗の匂いと熱気に包まれた。

静かな闘いの時が刻々と流れ、熱いみそ汁と握り飯の夜食が配られた。それをほおばりながら、浜中たちはペンを放さない。

解剖は夜更けに終わった。睦美の死因はキョウチクトウの毒による心臓麻痺とみられ、腰部の切断のほか目立つ外傷はないという。

未明になって、群馬県警の科捜研から嬉しい報告がきた。虹子の小屋から見つかったキョウチクトウの毒と、睦美の遺体から検出されたキョウチクトウの毒。ふたつの成分が、完全に一致したという。別の誰かが抽出したキョウチクトウの毒で、睦美は死んだ。

もはや虹子は、そういう言い逃れをできない。

科捜研からの捷報《しょうほう》に励まされ、浜中たちは書類を綴る。やがて夜が明け、資料はすべて揃った。

10

鉄格子の嵌まった小窓から、朝の光がさし込む。その小窓を背に虹子が椅子にかけ、机を挟んで夏木がすわる。浜中は夏木の横に立ち、ほかに記録係がひとり、隅の机にいた。

前橋警察署四階の取調室だ。同じ階の別室では、望月たちが守雄を取り調べている。

杜川睦美殺害及び死体遺棄の容疑で、群馬県警は今朝、虹子と守雄を再逮捕した。それだけではない。

吐き気、腹痛、食欲不振、目眩。

睦美はこれら症状に襲われて、キョウチクトウの毒による心臓麻痺で亡くなった。関村広茂も同様の症状を見せ、原因不明の心臓麻痺で死んだ。

ここまで揃えば、ふたつの死は同一人物の犯行とみて構わない。

虹子が毒殺したであろう睦美の死体が出たことにより、虹子の関村殺害容疑が強まったのだ。関村広茂殺害容疑についても、近々虹子への逮捕状が取れるだろう。

「さて、始めましょう」

夏木が言った。虹子を見据え、昨夜の捜査会議で話した推理を語る。机に肘を突き、ふて腐れた様子で虹子はそっぽを向く。

「キョウチクトウの毒を大量に与え、あなたは睦美さんを殺害した」

やがて夏木が結んだ。

「覚えてない、知らない」

と、虹子がうそぶく。取り合わず、夏木が言う。

「それからあなたは守雄と協力し、睦美さんの遺体をガスボンベに隠す。ボンベから腐敗臭が漏れるのを防ぐため、死体をラップで包み、ビニール袋を三重にかぶせた。

しかしこの腐敗防止策こそが、あなたにとって致命傷になる。死体の保存状態がよく、排出されずにキョウチクトウの毒が体内に残ったまま、発見できたんだ。

死体が白骨化していれば、毒は検出できなかったはず。

植物学者はそう言っていましたよ」

「知らないって言ってるでしょう」

虹子が夏木をにらみ据えた。だが青ざめて、まぶたの下の痙攣を隠せない。

「あなたの小屋と睦美さんの体内から、同じ成分の毒が見つかったのです。これ以上の物証はない。年貢の納め時ですよ」

「誰かが私の小屋に入り、勝手に毒を抽出したのよ！」

きいきい声で虹子が言う。

「丸太小屋で鍋や薬缶を使い、キョウチクトウを煮詰めた。先日の取り調べであなたはそう言った」

冷徹に夏木が返す。

「言ってない！」

「その時の調書、ご覧になりますか？」

虹子の唇がわなわなと震え、そこへノックの音がした。扉が開いて、刑事が顔を覗かせる。

「いいか？」

刑事が言った。うなずいて、夏木が腰をあげる。刑事に誘われるまま、夏木は部屋を出た。

扉が閉まると、虹子は左右に視線を流した。それから浜中を仰ぎ見て、口を開く。

「刑事さん」

「なんです？」

「取り調べ、代わってくれない？」

「え？　どうしてです」

「あの刑事、虫が好かないのよ」

「そう言われましても」

「あなたになら、全部打ち明けてあげる」

囁くように虹子が言う。その言葉が本心であれば、夏木に相談すべきかも知れない。

そう思い、浜中は虹子の目を見た。しかし彼女の本心が読めない。

「あなたに話したいのよ」

真面目な面持ちで、虹子が言う。

「はあ……」

「私があなたに話せば、あなたの手柄になるわよ」

浜中は目を見開いた。

「手柄、ほしいでしょう」

と、虹子がにんまり笑う。

「勘弁してください」

「え？」

「取り調べを代わること、できません」

虹子に申し訳なく思いつつ、浜中はきっぱり断った。

「ふん、見抜いたのね」

と、虹子が吐き捨てる。

「なにをです？」

「取り調べるのがあんたなら、与し易い。のらりくらりとやり過ごせる。その私の思いを見透かしたのでしょう」

「そうだったのですか⁉」

驚きを隠せずに、浜中は声をあげた。

「とぼけるんじゃないよ」

口汚くそう言って、虹子が背もたれに身を預ける。扉が開き、夏木が入ってきた。

11

夏木が席に復し、虹子に視線を据えた。ふてぶてしい態度を装い、虹子が夏木の視線を受け止める。机の上で夏木と虹子の視線がぶつかり、ひりひりするような沈黙が降りた。

「与古谷守雄が自供した」

やがて夏木が言った。まなじりが裂けんばかりに、虹子が目を見開く。虹子から目をそらさず、夏木は守雄の自白内容を語り始めた。

今年三月のとある夜。午後十時過ぎに本部棟を出た守雄は、学園内にある夫妻の自宅へ入った。先に本部棟を出たはずの虹子の姿はなく、彼女専用の丸太小屋にいるのだろう思い、守雄は酒を飲み始める。

ほどなく虹子が帰ってきた。顔色は青ざめて、震えてさえいる。

「杜川睦美が死んだ」

いきなり虹子が言った。睦美は昨日卒業したばかりだ。首をひねりつつそう問えば、睦美は車のトランクに身を潜めて学園に戻り、丸太小屋に隠れていたという。

「なぜ死んだ？」

藪から棒の話に動揺しつつ、守雄は問うた。

「心臓麻痺だと思う。ほら、あの子ずっと、体調崩してたから」

守雄は安堵した。病死であれば一一九番へ連絡すればいい。しかし虹子は首を横に振る。

「卒業したとみせかけて、睦美をかくまった。それが睦美の両親に知れれば、たいへんなことになる。損害賠償とか請求されたらどうするの？」

「金のことなど……」

「お金は大事」

言って虹子は切り出した。睦美は昨日、与古谷学園を卒業した。虐待を受け続けた両親のところへ帰らず、行き先を誰にも告げず、睦美が前橋駅からひとりでどこかへ行ったとしても、おかしくはない。いや、むしろそのほうが自然だろう。

睦美の死体をうまく隠せば、彼女が与古谷学園に戻って死んだことを、秘密にできるのだ。

「ならばその辺の山中に遺棄するか？」

守雄は問うた。

「むしろ学園内のほうが安全よ」

虹子が応える。

「学園？」

守雄は腕を組み、すると虹子の口から、溶接場という言葉が出る。

溶接場は長く使っておらず、プロパンガスのボンベは放置されたままだ。供給していたガス会社はすでに倒産、ボンベが回収される心配はほとんどない。

溶接工であった守雄ならば、ボンベの底を開けられる。死体を隠して溶接すれば、まず見つからない。

それでもずっと、そのままというわけにはいかない。いずれ学園内のどこかを造成し、その際ボンベごと死体を土中に埋めればいい。

虹子にそうかき口説かれ、守雄はやがて同意した。

「準備を整えて翌日の夜、ボンベの中に睦美の死体を隠した。守雄はそう自供した」

言って夏木が口をつぐむ。

取調室が静寂に包まれて、しかし虹子がしじまを破る。とてもおかしそうに、彼女はけらけら笑ったのだ。

浜中は唖然とした。険しい面持ちで、夏木が虹子を凝視する。大きな口を開け、目尻から涙さえ流して虹子は笑う。

やがて虹子は疲れたふうに、ゆっくりと笑みを引いた。しかし涙は流したままだ。

「あの馬鹿が、自供するとはね」

ぽつりと言って、虹子はまばたきした。涙の滴が机に落ちる。右手の袖でそれを拭い、挑戦的な面持ちを浮かべて夏木を見据え、虹子が口を開く。

「夫の言うとおりよ」

「罪を認めるのですね」

と、夏木は机の上に両肘を突き、両手を握り合わせた。その両手にあごが触れるか触れないか。そのぐらいだけ身を乗り出す。

「仕方ないじゃない」

ふて腐れた、虹子の声だ。そして彼女は話し出す。

「毒の効き目を見るため、まずは生徒で試そうと思ったわ。でも、全員に盛るのは危険でしょう。男子と女子をひとりずつ、選び出した。

睦美はいい子。私の言うことをなんでも聞いた。優馬はそれほど素直じゃないけど、可愛い顔してるからね。ちょっとこう、虐めたくなるのよ」

胸が痛くなるほどの憤りが、浜中の裡に湧く。そんな理由でふたりに毒を盛ったというのか。

「生徒たちの食事は、私と女性職員が作る。彼女の目を盗んで、睦美や優馬の食事に毒を盛るなど、造作もなかった。茶道の時間の茶菓子にも、簡単に混ぜ込めるしね」

よほど強く握り合わせているらしく、夏木の両手の指先が白い。

「あとは大体、あなたがさっき言ったとおりよ」

虹子が言った。思わず浜中は口を開く。

「どうして睦美さんを殺害したのです？」

「解らないの？」

と、虹子がせせら笑う。

「聞かせてください」

「キョウチクトウの毒、怖いほど効いたわ。あとは致死量を知るだけ」

「まさか、そのために睦美さんを？」

「ええ、そうよ」

「ひどすぎる」

浜中は呻く。その浜中を睨みつけて、虹子が言う。

「人を殺すのに、いい理由とか悪い理由があるの？　いい理由であれば、殺人は正当化されるの？　そんなことないでしょうが！」

反論の言葉が見つからない。悔しさにまみれながら、浜中は押し黙った。夏木が口を開く。

「そう、殺人は絶対に正当化されない」

「でしょう」

と、虹子が勝ち誇る。

「その殺人という大罪を、あなたは犯したんだ」

言葉をつぶてにして、虹子にぶつける。そんな夏木の口調だ。

「心臓麻痺に見せかけて関村を殺すには、致死量以下の毒を長期間、与え続ける必要がある。だからあなたは睦美さんの体で、致死量を確かめた。そうですね？」

「ふん」

と、息を吐き出し、それから虹子がうなずいた。

「睦美さんを殺害し、あなたは関村に毒を盛り始めた」

「そうよ」

捨て鉢な声で虹子が応える。

「なぜ関村を殺そうと思ったのです？」

「飼い犬のくせにつけあがったからよ。夫は関村に目をかけていたから、仕方なくほかの教職員より高い給料にした。そのお金も、勿体なかったしね」

左手で髪を弄びながら、虹子は言った。守雄の片腕然として振る舞う高給取りの関村が、疎ましかったのか。

だが——。

浜中は内心首をひねった。心臓麻痺に見せかけて関村を殺す。そのために優馬と睦美に毒を盛り、さらに睦美まで殺すのは大仰過ぎる。

関村ひとりを殺すのが目的ならば、生徒まで巻き込んで毒を使わず、ほかに方法があったのではないか。

「ただ致死量を確かめただけではない。あなたはキョウチクトウの毒を、自在に操れるようになりたかった。だからふたりの生徒に都度、量を変えて毒を与えた。違いますか？」

静かに夏木が問うた。さっと表情を消し、虹子は無言を守る。夏木が言う。

「自在に毒を使えれば、いつでも人を弱らせて、あるいは殺すことができる。実際あなたは心臓麻痺に見せかけ、関村を毒殺した。だがあなたの悪計はそれだけで終わらない」

夏木が言葉を継ぐ。

「関村の死のほとぼりが冷めたあと、あなたは与古谷守雄を毒殺し、心臓麻痺死、あるいは病死に思わせようとした。そうして学園の実権を握る。

それこそが、あなたの真の目的だ。だからあなたは守雄にさえ隠し、自分の小屋で毒を抽出した。また睦美を毒殺したことを、守雄に黙っていた。そうなのでしょう」

「どうかしら」

言って虹子は、にいっと唇を開く。

その、ぞっとする笑みを見て、浜中は確信した。夏木の言葉どおりなのだ。

虹子のあまりの悪辣さに、浜中は戦慄さえ覚えた。

12

願いを込めて、浜中は扉を叩いた。与古谷学園本部棟三階、里優馬の個室の扉だ。

虹子への取り調べを終えた浜中と夏木は、報告書を作成したのちここへきた。

ややあって扉が開き、優馬が顔を覗かせる。その表情はひどく硬い。だがともかくも扉を開けてくれたことに、浜中は感謝した。

「昨日から今日にかけて、様々なことがありました。少しお話ししたいのですが」

浜中の言葉に、優馬は無言でうなずいた。だが廊下へ出るつもりはないらしく、その場を動かない。

浜中と夏木が廊下に並び立ち、少し開いた扉を挟んで室内の優馬と向かい合う。そういう状態だ。

浜中は口を開いた。

「野垣先生、九州の佐世保市にいました」

「え？」

と、優馬が目を見開いた。そのあとでわずかに表情を和らげる。野垣が生きていたと知り、安堵したのだろう。

優馬にうなずきかけて、浜中は話し始めた。

大学で植物学を学んだ野垣は、植物の毒性に詳しい。虹子の挙動と、睦美や優馬の体調の変化。野垣はキョウチクトウの毒に思い至り、ひどく虹子を恐れた。

しかし睦美は無事卒業したと野垣は思い、そのあと優馬も体調不良を訴えない。毒は思い過ごしかと胸をなで下ろした矢先、関村が体調を崩す。どうやらキョウチクトウの毒による症状だ。

やはり虹子は毒を使っている。いずれ虹子に毒を盛られ、学園内で誰かが死ぬのではないか。それは自分かも知れない。

野垣はそう思い、そそけ立ち、以来学園から逃げ出すことばかり考えた。

そんな六月のある日。奉仕作業の休憩時、優馬や藤瀬玲奈と話す機会がくる。

彼らにほんとうのことを話そう。野垣はそう思い、けれど怖くて毒のことを言い出せない。

「真情を少し吐露することしか、できなかったそうです」

と、浜中は一旦口をつぐんだ。

誰だって、死は怖いだろう――。

休憩時間に、生徒たちへ言い残した野垣の言葉だ。

この言葉を聞いて、生徒たちの何人かは、野垣は殺害されたのではないかと考えた。そのたまらない想いを受け止めて、のちに夏木は守雄の「個人」という言葉を「故人」だと推測してしまう。

束の間の回想を終えて、浜中は話を再開する。

その夜、野垣は与古谷学園から姿を消す。けれど安中市の自宅には帰れない。

野垣はかつて、高崎市内の高校で教鞭を執っていた。だが女生徒との関係を噂され、高校を辞めた。虹子はその弱みを握る。安中市の自宅に虹子が乗り込んで、与古谷学園に戻らなければ過去を暴露すると、言い出す恐れがあった。

虹子や学園から逃れるため、野垣ははるばる九州へ向かう。小さい頃に暮らした佐世保市で、とりあえず生活を始めた。ささやかな貯金が底をつく前に、職を見つけてアパートを借りる。やがて暮らしは落ち着いた。

いずれ過去にけりをつける。その思いをゆっくり溶かすように、静かに日々が流れていく。かの地で知り合った女性との交際も始まった。

だが――。

「野垣先生はとある工場で軽作業のバイトをしていたのですが、休憩時間にテレビを見て、仰天したそうです」

浜中は言った。優馬は硬い面持ちを崩さないが、浜中の話にしっかり耳を傾けている。

「関村広茂殺害事件が、報じられたのです。バイトが終わるのを待ちかねて、野垣先生は新聞を買い込み帰宅した。中古で買った小さなテレビをつけ、報道番組に見入ります。

やがて野垣先生は事件のあらましを知り、けれど犯人逮捕などの、解決に向けた続報は流れない。

今、自分が警察へ出向いて与古谷学園のことを打ち明ければ、捜査は進展するのではないか。さらに学園の内情も、白日の下に晒されるかも知れない。

けれど自分は学園内で、加害者側に立つ人間だ。与古谷夫妻や関村に命ぜられ、生徒に対して体罰めいた振る舞いをしたことさえある。

警察に出向けば、傷害罪で逮捕されるのではないか。

それを恐れて煩悶し、野垣先生はとても苦しんだようです」

「なぜ」

ふいに優馬が言った。

浜中の話を聞くうちに様々な思いが優馬の胸に満ち、それが溢れて言葉になったのか。浜中は口を閉じ、そっと優馬を窺った。

「野垣先生が苦しまなくてはならないのか。苦しむべきやつらは、のうのうとしてるのに」

呪詛《じゅそ》の言葉を吐き出すように、暗い声と暗い目で優馬が言った。哀しそうなまなざしで優馬を見て、夏木が口を開く。

「与古谷守雄と与古谷虹子は今朝、殺人及び死体遺棄罪で再逮捕された」

これから優馬に、睦美のことを伝えなくてはならない。そのつらい役目を、夏木は引き受けるつもりなのだ。

「済みません」

浜中は言った。それに応えず、夏木が話し始める。

13

浜中は夏木とともに、無言で風の中を行く。振り返れば本部棟があって、優馬の個室の窓が見えた。カーテンが引かれ、部屋の様子は窺えない。

そこにいるはずの優馬に思いを馳せ、浜中はたまらない気持ちになる。

あれから夏木は優馬に向かい、睦美毒殺事件についてことさらに淡々と語った。睦美の死を知り、優馬はたいへんな衝撃を受けたはずだ。しかし優馬は取り乱すことなく、口を挟もうとせず、黙って耳を傾ける。

話の途中で、優馬の目から涙が落ちた。それを拭わず、はらはらと落涙しながら、優馬は夏木の話を聞く。

やがて夏木が話し終え、真っ赤な目をした優馬は小さく頭をさげ、静かに扉を閉めた。夏木と廊下に立ち尽くし、なすすべのない自分の無力さが哀しくて、浜中は泣いた。

ほどなく夏木に背を叩かれて、廊下を階段へ向かう。一階まで降りて本部棟を出て、浜中と夏木はしばらくの間、ただ風に吹かれた。そして歩き出したのだ。

十字路を過ぎて、浜中と夏木は先を左へ折れた。林道の彼方に溶接場が見えてくる。

浜中たちは溶接場の前で足を止めた。群馬県警の車両が何台か停まり、鑑識の姿がある。

「それにしても、お前はすごいな」

つらい思いを吹っ切るように、声を励まして夏木が言った。

「なにがです？」

いつもの口調を心がけて、浜中は問うた。

「関村殺害の凶器とマントを鳶が運んだ。そんな珍推理を披露しつつ、ガスボンベを倒して、睦美の死体発見という離れ技を演じて見せた。決して真似できない芸当だ」

「ボンベに足をかけた時、強い風がきて無様《ぶざま》に転んだ。それだけですよ。それより先輩、珍推理とはあんまりですよ」

と、浜中はことさらに憮然を装った。小さく笑い、夏木が口を開く。

「少し言い方が悪かった。奇想天外な推理に訂正するぜ」

「それほど変わらない気もしますけど」

普段どおりのやり取りだ。そのことにほっとしながら、浜中は応えた。

夏木が言う。

「強い風か。これからしばらく、このあたりには北からの烈風、赤城おろしが吹くな」

「そういえば関村広茂が死んだ夜も、赤城おろしがきてましたね」

「確かにあの夜は、風が強かった。風？」

と、夏木が自らの言葉に首をひねる。

「どうしたんです？　先輩」

「風……」

そう呟く夏木の双眸に、針のように鋭い光が灯った。その光がじわじわと輝きを増す。

「ちょっときてくれ」

言って夏木が歩き出した。無言でうなずき、浜中は夏木の背を追う。

夏木は足早にきた道を戻り、やがて林道の左の林に踏み込んだ。関村の死体が見つかったあたりだ。ぐっと歩度を落とし、獲物に近づく野獣さながらの足どりで、夏木は林を行く。浜中はその背を追った。

関村広茂殺害現場をとおり過ぎ、浜中と夏木は林の中を北へ進んだ。少し先にぽっかりと、テニスコート二面分ほどの空き地がある。畑の跡地だ。

その手前で、夏木は足を止めた。浜中も横に立つ。わずかな木漏れ日がさす林の中、目の前の空き地にだけは陽ざしがたっぷり注ぐ。

一見穏やかな景色だが、空き地の中には点々と黒い染みがある。血痕だ。数日前に鑑識が見つけ、その時浜中と夏木も居合わせた。

浜中は振り返った。目を凝らせば浜中たちが歩いてきた道にも、血の痕がある。

鑑識によれば犯人は、返り血のついたマントを手に持ち、関村殺害現場から空き地にかけて、さらに空き地を横断するように、直線上に歩いたという。だからその道程に、血の筋ができた。

「犯人はなぜマントを手に、空き地のど真ん中を歩いたのか」

問うように、呟くように、夏木が言った。

「凶器やマントを持って現場から逃げた。それだけではないのですか？」

「いくら夜で暗いとはいえ、おれならば人目を避けて、木々の間を縫って逃げる。きっと犯人には、空き地を横断した理由がある」

言いながら、夏木は思考を練っているようだ。浜中は沈思したが、解らない。そもそも浜中は、考えるのが苦手なのだ。

夏木流に行こうと思い、浜中は感じたことを口にした。

「血の雨が降ったように、見せかけたとか」

と、夏木がこちらを向く。浜中を射るような、鋭いまなざしだ。

「なに⁉」

「済みません、思いつくまま言っちゃいました」

浜中は頭をかいた。現場から空き地にかけて、夏木が視線を薙ぐ。

「刈込鋏にマント。それから……、そうか、糸だ！」

夏木が声をあげた。頼もしい笑みを浮かべて言葉を続ける。

「そう、犯人は血の雨を降らせた。いや、違う。結果として血の雨が降ったというべきか」

「あの、僕には何が何だか……」

「関村を刺した刈込鋏がなぜ、与古谷学園から二キロ半離れた国道の、上空五十メートルから降ってきたのか。その謎が今、解けた。ありがとうよ、相棒」

言って夏木が小さく頭をさげる。浜中はただ、首をひねった。

14

「どうして刈込鋏は、空から降ってきたのです?」

浜中は問い、すると夏木が肩をすくめた。

「ほんとうはお前、なにもかもお見とおしじゃないのか」

「そんなことありませんよ」

浜中は顔の前で、手を左右に振る。

「お前のお蔭で解ったんだぜ。そのお前に聞かせるってのも、おかしな話だが……。まあいい」

と、夏木は空を指さした。話を継ぐ。

「今頃から春先まで、このあたりには北からの強い風がよく吹き抜ける。そう、赤城おろしだ。上州のからっ風と呼ばれて、名物にさえなっているだろう」

「はい」

「学園に暮らす犯人にとって、この時期の強い北風は容易に予想できる。そこで犯人は刈込鋏、マント、ビニール製の青い手袋、ゴミ捨て用の黒いビニール袋、そして白い糸を用意した。これらを使い、見事に凶器を学園の外へ運ぶ」

「どうやって……」

「刈込鋏を目一杯開けば、閉じないようにロックがかかる。つまり刈込鋏はX状に固定される」

「はい」

「マントはバスタオルよりもやや大きな一枚の布だ。さらに糸とゴミ袋がある。まだ見つかっていないが、犯人は『足』も用意したかも知れない」

謎めいた夏木の言葉に、浜中は首をかしげた。

「お前も正月には、よく遊んだはずだぜ」

「正月？」

またしても解らない言葉が出た。だが次の瞬間、浜中の脳裏でマントと刈込鋏が重なり合う。思わずぽかんと口を開け、浜中は棒立ちになった。

「まさか、凧」

浜中は呟いた。

「ああ、そうだ。刈込鋏をX状に固定し、マントを広げてあてがう。糸を何本か短く切り、それらでマントの端を刈込鋏の柄に結びつける。するとその形状は、洋凧そのものだろう」

「確かに」

「関村を刺したあと、犯人は刈込鋏とマントで特製の凧を作ったんだ。草刈り作業で手にする刈込鋏、与古谷虹子がよく着るマント。それらを見て犯人は、思いついたのだろう。

それから犯人は長い糸を用意し、U字型になるよう刈込鋏の柄に引っかけた。糸の両先端を握り締め、背負う格好で特製の凧を持ち、空き地へ向かって走り出す。

空き地に入る寸前、犯人は走りながら凧を手放す。空き地には木がない。梢に遮られることなく、凧は空へ舞いあがる。

犯人は糸を持ち、なおも空き地を駆け抜けた。鋏とマントの血はまだ乾いておらず、その助走路には文字どおり、血の雨が降る。

血よけのために、犯人はゴミ袋を被っていただろう。しかしすべてを避けることなどできない。犯人の着衣には、血痕がついたはずだ。洗い落としてもルミノール反応で解る」

一陣の烈風がきた。過ぎゆく風を目で追って、夏木が言う。

「この赤城おろしに煽られて、特製の凧はぐんぐん上昇する。立ち止まっても、もう凧は落ちない。そう判断し、空き地の終わりで犯人は足を止めた。振り返って糸を操り、凧をさらに上空へ揚げる。

それから犯人は、ふたつ持っている糸の先端のひとつを放す。糸は刈込鋏の柄に、引っかけてあるだけだ。持っているもうひとつの先端を引けば、糸はするすると回収できる。

しかしそうなると、凧はもう操れない。凧は赤城おろしを受け、彼方へ飛び去る。空き地の隅に立ち、少しでも遠くまで飛んでほしいと、祈る思いで犯人は凧を見送った。

だが犯人は刈込鋏とマントを、何本かの短い糸でわざとゆるく結んだはずだ。強い風により、やがて一本の糸がほどける。その部分が刈込鋏から離れ、マントは千切れるように、はためくだろう。

その動きによって、残りの糸も次々とすべてほどける。そうなればもう凧ではなく、刈込鋏とマント、それに糸はそれぞれに落下する」

「どうして糸でゆるく結んだのです？　たとえば針金で、マントと刈込鋏を厳重に結べばよかったのでは？」

「それならば凧の形状を維持できる。だから遠くまで飛ぶが、風と別れていずれは落下する」

「はい」

「人や車のとおる場所に落ちれば、刈込鋏とマントは凧の形状のまま発見されるぜ」

「でもそれが……。あ、そうか！」

犯人は学園にいながら、凶器やマントを敷地の外へ運んだ。しかし凧の状態で見つかれば、その仕掛けがすぐに知られてしまう。

「強風によって糸はやがてほどける。そして空中でマントと刈込鋏が分離すれば、刈込鋏は瞬間的に落下する。けれどマントはひらと舞い、風に吹かれながら地に落ちる。糸はさらに遠くまで飛ばされるだろう」

浜中はうなずいた。糸は未だに見つかっていない。夏木が言う。

「刈込鋏とマント、さらに糸が別の地点で見つかれば、よもや凧を作ったと思わない。犯人はそう踏んだ」

「凶器を凧にして飛ばすとは、あまりに奇抜です。なぜ犯人は、その発想を得たのでしょう?」

「解らないか、浜中」

「ええと……」

あることに気づき、浜中は愕然とした。そのあとで哀しみと切なさが込みあげる。

「これは犯人にとって、知恵を絞り抜いた方法だった。ここから一歩も出られない状況下、学園内で入手できるものだけを集め、工夫し、凶器を彼方へ運んだ。

その犯人の叡智におれは、感動さえ覚える。刑事のおれが、そんなふうに思ってはいけないのだろうが」

どこかつらそうに、夏木が結んだ。

15

黙りこくった夏木を気遣い、浜中はしばらく風に吹かれた。やがてしじまを破る。

「そこまでして犯人が、凶器を遠くへやった理由なのですが」

夏木が無言で先をうながす。浜中は話を継いだ。

「自分は学園から出られない。凶器が学園の外で見つかれば、犯人とは思われない。そう考えたのですか？」

「それもあるが、より大局を見たのだと思う」

「大局？」

「生徒たちは外部との連絡を遮断され、外へ救いを求めることはできない。脱走して警察へ駆け込んでも、すぐに動いてくれるかどうか。その間にも連帯責任で、ほかの生徒が酷い目に遭う。ならば脱走せずに、警察を学園に呼び込めばいい。警察へ通報せざるを得ない事件を、園内で起こす。

　犯人はそう思い、しかしただ事件を起こすだけでは駄目だと気づく。

　そこで犯人は策を弄した。生徒は個室に閉じ込められ、教師と職員は相互監視下の状況で、与古谷夫妻も本部棟にいる。そういう時間帯を狙い、関村を刺して凶器を遠方へ飛ばした。学園の人々は誰ひとりとして、外へ凶器を捨てに行けない。しかし凶器は遠くで見つかった。事件をそういう状況におき、捜査を長引かせようと目論んだ」

「どうしてそんなこと」

　そこまで言って、浜中は気がついた。

　関村が死んで警察が駆けつけ、その場で犯人が逮捕される。そうなると警察は、すぐに撤収するかも知れない。

　無論捜査員たちは、学園の異様さを知る。だが彼らは凶悪事件が専門だ。生徒への虐待に薄々気づいても、学園の暗部にまで踏み込まない恐れがある。

けれど捜査が長引けば、見かねて手をさし伸べる刑事がきっといる。

切ないほどの願いを込めて、犯人はそう思ったのだ。

実際には泊捜査一課長の果断で、浜中たち捜査員は初動から生徒へ目を向けた。だが、事なかれ主義の警察官僚は多く、捜査員たちは激務の日々で、目のまわる忙しさだ。

そういう人たちがこの事件を担当し、速攻で犯人を逮捕する。虐待のことは見て見ぬふりで引きあげる。その可能性がゼロとは言い切れない。

「関村広茂を刺すという行為自体が、与古谷学園から救い出してほしいという、犯人からのSOSだったのですね」

暗澹たる思いで浜中は言った。

「学園の実態は解明されつつあり、犯人の切なる願いは叶った。しかし関村を刺すという行為は、許されることではない」

夏木が断じた。

沈黙がきて、やがて夏木が顔をあげた。彼の目線を追えば、梢の彼方に本部棟がある。そこにはもう、里優馬しかいない。

「でも先輩。与古谷虹子が関村の死体を見つけたあと、職員たちは三階へ行き、生徒たちの個室を見てまわりました。

扉にはすべて鍵がかかり、異常はなく、生徒は全員個室にいたと職員たちは証言しています」

抵抗するように浜中は言った。暗い面持ちで夏木が無言を守る。静寂が怖いから、すぐに浜中は口を開いた。

「生徒の部屋の窓と鉄格子を調べた結果、鉄格子を留めるネジに、指先でまわして外せるほどの緩みはない。捜査会議で望月さんは、そう言いました。先輩も聞いたでしょう」

夏木は口を開かない。

「扉には外から施錠。窓には外れない鉄格子。個室から抜け出て、関村を刺すことなどできません。そうでしょう、先輩！」

こらえきれず、浜中は夏木の背広の襟を摑む。

「生徒は犯人じゃない」

襟で夏木を揺さぶりながら、自らに言い聞かせるように、浜中は呟いた。夏木は何も言わず、浜中の口からはもう言葉が出ない。怖れていた沈黙がきた。赤城おろしが吹きすさぶ。

「マイナスドライバー一本で、鉄格子は室内から外せる」

やがて夏木が言った。

「身体検査されるから、ドライバーは持ち込めません」

なおも浜中は反駁する。

「しかしお前は見た。そして里優馬が犯人だと、気づいている」

うつむいて、浜中は唇を嚙む。夏木の言うとおりなのだ。

優馬と初めて会った時――。

落ちた葉を優馬が拾い、その拍子に浜中は彼の指先を見た。優馬の右手の爪先は汚れて黒ずみ、ぎざぎざで、ややめくれてさえいた。

教師か職員に生爪を剝がされたのか。

そう思って憤り、優馬と別れたあとで浜中は、夏木に話しかけようとした。けれど夏木は爪の話題に触れるのを、明らかに拒む。

夏木の態度に浜中は首をひねり、するとひとつの疑問が生じた。

生爪を剝がされたとしても、汚れて黒ずむことはない。そのことに気づき、浜中は沈思する。けれどよく解らない。

はっきり気づいたのは二日後のこと。本部棟三階の空き部屋に入り、夏木が窓を調べたあとだ。

夏木によれば、十二本のマイナスネジで、鉄格子は留まっているという。それが優馬の爪先の様子とはっきり繫がった。

「確かに優馬は、マイナスドライバーを個室に持ち込めない」

夏木が言う。

「マイナスドライバー代わりに、優馬は爪の先をネジの溝に入れた。しかし簡単にネジがまわるはずもない。

優馬の爪は傷み、めくれ、ぎざぎざになる。しかし優馬はやめない。気が遠くなるほどの痛みの中、長い時間をかけて一本一本、爪の先で鉄格子のネジを緩めていく。

やがて十二本のネジは、指先でいつでもまわせるようになった。これならば短時間で鉄格子を外せる。そう、優馬はやり遂げた」

切なそうな面持ちで、夏木が話し続ける。

「関村殺害後、優馬は再び壮絶な痛みに耐えて、爪の先でネジを締めた。だからおれたちが彼に会った時、爪の先は汚れてぎざぎざになっていた。

優馬の部屋の窓からは、本部棟の玄関先や、南へ延びる林道が見とおせる。

午後七時半前後に、関村が本部棟をあとにして自宅へ向かう。与古谷虹子は午後九時頃、与古谷守雄は午後十時前に本部棟を出る。ほかの教師や職員は、夜間本部棟から出ない。

優馬はそれを知り、刈込鋏やマントなど、学園内で手に入るものを使っての殺害計画を練る」

夏木が言う。

「やがて計画は整った。だが優馬にとって、ただひとつ気がかりがある。

凧の形状が崩れれば、刈込鋏は落下する。その時真下に、人がいればどうなるか。落ちてきた刈込鋏が脳天を直撃すれば、死亡するのではないか。そうならずとも大怪我を負うはずだ。

そう思い、優馬は心を痛めていた。だからお前が、刈込鋏はミズナラの幹に刺さっていたと言った時、彼は表情を和らげたんだ。

おれたちは警察官だ。優馬が犯人という事実を、しっかり受け止めなければならない。違うか？」

と、夏木が真摯なまなざしを向ける。迷いを断ち切り、浜中はうなずいた。

16

浜中と夏木は林を抜けて林道へ出た。すると右手の彼方から、車の音がする。

立ち止まってそちらに目を向ければ、群馬県警の警察車両だ。鑑識員がハンドルを握り、助手席に村重の姿があった。後部座席には、鑑識員がふたりすわる。

車は浜中たちの前で停まり、村重だけが降りた。

「こっちへくるというから、乗せてもらった」

本部棟のほうへ去り行く車を見送りつつ、村重が言った。相変わらず目の下に隈があり、面貌に疲労の色が濃い。村重は少年課と協力し、生徒たちのために奔走しているのだろう。

「用でも？」

夏木が問い、村重が口を開いた。

「関村毒殺容疑で、与古谷虹子の逮捕状が取れた」

「そうか」

と、夏木が深い息をついた。浜中もわずかに眉を開く。

関村を刈込鋏で刺したであろう優馬の罪は、これで殺人未遂罪になる。死後に胸を刺したのだから、併せて死体損壊罪に問われるかも知れない。しかし優馬は殺人という大罪に問われることはない。

「虹子の逮捕状のことを、おれは真っ先に生徒たちへ話した。関村を刺した人物は、殺人罪を免れる。

それを知り、生徒たちは少しだけ顔をほころばせ、そのあとで大切なことを話してくれた。

それをお前たちに告げようと思ってな」

「そのためにわざわざ、きてくれたのですか。ありがとうございます」

浜中は言った。照れ隠しなのか、横を向いて顔をしかめ、それから村重が口を開く。

「昨年六月。野垣がいなくなり、関村の暴力は激しさを増す。生徒にとって、もはや関村は最大の恐怖だったという。特に最年少の泉田が目をつけられ、彼に対する関村の殴る蹴るは、日々苛烈になっていく」

表情を硬くして、浜中は村重の話に耳を傾けた。

「なんとかしないと、いずれ泉田は殺される。

教職員の目を盗み、生徒たちはそう話し合った。だが打つ手なく、誰も行動を起こせない。なにもできないまま時は流れて、九月のある日。農作業中、ふいに泉田が手を止めた。気づいた関村が叱責する。しかし泉田は作業を再開せず、ただ立っている。

いっそ死にたい。

ぽつりと泉田が囁いた。それを聞き、ねじくれた笑みを浮かべて関村が、『殺してやる』と泉田に暴力を振るう。泉田は虚ろな目で殴られるままだ。その異様さに、生徒たちは呆然とするばかり」

その場面を脳裏に描き、浜中の目が潤む。

「やがて里優馬が動いた。優馬は関村に駆け寄り、すがり、それから土下座して、もうやめてくれと頼み続ける。

ついに関村は手を止めて、しかし教師への反抗は厳罰だ。里優馬は二週間の懲罰房行きとなる」

「あの狭い場所に二週間」

暗澹と浜中は呟く。

「その二週間の間にも、関村は泉田に暴力を振るい続けた。

今にして思えば、この頃の関村は虹子に盛られた毒のせいで、相当体調が悪かったのだろう」

「体調不良のイライラや怖さをぶつけるように、泉田への虐待を加速させたと？」

夏木が問う。

「だと思う。しかし優馬は別の捉え方をした」

「別の捉え方？」

「泉田をかばうため、農作業中に自分は関村に楯突いた。そのことに腹を立て、関村はいよいよ泉田をいたぶるようになった。この事態は自分のせいだ。

懲罰房から出た優馬は、ほかの生徒たちにそうこぼし、とても悔やんだという。

もう限界だ。大げさではなく、このままではひとつの命が消えてしまう。そして泉田が亡くなれば、次は誰かが関村の標的になる。防がなくてはならない。

そんな優馬の言葉を、何人かの生徒が耳にした」

「だとすれば」

「関村を刺したのは優馬だと、彼らは確信している。だから農作業中の事件について、今まで話してくれなかった」

村重の言葉に浜中はうなずいた。優馬は殺人罪に問われない。そのことを知り、生徒たちは優馬が関村を刺したほんとうの理由を、村重に語ったのだ。

「それだけだ」

素っ気なく結び、村重が背を向けた。去り行く彼に、浜中たちは頭をさげる。そのあとで浜中は口を開いた。

「里優馬は泉田を守り、ほかの生徒たちを救うべく、関村を刺したのですね」

騎士の誇りにも似た優馬の思いに打たれ、悲しみと感動が浜中の胸に去来する。しかし苦い面持ちで、夏木は何も応えない。

「どうしたのです？」

「ああ」

と、逡巡の様子を見せて、それから夏木が言った。

「人のためと思って関村を刺したとしても、優馬は間違っている。酷な言い方だが、関村も泉田を、まさか殺すまでいたぶらないだろう。

ならば時間はかかっても、あくまで正攻法で学園の悪辣さを白日の下に晒すべきだ。関村を刺したのは軽挙妄動に過ぎ、あまりに優馬は浅はかだ。

大人として、おれはそのことを優馬にはっきり告げる。

刑事として、関村を刺した優馬に一片の情さえかけない」

きっぱりと夏木が結ぶ。だが彼の双眸には、深い哀しみの色しかない。

「罪は罪……」

浜中は呻く。夏木がうなずき、哀しい沈黙が降りた。

「優馬さん、どうなるのでしょう」

「彼は二度、過ちを犯した」

つらそうに夏木が応える。恐喝された恨みを晴らすため、かつて優馬は長江という人物を、階段から突き落としたという。

夏木が口を開いた。

「恐らく優馬は少年院ではなく、少年刑務所へ入る」

少年院は少年の教育と矯正を目的にし、少年刑務所は少年に刑罰を科す。少年刑務所へ入るということは、実刑判決を受けた成人同様の処罰が、優馬に下るということだ。

たまらない思いが込みあげて、浜中は唇を噛みしめた。しかしどうすることもできない。唇が破れ、浜中の口の中に血が流れる。夏木も無言で立ち尽くし、ふたりはただ風に吹かれた。

「もしかして……」

ふいにあることに気づき、浜中はそう呟いた。

「どうした？」

「これから池澤さんを訪ねましょう」

「この前会った、優馬の同級生か」

「はい」

「なぜ池澤に？」

「池澤さんであれば、優馬さんを救えるかも知れません」

「よく解らないが、お前がそう言うんだ。行こう」

「はい」

と、浜中は駆け出した。

17

与古谷学園本部棟の前に、浜中はレオーネを停めた。助手席の夏木とともに車を降りる。まわりに茂る樹木の葉が、つやつやと朝日を照り返す。その眩《まばゆ》さに目を細めながら、浜中は後部座席の扉を開けた。やや硬い面持ちの青年がひとりだけいる。

その青年が車から出てきた。優馬の友人の池澤俊太郎だ。昨日あれから浜中と夏木は池澤を訪ね、すっかり話を聞いた。

浜中たち三人は、黙って本部棟を見あげる。

「行きますよ」

やがて浜中は言った。しっかりした面持ちで、池澤がうなずく。浜中たちは本部棟に入り、三階まで上った。優馬の個室の前に立つ。

浜中が扉を叩くと、ややあってから細めに開いた。暗い表情の優馬が顔を出す。だが次の瞬間、彼の顔はこわばった。

「お前！」

そう絶句して、優馬は池澤を見つめた。

「よう」

小さな声で池澤が言う。

「どうしてここへきた？」

と、優馬は池澤を見て、それから浜中に目を向けた。

「刑事さんが連れてきたのか？」

浜中を睨みつけて優馬が言う。目をそらさず、浜中は口を開いた。

「優馬さん、あなたは泉田さんやほかの生徒を守るため、関村を刺した。そのあなたであれば、長江事件の時も誰かを助けた、それともかばったのではないか。私はそう思い、すると先日の優馬さんの態度が、腑に落ちたのです」

優馬の家を訪ねた際、浜中は池澤に会った。そのことを優馬に告げると、池澤と何を話したのか優馬は執拗に問い、さらにもう友人には会うなと釘を刺してくる。

家族はともかく友人の池澤にまで会い、浜中たちは何を嗅ぎまわるのか。

優馬はそう感じ、不審と不快さゆえにそう言ったのだと浜中は思った。

だが、違うのだ。

「優馬さん、あなたは長江事件の真相が、明らかになるのを恐れていたのですね」

「なんのことだ？　もう帰ってくれ」

と、扉を閉めようとする優馬の手首を、池澤が握り締めた。

「里」

「いいからお前は帰れ！」

「いや、帰らない。今度はおれがお前を助ける」

決意の滲む、池澤の声だ。

「助ける？　どういう意味だ」

「このふたりの刑事さんには打ち明けたけれど、警察と家裁に行って、長江事件の真相を話す」

「なに言ってる！」

池澤の言葉をかき消すように、優馬が大声をあげた。さらに言う。

「真相もなにも、おれがやつを突き落とした。それだけの話だろう。もう帰れ、二度とおれの前にくるな。お前とは絶交だ！」

「絶交でも何でもいい。おれは話す」

「この刑事の口車に乗ったのか？」

と、優馬が浜中と夏木を睨みつける。

「おれの意思だ」

強い口調で池澤が言い、優馬がため息をつく。切ないほどの沈黙がきて、そのしじまを夏木が破った。

「おれも若い頃、同じようなことがあった。だが今ならば知る。かばうより、かばわれるほうがつらいこともある」

「でも……」

優馬が声を落とした。夏木が言う。

「今、真相を打ち明けなければ、池澤さんの心の負担は一生消えない」

「おれがやったことは、無駄だったのか。逆に負担さえ、池澤にかけたというのか」

苦い思いを言葉に包み、それをひとつずつ口から出すようにして、優馬が言った。

思わず浜中は口を開く。

「そんなことはありません。あの時のあなたの優しさが、池澤さんを救ったのです。身代わりになるという、あなたの振る舞いがあればこそ、今、池澤さんはこの場所にいる。

だからすべてを打ち明けて、あなたと池澤さんに訪れる事柄を全部受け止めて、その上でどうかふたりで歩いて下さい。あなた方には家族がいるし、ささやかながら僕たちも、力になりますから」

18

前橋市内のおでん屋に、浜中はきていた。泊捜査一課長、美田園係長、夏木も一緒だ。奥の個室を四人で占める。

生徒への傷害罪及び逮捕・監禁罪で、群馬県警は野垣学を含め、与古谷学園の主立つ教職員を逮捕した。

与古谷虹子には、さらに関村広茂と杜川睦美の殺人罪が、与古谷守雄には死体遺棄罪がある。

彼らの身柄は検察庁へ移された。今後、裁判で与古谷学園の実態は明らかになる。

村重らの奮闘により、与古谷学園の生徒たちは新しい道を歩き始めた。家に戻った者、児童養護施設に入所した者、篤志家との間で養子縁組の手続きを進める者、それぞれだ。

関村殺害事件の犯人をあげる。

与古谷学園の全貌を暴き、与古谷夫妻や関村の罪状を明らかにする。

生徒たちを無事に保護する。

泊が掲げた三つの本線をすべてやり遂げ、捜査本部は解散した。そして泊が一席設けてくれたのだ。

「お待たせしました」

と、ふすまが開いて店員が顔を覗かせた。瓶ビールやグラス、突き出しの小鉢を置いて去る。グラスに注ぎ合い、浜中たちは乾杯した。

おいしそうにビールを飲み、それから泊が口を開く。

「村重の野郎、おれの誘いを断りやがった」

一杯奢ると泊に声をかけられ、にべなく断る村重の姿を思い描き、浜中はくすりと笑った。

「優馬君、これからどうなるのでしょう？」

美田園が泊に問う。

関村を刺したことを、里優馬は自供した。彼の身柄は今、家庭裁判所にある。

「長江事件の真相が明らかになれば、関村の事件において家裁は、優馬に寛大な処置を下すだろう。それに関村を殺害したのは虹子であり、優馬の罪は殺人未遂と死体損壊だ。優馬は少年刑務所ではなく、少年院への入院になると思う」

「よかった……」

心からという表情で、美田園が言った。浜中もうなずく。

「だがな」

しんみりと、泊が言う。

「殺人罪は免れたが、殺意を持って関村を襲ったという咎《とが》は消えない。優馬はこれから一生かけて、その罪と向き合うことになる」

「でも、大丈夫です」

浜中は言った。優馬には、すべてを知って温かく見守る家族がいるのだ。優馬がくじけそうになった時、家族や友人たちがきっと手をさし伸べる。

「人はひとりじゃないからな」

泊が言った。そこへ声がかかり、ふすまが開く。女将がきて、土鍋を卓上コンロに置いた。彼女が蓋を取れば、おでん種がぐつぐつ煮立っている。

「おいしそう！」

美田園が言った。美田園が取り分けて、さっそくみなで食べ始める。

ビールを飲み、おでんをつまみ、浜中の心が和らいでいく。

今回の事件にうまく幕を引けたのか。浜中には解らない。しかし夏木と浜中に対し、最後に優馬はこう言った。

刑事さんたちが事件を担当してくれた。僕にはそれが幸運でした――。

小島正樹の再挑戦——《奇想》で倒叙を滾《たぎ》らせろ

遊井かなめ

「クルマは楽しみに行くために走ってたんじゃなくて、楽しみながら走っていたの」

——サリー・カレラ（『カーズ』）

1

「《奇想》と《不可能》を探求する革新的本格ミステリー・シリーズ」をコンセプトとして掲げ、島田荘司と二階堂黎人が監修を務める〈本格ミステリー・ワールド・スペシャル〉（以下、〈本格MWS〉）。同叢書の幕開けを飾ったのは、小島正樹『龍の寺の晒し首』（二〇一一年）だった。

同書の帯には「消失する首　ボートを漕ぐ首のない屍体　空を舞う龍　小島ワールド炸裂!!」とある。「小島ワールド炸裂!!」と謳われているものの、これが同時に《奇想》と《不可能》が炸裂したものであること、つまり〈本格MWS〉のコンセプトを体現したものであることは、ミステリー読者であればすぐに気づくはずだ。単純化しすぎていることを自覚しつつ、あえて言えば、島田荘司、延《ひ》いてはJ・D・カーの系譜にあるもの、カーの作品の要素が色濃くあるもの——それらが同叢書の指標として設定されていることとは、『龍の寺の晒し首』の刊行とともに読者に明確に提示されたと言えよう。
実際、エラリー・クイーンをX軸にG・K・チェスタトンをY軸にとったかのような作風の深水黎一郎も、〈本格MWS〉にはカー的な世界／思想をZ軸として取り入れることで〝参戦〟している（『世界で一つだけの殺し方』、二〇一三年）。カー的なものを指標とした競作シリーズ――同叢書を端的に言い表すならば、そういうことになる。

さて、今作『浜中刑事の迷走と幸運』で一一作目となる〈本格MWS〉だが、小島正樹はこれまで三作品を〝出品〟したことになる。もちろん、この数字は最多だ。その理由として、小島が元来志向する作風と、同叢書の方向性がほぼ一致しているからというのはあるだろう。〈本格MWS〉の読者は《奇想》と《不可能》を渇望する読み手である。それゆえ、陳腐な言い方になってしまうが、同叢書は小島が自由に楽しく、本領発揮できる場になっているのである。――この本をあなたが手に取ったのは、アクセルべた踏み状態の小島正樹を、制御不能な《奇想》と《不可能》を堪能したいからではないだろうか。

2

しかし、あなたは同時に身構えているのではないだろうか。なぜならば、本書は〈浜中刑事〉シリーズの二作目だからだ。そして、こう危惧しているのではないだろうか。小島正樹自体が制御不能状態に陥っているのではなかろうか、と。

「彼は私の命の恩人だ。今度は私が助けねば友達ではない」
——バズ・ライトイヤー（『トイ・ストーリー2』）

浜中刑事こと浜中康平は、群馬県警本部捜査一課に所属するノンキャリアの若き刑事である。情にもろく、事件関係者にすぐに感情移入してしまう。出世欲はなく、むしろ駐在所勤務を希望しているのだが、持ち前の強運ゆえ事件をいくつも解決に導いている。……端的に言えば、謎の解決には不向き。名探偵にはなりえないキャラクターだ。

小島作品への初登場は『龍の寺の晒し首』。同作で探偵役を務めたのは、小島作品のレギュラー探偵のひとりである海老原浩一である。捜査一課に配属されたばかりの刑事として、浜中は初登場したわけだが、海老原シリーズにはその後も登場（『祟り火の一族』、双葉社／二〇一二年）。そして、〈本格MSW〉の第八作目として発表された中篇集『浜中刑事の妄想と檄運』（二〇一五年）では、ついに探偵役に抜擢される。

名探偵になりえないキャラクターを探偵役に配置する——どう考えても、《奇想》と《不可能》の探求とは相性が悪い。なぜならば、《奇想》も《不可能》も、行き当たりばったりの散文的な捜査ではなく、緻密に組み立てられた推理によって解明されなければ、（読者を満足させるに足る）本格ミステリーになりえないからだ。

さらに驚くべきは、小島正樹が倒叙形式を採用したこと。今さら言うまでもないだろうが、倒叙形式とは犯人が最初に明かされ、犯行そのものもある程度詳細に明かされてしまう形式のことである。ゆえに、フーダニットはもちろん、ハウダニット的な興味ともあまり相性が良くない……そう考えるのは自然だろう。《奇想》と《不可能》というからには、ハウダニットとしての面白みが期待されるところだが、小島はハウダニットとは相性が悪い倒叙形式を採ったのである。しかし、小島はきっちりと《奇想》と《不可能》を探求しようにも、二重にハンデを抱えている状態。

りと《奇想》と《不可能》を盛り込んでみせた。

通常、倒叙形式は犯人と探偵の攻防に主眼のおかれたサスペンス形式をとることが多い。あらかじめ犯行の詳細が読者に提示されてしまっているからだ。しかし、倒叙形式であっても、解かれるべき謎を内包する本格ミステリーを成立させることは可能である。代表的な謎として、「犯人はどこでミスをしたのか」がある。

この場合、作品内では〈犯人〉VS〈探偵〉という構図があり、メタ・レベルでは〈作者〉VS〈読者〉という構図が成立する。この方法の最新版として深水黎一郎の連作短篇集『倒叙の四季』（講談社ノベルス／二〇一六年）がある。深水はミスの所在を一旦読者に明らかにする。犯人が隠蔽工作をはかる上でしてしまった余計な行動が何であるかをはっきりと提示するのである。最終的に、犯人は探偵役に問うことになる。「その行為のどこが間違っていたのか」――ここで深水は、犯人から探偵役への問いかけという形を借りて、読者に挑戦しているのである。すなわち、「探偵役は〈ミスがミスたる所以〉を推理によって看破しています。さて、探偵役はどのように推理したのでしょう」。クイーンの〈国名シリーズ〉における挑戦状ばりの推理当てだ。

同作における本格ミステリーとしての工夫は以下の三つだ。

（一）犯人視点による犯行の独白（≒実況）を純粋な問題文として扱っていること

（二）探偵役と犯人のやり取りが、あたかも探偵役と助手のディスカッションのように機能してしまっており、解決篇が始まる前に推理の検討が綿密に行われていること
（三）解決篇に入る前に犯人のミスの所在が明らかになっていること

ここで肝となるのが（三）だ。倒叙においては、〈当初は予定になかった行動をとること〉＝〈ミス〉という一種のお約束ごとがある。深水は「犯人はマニュアルに沿って行動していた。だが、当初は予定になかった行動をとってしまった」という条件を問題文に仕込むことで、ミスの所在を明らかにしている。さらに、ディスカッションを執拗に重ねてきたことで、〈犯人を確定させる決め手になりえる手がかり〉は所在が明らかになっているミスひとつしか無いという状況を作り出し、本格としての強度を高めたのだ。――しかし、この方法では《奇想》と《不可能》の探求にはならない。この方法が強く志向するのは《意外な推理》なのである。

では、小島正樹は『浜中刑事の妄想と檄運』においてどのような方法を採用し、《奇想》と《不可能》を探求しようとしたのか。その工夫は以下の三つだ。

（一）犯人視点による犯行の独白（≒実況）を作中作として扱っていること（作中作であるから、叙述トリックを用いても構わない）
（二）探偵役と犯人のやり取りが進むうちに、犯人視点による犯行の独白を基にすると説明がつかない状況（＝《不可能》性）が読者レベルで浮上すること
（三）真犯人のミスの所在は終盤まで伏せられていること（そのため、意外な真相が最後に突きつけられる）

ここで肝となるのはもちろん（一）だ。倒叙形式で書かれている以上、犯人視点で書かれた犯行の実況は事実であり、犯行そのものもある程度詳細に明かされてしまっている。――そういう暗黙のルールを小島は逆手にとったのである。犯人視点による犯行の独白／実況を前提とすると、起こり得ないこと／説明できないことが起きているという《不可能》状況。小島は倒叙形式だからこそ成立する、読者だけが認識できる《不可能》を創りあげたのだ。まさに奇抜な着想＝《奇想》である。

この小島の《奇想》に近いものとしては、たとえば石持浅海の『彼女が追ってくる』（祥伝社／二〇一一年）がある。同作では、犯人の視点では語られることのなかった（＝読者には提示されなかった）被害者の行動があらたな謎を呼ぶという展開を見せるのだが、『浜中刑事の妄想と檄運』とは大きく異なる点がある。それは犯人も《不可能》を意識していることだ。小島は、読者だけが《不可能》だと認識できる状況を作りあげたのだ。

とはいえど、二番目に収録された「浜中刑事の悲運」については、倒叙ものとしてはアンフェアだと見る向きもあるだろう。小島が倒叙形式で見せた《奇想》は実験的にすぎた。本格ミステリーとして一定の評価をえたが、それはミステリー作家としての小島の〝相棒〟ともいえる物理トリック、つまり、小島本来の《奇想》の助力もあってのことだろう。ハーケンとザイルを使ったトリックの鮮やかさ＝派手さたるや、まさに瞠目に値する。

3

「最後の一線を越えなきゃならねえ時が来たら　そん時は俺も一緒に越えてやる！」

――錦山彰（『龍が如く0』）

※本作の真相に触れているので、本篇を先にお読みください。

本作『浜中刑事の迷走と幸運』は〈浜中刑事〉シリーズの長篇である。前作は小島正樹にとって実験作的な意味合いも強かったとは思うが、本作は前作で志向されたものをより熟成させた形に仕上がっている。

まず、小島の優しさが滲み出たような文にはさらに磨きがかかっている。優馬という少年の半生が慈愛をもって丁寧に描かれることで、罪を引き受けることでしか友を救えない者の勇気、無力さ、浅はかさといったものは読む者に痛いほど伝わってくるだろう。一方で、与古谷学園の大人たちの悪辣ぶりは、優しいまなざしを通して描かれることで、より一層際立つ。それでいて、嵐の中で身を寄せ合う子どもたちの物語が過剰に暗鬱たるものにならないのは、小島の織りなす文章がどこか詩的だからであろう。

「空に星々が冴えて、月からこぼれ落ちた淡い月光が、地をうっすらと蒼く染める。その下で秋の虫たちが大合唱だ。」

社会を憂える物語に収斂《しゅうれん》するのではなく、〝相棒〟たちの明日を予感させる物語へと昇華したのは、小島の語り口が物語をバランス取りしているからだ。

それでは、ミステリーにおける工夫、中でも倒叙形式の取り扱いについてはどうだろう。前作を読んでいる者ならば、冒頭の優馬が犯行に至るくだりを読んだ時点で、小島の仕掛けをある程度看破できるはずだ。第一章まるまる優馬視点で彼の過去が語られ、第二章13節で浜中と優馬の対峙が描かれ、浜中の相棒である夏木が優馬に疑いの目を向けるに至り、拍子抜けした読者もいるかもしれない。前作と同じパターンが来るのではないか、と。

しかし、三章3節に入ったあたりで、違和感をおぼえるはずだ。実際に起きた関村殺しではなく、起こったかもしれない野垣殺しにミステリーの重心が移っていくからだ。しかも、「個人の話など、どうでもいい」という発言を受けて、与古谷守雄に夏木が疑念を抱くのだから、あなたは戸惑ったはずだ。そして、虹子と捜査陣との対峙が始まったことで、小島の《奇想》に気づくはずである。倒叙形式によくある探偵役と犯人との関係性が、犯行の描写があった優馬とではなく、起こったかもしれない事件の容疑者である虹子との間に築かれていることに。

つまり、こういうことだ。倒叙という形式で考えた場合、問題文の主語となる人物（＝優馬）と、実際に捜査陣と対峙し解決篇の主語となる人物（＝虹子）が、途中で入れ替わるというのが、この作品における小島の《奇想》なのである。

だが、そうなると、虹子を主語とした問題文がないのは倒叙としては不完全ということになるのだが、第一章3節以降で語られる優馬の半生が実は虹子を主語とした問題文になっており（特に第一章12節以降）、小島がフェアプレーを心がけていることがわかる。

一方で、形式上は問題文の主語を担い、冒頭で犯行の独白を行った優馬は、密室状況からの脱出トリック、そして凶器の刈込鋏がありえない場所に移動するトリックの主語、つまり《不可能》を引き起こした犯人として、浜中たちと向き合うことになる。虹子の奸計は地道に物証を積み重ねていくことで真相を見破られるが、優馬の勇気はいわゆる名探偵、もっといえば海老原浩一的な閃きによって

（幸運にも助けられながら）打ち破られるのだ。虹子を犯人とする倒叙形式、優馬を犯人とするオーソドックスなハウダニット。両方が本作にはあり、解決の方法も棲み分けられているというのが、『浜中刑事の迷走と幸運』なのである。

　前作では倒叙形式だからこそ成立する《不可能》を小島正樹は創案した。だが、《不可能》は読者にのみ認識される問題であり、作中において浜中には認識されなかった。「《奇想》と《不可能》を探求する」というコンセプトを考えれば、正面から《不可能》が解決されなかったことに不満をおぼえる向きもあったかもしれない。しかし、小島は今作では倒叙形式を《奇想》で彩り、《不可能》とも正面から向き合った。倒叙形式に馴染んだ読者を欺き、同時にカー的な世界を期待する読者の期待に応えてみせた。

　前作では倒叙形式における《奇想》が先走りすぎ、小島本来の《奇想》が追いつこうとして必死に手を伸ばしている印象があった。だが、今作ではその両方が一緒に一線を越えた印象を受けた。これもまた、〝相棒〟たちの明日を予感させる物語である。――〈浜中刑事〉シリーズにまた騙されたい、と願うばかりだ。

浜中刑事の迷走と幸運

2017年2月7日　第一刷発行

著者　**小島正樹**
発行者　**南雲一範**
装丁者　**岡 孝治**
発行所　株式会社**南雲堂**
東京都新宿区山吹町361　郵便番号162-0801
電話番号　(03)3268-2384
ファクシミリ　(03)3260-5425
URL http://www.nanun-do.co.jp
E-mail nanundo@post.email.ne.jp
印刷所　**図書印刷**株式会社
製本所　**図書印刷**株式会社

ISBN 978-4-523-26552-8 C0093